营养过良

芥菜糊糊 著

YINGYANG GUO LIANG

广东旅游出版社
GUANGDONG TRAVEL & TOURISM PRESS
悦读书·悦旅行·悦享人生

中国·广州

目录

YINGYANG GUO LIANG 营养过良 ////////////////

第 1 章
猫罐头 ·············· 001 ✦

第 2 章
鱼肉拼盘 ············ 045 ✦

第 3 章
小黑猫 ············· 087 ✦

第 4 章
VIP 客人 ············ 131 ✦

CONTENTS

钟熠 × 容眠

◆ 175 ········ 第 5 章　我很喜欢

◆ 217 ········ 第 6 章　上头

◆ 257 ········ 第 7 章　有猫了

◆ 285 ········ 番外篇

钟熠　容眠

YINGYANG GUO LIANG

喵了咪外卖521

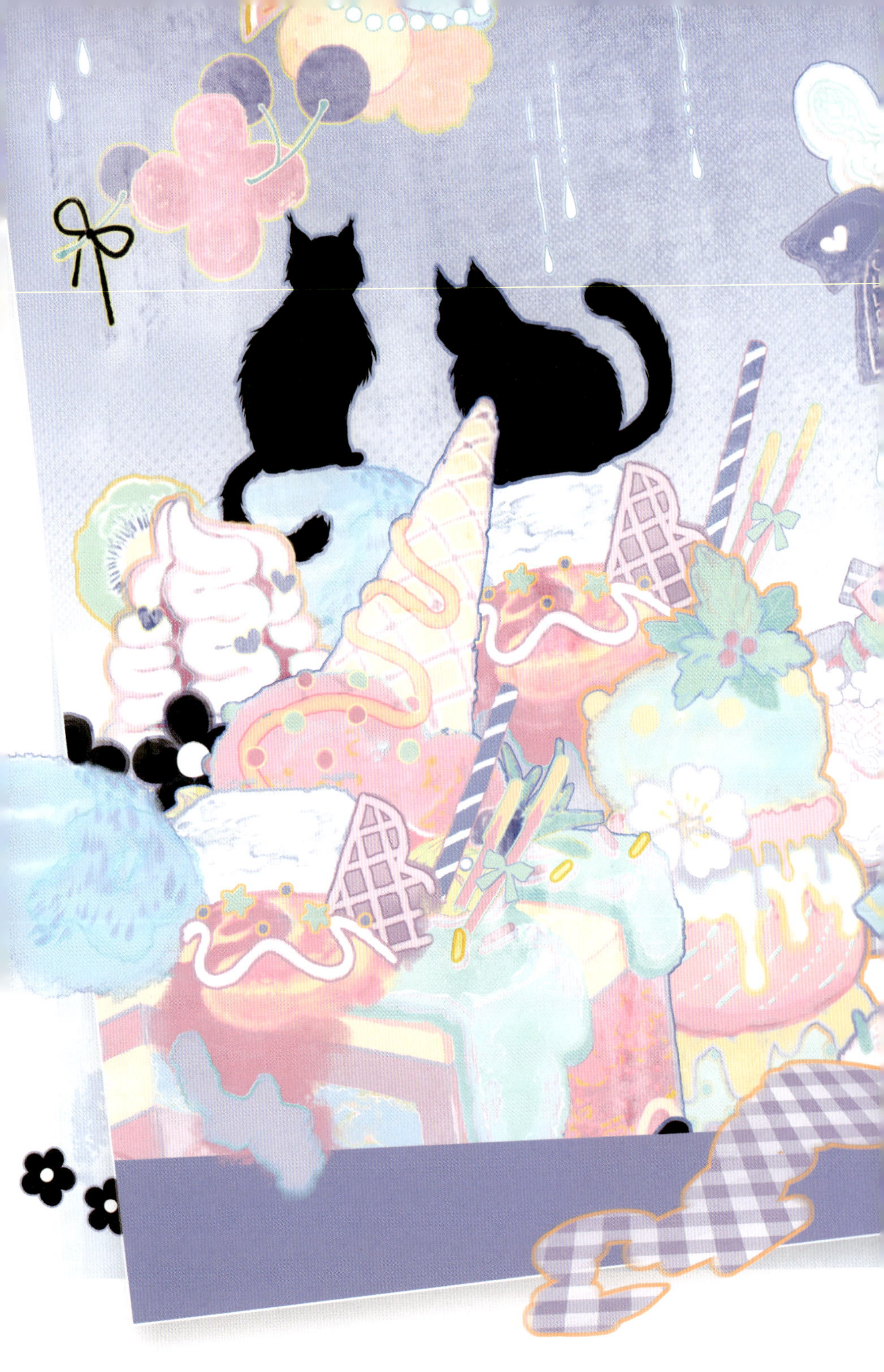

"我有东西想送给你，当作你的生日礼物，你愿意吗？"

"愿意。"

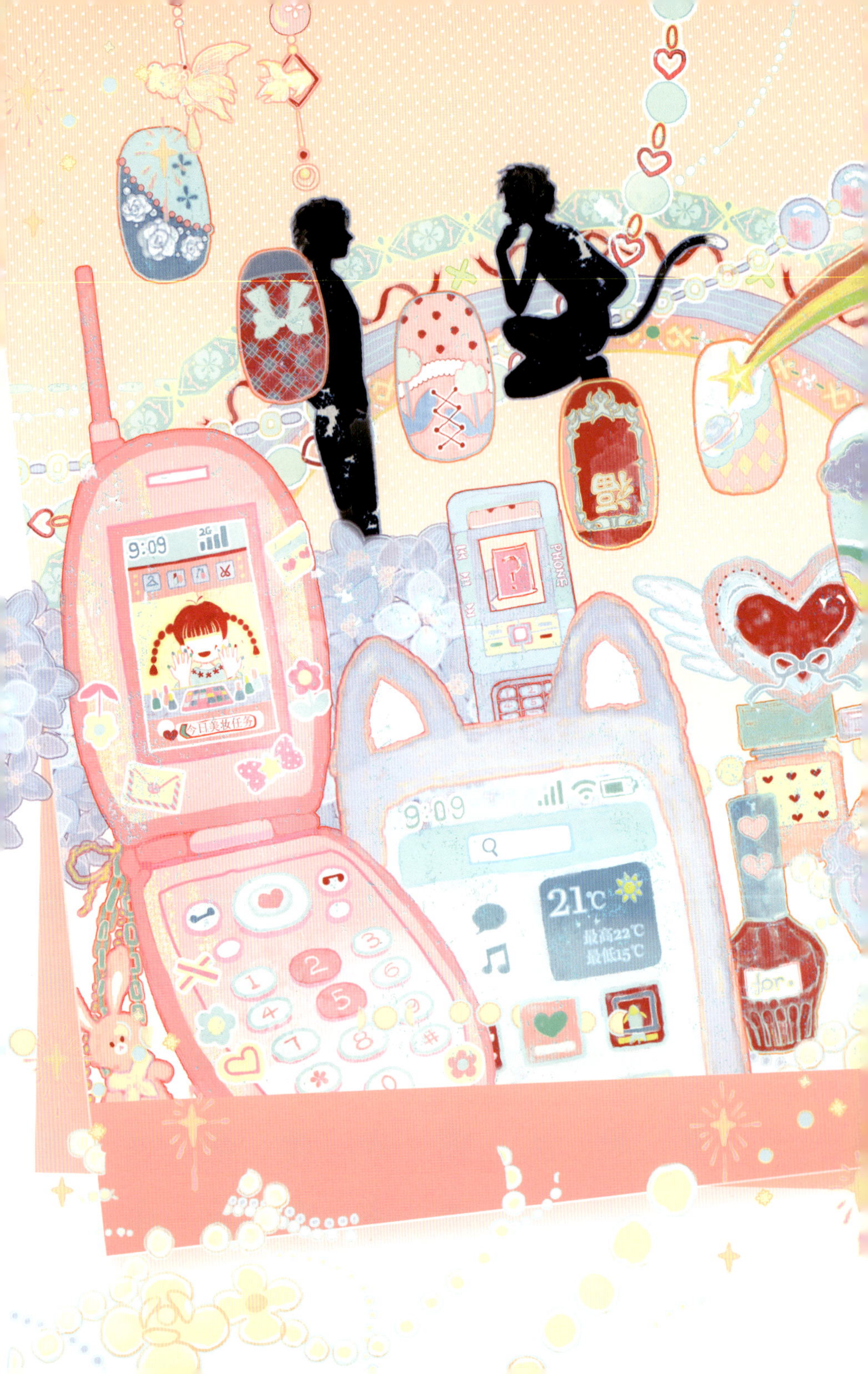
9:09
2G
今日美妆任务
PHONE
9:09
21℃
最高22℃
最低15℃
for.

"那你分辨得出来，那些给你好吃的猫条的客人和我对你的喜欢，有什么区别吗？"

"我很喜欢。"

猫罐头

第1章

YINGYANE GUQ LIANG

年末的时候，钟熠接了一个剧本。

在同期的剧本里算是很出彩的，角色也很不错，但是另一个主角还没定，团队自然是不敢轻易去接剧。

趁着团队还在斟酌的时候，钟熠偷偷摸摸地把剧本给读了，然后他大半夜联系了导演，自己做主给接了。

第二天经纪人气得直挝人中，钟熠有条有理地给她分析："您看啊，我演过盲的，也演过傻的，就是没演过整整半部戏都瘸着腿的。"

"这角儿好啊。"他说，"别人吊着威亚拍打戏累死累活，我只用坐着在那儿看着，多舒坦啊。"

后来主演敲定，官宣，开机前半个月，导演刘圆丰做东，请主演们吃了顿私房川菜。

二月底的时候年味正浓，包厢门框上挂了红红火火的辣椒串，水族箱里还游了几条喜气洋洋的孔雀鱼。

除了一位没来的老戏骨，钟熠算是这一桌人里"咖位"最高的，加上他年末又刚刚拿了奖，大家谈论的话题免不了都往他的身上落。

钟熠有点头大。

——他馋眼前的那一锅毛血旺馋得眼都快绿了，结果光是接话就接了半个小时，半天吃不上一口热乎饭。

于是他干脆把话题一转，引到了刘圆丰的小女儿身上。

刘圆丰最疼他那个六岁的宝贝女儿，立刻刹不住闸，摸着圆滚滚的肚子，开始乐呵呵地说他女儿前一阵子刚上小学，是如何如何在国际学校里跟外教学了一口咖喱味儿的英语。

钟熠也终于如愿以偿，把筷子落在了面前的那份毛血旺上。

结果夹的第一口黄豆芽就是凉的。钟熠只能叫了服务员，重新把小锅底下的火点上。

十分钟后，几口热乎的鸭血下肚，烟雾缭绕之间，钟熠终于抬眼，瞥了一眼对面那个安静地坐了两个小时的男孩儿。

是这部剧的另一位主角，一个脸生的年轻男孩儿。

黑发柔软，下巴尖，睫毛长，露在宽大卫衣外面的脖颈清瘦而白皙。

确实挺适合他这次的角色。和钟熠即将饰演的角色不同，这男孩儿的角色设定是个清冷的少年，确实需要张干净的脸来演。

——只是不知道这小孩儿是提前一个月先入了戏，还是实在太年轻了，脸上的那点冷淡连藏都不愿意藏。

打从进了这个包间的那一刻起，除了最初的自我介绍和问好，这个叫"容眠"的年轻男孩儿就没有再张口说过一句话。

倒真不是他们故意挤对人家小年轻，而是这小孩儿自己吧，从来没有尝试着融入所有人的对话。

他微微垂下眼睫，手指蜷缩在卫衣宽大的袖口里，好像有点怕生，又好像十分警惕，一直坐得僵直而拘谨。

就连桌子上的饭菜，他也一筷子都没有动过。他只是偶尔会在大家谈话的间隙中侧过脸，看向不远处的水族箱，不错眼珠地望着里面游动的鱼出神。

"这个容眠吧，听说是个去年走红的小网红，总共就拍了一部网剧。"

沈妍偷摸对钟熠说："但是他这回这个角色吧，听说别人连试的机会都没有。他好像是刘圆丰的熟人还是什么，这角色直接就给了他。

"先不说演技怎么样，脸长得难得有灵气，是真精致。"

她拿水涮着鸭血上的辣油，惋惜道："但要一直是这种高傲性子，以后估计有机遇都把握不住啊……"

"妍姐，"钟熠说，"鸭血再涮就要散了，放过它吧。"

整整两个小时一直在用白水涮掉每一道菜上的红油，沈妍的手腕早就酸得不行了。

"我能怎么办啊。"

她苦着脸用筷子敲了敲碗边："这一桌子，香归香，就是我这张脸碰不了辣啊——欸，你不是之前来过这儿吗，就不能给我推荐点儿能入口的？"

钟熠笑眯眯："开水白菜。"

沈妍和钟熠搭过两三部戏了，两人私下交情一直不错，于是沈妍也没和他客气，直接一脚就往他腿上招呼。

钟熠不紧不慢地错开了身子。

"他们家红糖糍粑不错。"

玩笑点到为止，钟熠慢条斯理地重新开口："糍粑外脆里糯，但最绝的还是配的热乎的红糖汁儿，调得温热浓稠，干喝都香，蘸着皮皮虾都好吃。"

他描述得有模有样，勾人胃口，一桌子的人一时间都看了过来。沈妍这样二十七八岁的女孩子本来就馋甜食，立刻就叫服务员过来，把菜给加上了。

这回就连坐在对面的容眠也忍不住抬头，看了过来。

钟熠没躲，直接对上了他的视线，容眠愣了一下，随即错开了目光。

钟熠若有所思。

红糖糍粑很快就上了桌。

不知道是大家吃辣吃不动了，还是钟熠刚才描述得太勾人，这道甜食最后成了今天最受欢迎的菜。

糍粑炸得金黄酥脆，蘸着酱汁口感翻倍，几乎每个人都吃了两三块，很快就空了碟。

刘圆丰最后放下筷子的时候还意犹未尽,继续拿着盘花生仁往嘴巴里边塞边说:"这红糖汁儿是真不错。钟熠你别说,要是有皮皮虾,我倒还真想试试。"

餐桌上的人都笑着附和,钟熠没有说话。

就连沈妍这种平日里最注意身材的女明星都忍不住连吃三块糍粑,这个叫容眠的男孩儿也只不过是在上菜的时候,对着那只装着红糖汁儿的青色瓷碟多看了一眼。

他好像没有被勾起哪怕一点的食欲,只是错开视线,继续盯着水族箱,放起了空。

孔雀鱼甩着尾巴在碧绿色的藻类之间转身的时候,他的睫毛也会跟着小幅地颤抖一下。

酒足饭饱,聊得兴起的时候,把窗帘一拉,门也一关,屋内的几个男演员一个没忍住,抽起了烟。

烟味儿一散开,沈妍倒是没什么,钟熠却是有点顶不住了。

钟熠挑这挑那的臭毛病比谁都多,除了扯着嗓子号啕大哭的人类幼崽,烟味儿可以说是他第二个受不了的东西。

他知道这一屋子的人都藏着掖着久了,难得兴致好,有个机会能好好放松一下,他也不想扫别人的兴,就找了个打电话的理由,出了包厢。

钟熠先是回了经纪人的消息。

然后他又给他妈订了件大红色的羽绒服。快过年了,还得让她老人家在新的一年里继续做广场舞圈里最耀眼的明星。

钟熠看了一眼时间,感觉差不多是时候回去了。

结果他刚抬腿准备原路返回,不远处的包厢门就被拉开,从里面走出来了一个人。

钟熠站在走廊尽头阴暗处,刚好被一盆高大的散尾葵挡在后面,容眠转过身把门拉上的时候,并没有发现他。

钟熠愣了一下，下意识又退了两步，回到了散尾葵的后面。

容眠关上门后，刚往前走了两步——

他像是突然想起了什么，在原地停住了脚步，转过身，回到了包厢门口。

钟熠就看着男孩儿站住，仰起脸，盯着门框上吊着的辣椒串看。

所谓的辣椒串其实就是用泡沫塑料做的质感很差的装饰，可能为了增添年味，底下还用劣质的金线拴了一小簇红色的流苏。

容眠继续盯着那串辣椒看了一会儿。

然后他突然微踮起脚，抬起手，轻轻地拍了一下那串流苏的底部。

——于是整个辣椒串微微摇晃起来。

他放下手，又仰着脸盯着那串摇晃的流苏看了一小会儿，才慢吞吞地转过了身子，继续往前走。

可能是因为这男孩儿真的很瘦，他走的明明是瓷砖地，但是脚步像是没有接触地面一样轻盈，钟熠几乎没有听到任何脚步声。

透过散尾葵细密的绿叶缝隙，钟熠看着容眠走到了包厢门口的餐具柜旁。

男孩儿微抿着嘴拉开抽屉，对着里面的一排餐具愣了一会儿，然后伸手，很小心地取出了一把勺子。

钟熠有点疑惑。

要是他记得没错的话，别说是吃菜了，这人今天全程连茶水也没动过两口，餐具到现在估计都还是没拆封的状态，现在拿这勺子是要……

然而还没等钟熠反应过来，他就眼睁睁地看着容眠举着那把白瓷勺，转过身，径自走进了身后的男厕所。

容眠真的很饿。

他以为自己是可以忍到饭局最后一刻的，可是好巧不巧，包厢里有一个很大的水族箱，里面游着很多条鱼，其中有一条真的很肥很大。

它很活泼，鳞片颜色是炽热的橘红色，尾巴纤长而有力量，像是一团在水里烧开的火焰，容眠知道，它的肉质一定是新鲜而有嚼劲的。

他想象着自己的牙齿刺进那条鱼尾巴的那一刻会有鲜嫩的汁水在口腔里迸开，感觉自己的胃控制不住地痉挛起来。

容眠饿得很难受，他想抓鱼，更想吃鱼。

他已经学会了如何以人类的身份来交际、生活，也只想在娱乐行业这种人类花样钩心斗角的"修罗场"中演好自己的戏，本分平安地打好这份工。

但直到现在，适应人类的饮食对他而言，还是最难的那一关。

容眠嘴馋，但其实现在的他已经可以忍着不适强咽下两根青菜，甚至可以吞下一个煮熟的土豆，因为难吃的并不是食物本身，而是人类调味的方式。

比如今天这顿饭几乎所有的菜里都放了辣椒。

好在饭局之前，容眠就为自己做了一些准备。趁着那包厢里的人说笑，容眠从包里偷偷地把罐头取了出来，藏在自己卫衣宽大的口袋里。

他顺手在门口拿了把勺子，溜进了卫生间。

容眠从不在意用餐的地点，只要不被人发现就可以。于是进了厕所之后，他就站在洗手池旁边，笨拙地用食指钩住拉环，掀开了罐头。

铝制罐头拉环的边缘有一些锋利，容眠皱眉，蜷缩了一下手指。

然后他用勺子挖起一小口鱼肉，送进嘴里，咀嚼，咽掉。

——是熟悉的、很好吃的吞拿鱼味道。

容眠有一点开心。

他就这么埋头狼吞虎咽地连吃了好几口，鱼肉冰凉，但是容眠吃得很香，因为这一罐刚好是他最喜欢的吞拿鱼、明虾混合口味。

偶尔会吃到很有嚼劲的虾肉，容眠眯起了眼。

然而就在他咬着勺子抬起头的那一瞬间，他透过镜子，和那个站在自己身后的男人对上了视线。

钟熠这回是真有点傻眼了。

其实拿勺子和去厕所，不过是两个日常生活中再普通不过的行为，分开单独来看的话，哪个好像都没什么大问题。

但如果这两个行为很巧合地撞在一起的话——拿着把勺子去厕所，钟熠愣是一时间没想出第二种可能。

钟熠在门口还做了半天的心理准备。

好在他刚把门推开，就在洗手池旁边看见了一个人影，他刚准备松一口气，结果定睛一看，又发现自己松懈得太早了。

这男孩儿竟然还在吃东西，只不过吃的是——

钟熠的视线落在了他的手心里。

褐黄色的铝制罐，罐身贴着一圈蓝白色的标签，上面印有一只毛发蓬松、雪白的猫咪，猫咪的下面印着一排小字。

"特制吞拿鱼宠物罐头"。

钟熠沉默。

听见身后的动静，面前的年轻男孩儿却好像直接炸了毛。

他先是仓皇无措地把手里的罐头藏在身后，又猛地转过身，瞪着钟熠，眼底是不加掩饰的敌意和防备。

钟熠在业界是出了名的情商高，他嘴巴毒，但玩笑的尺度总是拿捏到位，因此人缘很好，大大小小的场面也总能处理得圆滑得当。

但在这些场面之中，并不包括发现"我即将合作的演员躲在厕所里吃猫罐头"这种级别的特殊情况。

两人就这么沉默着对峙了一会儿。

"我身边有不少朋友……"钟熠沉吟半晌，说，"他们和你有着一样的情况，没关系的。"

男孩儿的瞳孔似乎缩了一下。

钟熠的心里已经有了一个大致的答案。

是饮食障碍吧,他想。

演员这行吧,明面上谁都是风风光光的,但是背地里,多的是身体早已垮了大半的年轻人。

那些 vlog①里天天分享美食菜谱,打着狂吃不胖人设的艺人,其实大部分在片场是连一口大米饭都不敢吃的。

一些人节食过度,压力过大,又或者是因为戏里的角色需要减重而选择了像是催吐或者吃药的手段。吃不下饭或者暴饮暴食的,钟熠都见过,但是正经的饭一口不吃,偷偷躲起来吃猫罐头的,他是真没遇到过几个。

不过他也听过类似异食癖这样的疾病,只不过这种好像更多的是精神和代谢方面的问题,具体的,钟熠不太了解。

明白每个人都有自己的难言之隐,只是钟熠看着男孩儿清瘦的侧脸,却还是忍不住在心底叹了口气。

太年轻了,他想。

容眠凶巴巴的,像是虚张声势的小兽,但是圆眼里藏着的那点怯意和懵懂,还是被钟熠看得清清楚楚。

钟熠的这句话直接把容眠说蒙了。

"你什么意思……"

容眠微睁大眼:"你说你的朋友——"

他愣了一下,可能是一时间并不知道该怎么形容自己的情况,最后憋出来了一句:"你真的知道我是什么……"

钟熠的视线落在男孩儿拿着罐头的左手上。

那是一只白净清瘦、线条漂亮的手,只不过此时正在无意识地攥紧罐头,力度很大,锋利的金属边缘好像下一秒就要嵌进肉里。

---

① 全称 video blog,指视频博客。

不难看出,他在紧张。

"是。"

钟熠向前走了两步,微微俯下身,很自然地把罐头从容眠的手里抽了出来,然后对着上面的标签端详了一会儿。

"我有一个朋友,他也喜欢吃这个牌子。"

为了让自己的话语更有说服力,钟熠直视他的眼睛,镇定补充道:"你们就连爱吃的口味都一模一样。"

话一出口,钟熠却有点后悔了。

因为他这才想起来异食癖又不是只吃猫罐头,好像电影里演的那些人,是连纸张、泥土甚至螺丝钉都能往肚子里咽的。

大意了。钟熠想,早知道就该说有个朋友喜欢吃活的蚯蚓。

但是容眠好像真的有点信了。

他先是愣愣地盯着钟熠看了一会儿,过了很久才垂下眼帘,小声地说:"因为这家的肉质很好,里面还有虾肉,很甜,我们里的很多……都很喜欢。"

他把口味描述得很详细,而且听起来好像还有个什么组织的样子,钟熠欲言又止,停顿了一下,还是"嗯"了一声。

钟熠说:"大家都不容易……我明白。"

容眠又盯着钟熠看了一会儿。

"那你可以把罐头还给我吗?"

容眠说:"我很饿。"

钟熠沉默了一下,深吸了口气,把罐头放回了他的手心里。

容眠拿起勺子,开始安静地重新进食。

钟熠看着,是真的揪心。

他不知道猫罐头吃起来究竟腥不腥,也不知道自己为什么还站在这里看,但就是莫名地挪不动脚步。

他还踌躇着想劝这个刚认识不过两小时的年轻人不要讳疾忌医,

去看看心理医生总没有坏处，可是看着男孩儿微鼓着的侧脸，终究还是把话咽了回去。

最后的最后，钟熠盯着那盒宠物罐头里的汤汤水水，脑子里剩下的唯一的想法竟然是，这玩意儿真的有这么香吗？

容眠吃得很专注。

罐头快要被他吃空了，于是他将罐身微微倾斜过来，用勺子仔细地挖出边角的鱼肉，塞进嘴巴里，歪着头，一点一点地咀嚼完这最具灵魂的一口。

容眠又仔细地洗了手，把空掉的罐头扔掉，最后还很谨慎地抽了几张卫生纸，把垃圾桶里的罐头空壳小心地盖住了。

然后容眠重新转过了身。

"你要怎样才可以帮我保密？"他问。

钟熠挑了挑眉。

"没事儿哈。"他说，"这事儿我就当忘了，回头好好拍戏就行。"

"我和你不熟，也不是你的朋友，"容眠说，"我不信你。"

钟熠真的头痛欲裂。

他觉得好气又好笑，真不知道现在娱乐圈里的小孩儿都什么毛病，一个个的都是这种心直口快、开口就得罪人的小孩子脾性。

戏还没开拍，钟熠也不想现在就生出什么事端，于是沉吟片刻，还是给这位找了一个很好下的台阶。

"你有没有什么独特的才艺？"钟熠叹息着开口，"就随便给我表演一个吧。"

然而容眠的表情一下子变得有点僵硬。

钟熠站在原地耐心地等了两秒，对面的人却一直站着，安静地不说话，他也终于意识到似乎有哪里不太对劲。

"唱歌、跳舞、诗朗诵……"钟熠迟疑道，"或者即兴给我飙一小段戏也行，你就没点儿擅长的？"

"有的。"容眠不太高兴地打断了他。

小孩儿的脾气还挺冲,钟熠乐了,点头,示意"那请您继续表演"。

容眠抿了抿嘴,又垂着眼帘思考了一会儿。

"算了……"他看了一眼钟熠,含含混混地说,"反正你都已经知道了。"

钟熠一时半会儿还没有反应过来这人是什么意思,然而容眠却像是下定了决心一样,定定地又抬眸看了他一眼,随即低下了头,伸出手,慢吞吞地拉开了自己的裤子拉链。

定妆照发布的一周后,钟熠正式进组。

就在进组的那个早晨,他喜提了自己在这部剧的"黄金战车"——一把红黑配色、自带坐垫,而且可以折叠的轮椅。

钟熠的两条大长腿窝在这小轮椅里着实有点憋屈,但他还是坐在轮椅上让化妆师给自己上妆,并饶有兴致地研究了一会儿下面的脚蹬子。

最后发现脚蹬子是无法伸缩的,钟熠差点儿连人带车直接翻到地上。

一屋子人手忙脚乱地把人搀扶起来,助理徐柚柚赶紧把剧本塞进了他的手里。

"钟哥,刚才道具组的小方隐晦地暗示了我一下。"徐柚柚吞吞吐吐,"这轮椅目前只有一把,连上面的锈迹和划痕都是道具那边专门造旧的,所以希望您戏耍的时候稍微小心一点儿……"

钟熠"啧"了一声,这才有些意犹未尽地收了手。

趁着上妆的工夫,钟熠也顺了一下剧本,把今天的戏大致地过了一遍,戏份难度不大,就是他感觉自己的轮椅驾驶技术差了那么一点儿。

于是为了熟能生巧,钟熠坚持要靠自己的肢体力量,全程手动滑行到片场。

他在前面滑动得一路火花带闪电，乐在其中；徐柚柚只能大包小包地在后面跟着，魂飞魄散。

她当了六年钟熠的助理，算是一路陪着他从出道到爆红，再到拿奖无数，只能在心里感叹这人的脾性一如既往地离谱且不着调。

钟熠这边刚飘移着转个弯，紧接着就是一个急刹。

——容眠端正地坐在一个小板凳上，双手平放在膝盖上，恬静地微仰着脸。

身旁的化妆师正拿着化妆棉蘸着油彩，在他的脖子上画擦伤。

容眠的右手边站了一个高个子的年轻女孩儿，应该是他的助理，只不过看起来不太聪明的样子，正抱着一桶矿泉水"咚咚咚"地狂灌。

容眠听到动静，微微侧过了脸。

他和钟熠的视线在空中微妙地交错，为了方便上妆，钟熠注意到容眠的领口微微敞开了一些，露出一小片白皙的皮肤。

钟熠停顿了一下，侧过脸，错开视线，继续向前滑行。

在后面跟着一路小跑的徐柚柚总算是追上了他，她拉住轮椅的扶手，走了两步，最后却又没忍住回头看了一眼。

不打个招呼吗？

徐柚柚有点纳闷，虽说这位是个小新人，对他也不用太客套吧，可钟熠平日里也绝对不是这种无视同组演员的耍大牌脾气啊……

钟熠突然刹在了原地，徐柚柚跟着心惊胆战地停住了脚步。

"柚子。"半响，钟熠说，"推我一会儿吧，手酸了。"

徐柚柚愣愣地应了一声。

直到徐柚柚气喘吁吁地把身高一米八九、体重七十多公斤的钟熠推到片场，并且看着这人从轮椅上一跃而起，乐呵呵地开始研究片场里的道具的时候——

她才想起来这人的腿压根儿就没断过。

第一场是审问的戏。

这种戏在悬疑类的网剧之中都是重中之重，不论是情感的迸发还是内容的传递，都需要把很多细节呈现出来给观众们挖掘和讨论。

因为上妆的时间久，容眠来得比钟熠晚一点儿，钟熠隔着窗户，看见他拿着剧本，垂着眼帘，和刘圆丰简短地交流了几句话。

刘圆丰一向是随和好说话的那种乐和脾气，然而不知道是不是钟熠的错觉，在给容眠讲戏的时候，他却是全程把视线黏在本子上，表情微僵。

那就像是一副……不太敢直视容眠的样子。

钟熠还没来得及多想，容眠就推开了门，走进了屋子里。

这场戏台词不多，难抓的主要是表情细节。一桩投毒案，由钟熠饰演的男主角来询问嫌疑人。

嫌疑人就是容眠所饰演的一名寡言的少年，被三位死者长期霸凌的对象。

刘圆丰是最擅长把这种戏拍得有美感的导演。

吊在天花板的风扇扇叶上还带着褐黄色的尘垢，转动时会发出干涩的"吱呀"声，好像现在的季节不是初春，而是连空气都粘连潮湿的晚夏。

打光也很讲究，阴影在木质桌面上分割出了鲜明的界限，穿着深色衣服的钟熠坐在明处，穿着白色衬衫的容眠坐在暗处。

钟熠的五官是张扬浓烈的那一种，又是个痞里痞气的性子，笑的时候，眉眼里都洋溢着肆意和张扬。

这样的人即使双腿无法站立，坐着轮椅，依旧坦然自若，就好像轮椅不过是一把让他临时歇脚的凳子。

刘圆丰要的就是这样的感觉。

钟熠漫不经心地敲了敲桌子，说："说说你和被害者之间有什么来往吧，小同学。"

容眠抬眼，安静地和他对视。

容眠说:"第一次是在食堂,他们把我的饭倒在了地上,用脚踩过一遍之后,装回了盘子里,然后叫我吃掉。第二次是在三楼的厕所,他们把我的头按在了洗拖布的水池里……

"第二十四次,也就是前天,他们在体育器材室里殴打我,为了躲避,我的头撞到了柜子的边角。"

他平静地叙述道:"我流了很多血,头也很晕,所以下午的时候我去了医院,错过了两节课。"

他指了指自己的脖子和侧脸,因为皮肤很白,上面已经结痂的擦伤颜色是骇人的暗红色。

"那天安排了两节课,而我错过了。"

空气很安静,他的语气要比之前重一些,眼睫轻垂,他像是真的在为这件事情感到可惜。

"这就是我和他们之间的所有来往,这些信息够了吗?"

半响,容眠抬起头,瞳仁干净透亮,他很认真地对钟熠说:"先生。"

钟熠微不可察地停顿了一秒,才继续把台词接了下去。

容眠这种面上懵懂单纯,但是眼神清明、字字诛心的感觉抓得太好了。钟熠心想,刘圆丰这胖子是真会挑人。

钟熠人缘好,这两年聚会过后,有目的的人也好,想找他单纯进行灵魂深入交流的人也罢,大多是这样干净漂亮的,处于这个年纪。

只不过他们采用的方式大多是委婉的暗示。钟熠这也是人生中第一遭,遇到了一个说是要表演才艺,结果直接上手拉拉链的小朋友。

这已经不是明示了,这是直接把野心全写在脸上了。

当然,钟熠当晚拒绝得也很彻底,毅然决然地捏住了容眠的手腕,终止了他的行为,并且转身就走,从头到尾就没给这个心术不正的年轻人任何机会。

然而直到现在,钟熠依旧记得清清楚楚,那一刻容眠的表情很冷静,好像于他而言,对人脱衣服是一件习以为常,甚至习惯到木然的事情。

戏好，脸好，又年轻，有点饮食障碍之类的疾病，可慢慢调整就行，他就算现在这部剧不爆，多熬几年，他也是必红的命。

刘圆丰满意地喊"卡"的那一刻，钟熠不由得有些悲哀地想——

为什么偏偏就是把路走窄了，成了个见人就拉拉链的主儿呢？

"你是不是得罪了钟熠？"孔三豆问。

容眠先是把卤肉饭上的肉吃得干干净净，又用勺子把沾到了酱汁的那一层米饭刮下来，勉为其难地小口咽掉。

最后的最后，饭盒里只剩下白米饭和一根油菜，于是容眠对着那根翠绿的油菜端详片刻，慢吞吞地将它夹起来，平移到了饭盒的边缘。

"记得把蔬菜都吃掉。"孔三豆说，"云叔叫我盯着你，他说如果要长期以人形活动，就一定要吃菜和饭。人类的身体如果不摄入蔬菜，会死掉的。"

"而且菜明明也很好吃啊。"孔三豆气鼓鼓地看着他，"我还是特意挑嫩一点儿的菜给你炒的，你一口都不尝，怎么就知道不好吃啊？"

孔三豆的原形是一只足足有九千克重的柴犬，她荤素不忌，可以在一分钟之内啃完一整棵花椰菜和三个花卷。

她当容眠的助理，每天的工作就是为他准备三餐，她的梦想是在容眠大红大火之后自己转行去当厨子。她最爱的运动是跑步，最爱的项目是喝水，每天必备五升的矿泉水塑料桶在身边，以便随时补充水分。

容眠认为她并不能对自己感同身受，于是用沉默无言表示了自己的反抗。

他盯着那根翠绿的油菜愣了一会儿，重新捧起饭盒，提出请求："我想吃肉。"

"你早晨的时候刚啃完一整袋火腿肉。"

孔三豆晃了晃食指，严肃道："最重要的是，我们现在是人类的形态，人如果每顿饭都只吃肉，是会死掉的。"

容眠垂眼，掰着塑料饭盒的边缘，不说话了。

"你真的没得罪他吗？"

孔三豆的思维比较跳脱，她又挠着头，自言自语道："不应该啊，都说钟熠的脾气好得不行，怎么我觉得刚才戏结束的时候，好像他看你的眼神有点不对劲啊……"

容眠说："我不知道。"

容眠是真的不知道那天晚上发生了什么。

他的想法向来都简单且直接：是钟熠亲口说已经知道了容眠是什么身份，钟熠还亲口说想要看看他有什么特长，那么容眠觉得自己也不需要再藏着掖着。

容眠并不擅长钟熠说的唱歌、跳舞、诗朗诵，但是他也有自己的一技之长——他的原形是一只四足踏雪、很漂亮的小黑猫。

而且他有一条毛发蓬松柔软的、很好看的尾巴。

在猫咖工作的那段时间里，尾巴也算是容眠比较骄傲的个人特点之一。他的尾巴是从黑色渐变到深灰色，尖端变成带雪一样的一点白色，像是晕染开的水墨，很独特也很少见，许多客人慕名而来，只求一撸。

容眠也不是每一次都会给他们摸的，心情不好的时候，他就会直接跳上高高的柜子，把尾巴很自私地压在屁股下面，然后自顾自地睡觉。

这是容眠可以变成人形的第三年。

他已经能够和人类一样进行正常的社交，在饮食上他也努力适应，但是在人类的道德尺度和羞耻心这些方面，依然只有十分模糊的概念。

在他眼里，人类穿衣服是为了美观和保暖，所以脱衣服这件事情对他而言，是没有什么值得避讳的。

除了到特定节日时偶尔会被要求穿上应季的小裙子，容眠和他在猫咖里的伙伴们，每个都是天天光着屁股蛋儿坦诚相对，一直生活到现在的。

况且钟熠那天亲口说了，他有不少和自己一样的朋友，所以容眠默认，钟熠应该也是懂得这个道理的。

容眠觉得钟熠看起来像是一个有礼貌有教养的人，他应该不会直接上手去摸自己的尾巴，而且他的身上也没有奇怪的气味。

所以容眠觉得自己也应该大方一点儿。

然而就在他刚把裤子拉链拉开，准备把尾巴变出来的时候，站在对面的男人却直接变了脸。

容眠看到钟熠的表情在顷刻间从震惊变成了暴怒，他先是有些厌恶地钳制住了自己的手腕，又深深地看了自己一眼，最后摇着头，转身离开了卫生间。

拿手的还没来得及展示，但是容眠知道，自己应该是已经被讨厌了。

容眠并不难过，只是有一点困惑。因为他不知道自己哪里做错了，而且他很少遇到不喜欢看自己尾巴的人。

还是演戏简单一些，照着剧本演永远都不会出错。容眠心想，人类是真的很善变。

孔三豆比容眠早一年拥有了变成人形的能力，但其实两人半斤八两，谁都帮不了谁。

"你、你能少说话还是少说吧。"孔三豆挠头，"不知道怎么回复，或者是没听懂别人说什么的时候，就用'应该吧''不清楚''下次吧'这种万能套话糊弄过去，这样永远不会出错，明白了吗？"

容眠含含混混地应了一声。

孔三豆还不放心，又和他实战模拟了几次类似"容眠，收工后要不要一起去干什么"这种可能会出现的情况。

容眠用她教的客套话一一敷衍过去，孔三豆验收完毕，十分满意地出门打水去了。

于是容眠低下头，重新审视自己手里的盒饭，感觉自己还是没有吃饱，最后决定吞掉这棵青菜。

青菜上面的油脂闻起来令人不适，他皱起眉，叼住根部，一点一点地往嘴巴里塞。

太难吃了，和肉类多汁而诱人的质地相比，植物纤维粗糙的口感实在是叫他难以忍受，他努力吞咽，喉咙却下意识抗拒着。

就这么硬塞到最后，他感觉自己连眼眶都有一点发热。

就在容眠死活都咽不下这一口的时候，突然听到有人喊他："小孩儿。"

于是钟熠就看到了眼前这一幕——

坐在板凳上的男孩儿腮帮子微鼓，捧着饭盒，眼睛湿漉漉地看向了自己。

真新奇啊，钟熠心想。

这得是什么样的概率，才能让他们俩每次见面的时候，这小孩儿都刚好在吃东西。

钟熠下意识地往容眠的手里一看，还好这回不是什么猫粮狗粮，而是满满当当的一盒白饭，看得出来基本就没怎么动。

"有些话不问清楚，我心里就一直不踏实……"钟熠说，"这戏我想好好拍，所以我觉得咱俩还是早说明白的好。"

容眠继续安静地看着他。

"你那天……"

钟熠踌躇了一下，对上容眠那双干净的眸子，终究还是没忍心，把嘴里的那句"你是不是想走捷径"给收了回去。

"你是不是想跟着我混？"他换了个比较聪明的说法。

容眠茫然地眨了眨眼。

他完全没有明白钟熠在说什么,也不知道他嘴里所谓的"跟着",到底是单纯跟随的意思,还是像那些猫咖里来的客人一样,对他们心仪的猫咪说"你愿意跟我走吗"的意思。

容眠有点庆幸,刚才孔三豆在离开之前,把那些万能回复套话教给了自己。

钟熠耐心地等了一会儿。

然后他就看到男孩儿别过脸,放空了一会儿,随即喉结轻轻地动了一下,好像终于把嘴里的东西咽了下去。

很久之后,钟熠听见容眠很轻地说了一句:"应该吧。"

于是接下来的整整半个小时,二十九岁的钟熠老师语重心长地给这位年轻人上了一节思想品德课。

内容主要包括年轻人要如何自尊自爱,不能被花花世界迷了眼,人可以短暂地贫穷,但路不能走歪,等等。

容眠垂着眼,看着手心里已经凉掉的盒饭,没有说话。

后来钟熠说得有些口干舌燥了,中途停下来休息的时候,盯着容眠恬静的侧脸看了一会儿。

能被这种打直球的漂亮男孩儿欣赏,无疑是对自己人格魅力的一种肯定,钟熠内心难得地有那么一点点瘙痒。

但是实在是太年轻了,钟熠想,我说什么都得把人拽回正轨上。

"你戏感很好,"钟熠叹息着说,"年纪也轻,未来的机会还有很多,不要急于一时半会儿的眼前利益,演技扎实了,资源以后肯定是可以跟上的。"

钟熠是真的掏心窝子地来说这些话的,容眠也是实实在在地没有听懂。

他好奇怪,容眠想。

他明明那天亲口说"我有不少朋友和你一样",说会理解自己的情况，也承认知道了自己的身份。

他不愿意看自己的尾巴，容眠觉得没有问题，但容眠没明白为什么他现在会站在这里，以这种说教的口吻和自己说这么多莫名其妙的话。

难道他对待自己的那些原形是猫的朋友，也都是以这样奇怪的、纠缠不休的态度吗？

容眠突然很怀念自己不用打工的那段时光。

猫形的时候，他可以坦然地无视人类的示好和要求，但是现在他不得不进行这些令自己困惑的、毫无意义的人类社交。

容眠慢吞吞地抬眼，看着男人，继续在脑子里默默筛选合适的敷衍套话。

于是钟熠看见男孩儿先是点了点头，又错开视线，睫毛温顺地垂下，很乖地说："知道了。"

没有预想之中的死缠烂打，没有任何反驳狡辩，他答应得如此爽快利落，钟熠反倒愣在了原地。

于是钟熠嘴里剩下的大半段准备好的说教全都作了废，他一时哽住，最后只能看看容眠手里的饭，硬挤出一句："饭不好吃？"

容眠停顿了一下。

他感到苦恼，因为这种情况没有办法用万能套话里面的任意一句来回答，于是最后他只能选择实话实说。

"很难吃。"容眠说。

钟熠似乎已经料到了这个答案。

"你这个情况……你是只乐意吃猫罐头吗？"

钟熠斟酌了自己的措辞："我不太了解你们这种，就是别的什么……"

"肉都是可以的。"容眠回答。

他想了想，又认真地补充道："鱼肉和鸡肉很好吃，牛肉和虾也很好吃，只不过罐头的调味更好一点儿。"

钟熠感觉自己更困惑了。

——他总感觉这种在厕所里吃猫罐头的情况应该还不能算是单纯的异食癖,因为异食癖吃的,一般好像都是泥土、钉子这种非生物的东西。

他这种情况……更像是私人的饮食怪癖加上单纯的挑食。

这就属于人家的隐私了,钟熠意识到自己不应该再多问。不过他看这孩子听话,戏演得也不拉胯,不像是个浮躁不踏实的虚荣性子。

也许只是一时的心思走歪了,他心想。

钟熠刚拒绝了人家的示好,不由得也起了些安抚和弥补的心思,于是沉吟片刻之后,他安慰似的拍了拍容眠的肩膀。

"走吧。"

钟熠直起身,说:"我带你去认识个零食大户。"

下午的戏是在室外,阳光很好,天气也变得暖和了一些。

沈妍的角色算是让人眼前一亮:碎花长裙,笑眼弯弯,头发里似乎都藏着花香,是温柔善良的老师。

她饰演容眠的老师,同时也是戏里钟熠的一位旧友,乍一看,就是一个把剧情一点点串联在一起的"工具人"。

"妍姐今天这妆真温婉,小麻花辫儿一编,窈窕淑女的味儿立刻就出来了。"工作人员那边还在调试设备,钟熠这边先来了一出欲抑先扬,他说,"我差那么一点儿就信了。"

他俩这么多年早就互损惯了,沈妍内心没太大波澜,只是呵呵一笑。

她正好站得累了,也没客气,直接一脚把钟熠从轮椅上踹了下去,裙摆一拎,自己美滋滋地坐了上去。

"介绍个小朋友给你。"

钟熠顺手指了指身后的容眠,说:"本次投毒案的头号嫌疑人,非常危险,请二位保持相对安全的距离。"

"他也是我们班的尖子生。"沈妍自然地接他的话,"上次小测验班里的第一，我的心头肉，用得着你在这儿给我介绍？"

容眠眨了一下眼。

钟熠和沈妍随意地聊起天，气氛倒是轻松起来，但是容眠还是不知道自己该说些什么，盯着脚尖开始发呆的时候，沈妍的助理送来了一个价格不菲的大号托特包。

"看好了。"

钟熠似乎对这种场面早就习以为常，他告诉容眠："这是妍妍大礼包。"

容眠一开始还没明白是什么意思，紧接着他就看见沈妍气势汹汹地把拉链一拉，从里面掏出了一包又一包瓜子、果冻、蛋黄酥。

她一边掏一边熟练地往钟熠的怀里抛，钟熠也没和她客气，伸手一包一包地全给接住了。

最后他把其中一包拎起来，打量了一下，扔进了容眠怀里。

容眠愣愣地抱住，低头一看，是一袋五香牛肉干。

钟熠和沈妍嗑了会儿瓜子，聊了会儿天，半晌，瞥了一眼身侧，发现容眠刚好慢吞吞地把牛肉干的包装拆开。

但他没有直接下口，而是低着头，有些警惕地先放在鼻尖嗅了一会儿。

钟熠有点想笑。

容眠这边刚通过气味进行了简单的判断，确定了这牛肉干不辣不酸，而且不是奇怪的口味，正迟疑地准备一口吞掉试试味道的时候，就听见身侧沈妍惊呼了一声："蝴蝶——"

容眠的耳朵竖了起来。

他们的拍摄场地在郊区，围墙外的菜圃稀稀落落地种了点儿蔬菜，虽然蔬菜长势一般，但是初春气温回暖，又正巧赶上个阳光好的下午，就有两三只打着旋儿的蝴蝶正绕着菜圃慢悠悠地飞。

沈妍是个一周在网上发的十条帖子里有三条广告、七条自拍的人,她正愁找什么机会既能发个自拍又能宣传一下新剧,一下就有了灵感。

她拿着手机试图和蝴蝶自拍,但每次都是刚找好了角度按下快门,蝴蝶就乐颠颠地扑扇着翅膀飞走,只在照片里留下一抹残影。

沈妍气急败坏起来。

钟熠看得十分无语,刚想顺口调侃她两句,不经意间瞥到了自己身侧的人,又是微微一怔。

容眠也在盯着蝴蝶看。

确切地说,他正在不错眼珠地锁定其中一只白色蝴蝶,不像是欣赏,看着反倒像是……在预判它飞行的路径。

然后容眠突然伸出了手。

他出手的速度很快,而且没带任何的迟疑和犹豫,钟熠感觉不过是眨眼的瞬间,他就利落地收回了手,空中也只剩下了一只孤独、翅膀扑棱着的棕色蝴蝶。

那只白色的蝴蝶已经被捏在容眠的指尖,它无力地扇动着翅膀。

容眠缓慢地垂眼,平静地和它对视,似乎并不意外自己的一击即中。

钟熠:"……"

容眠思考了一会儿,抬起了头。

他一手抱着装着牛肉干的袋子,一手捏着那只半死不活的蝴蝶,径自走到沈妍面前,有些硬邦邦地对她说:"给你。"

目睹全程的沈妍眼珠子都快瞪出来了。

她又惊又喜,蝴蝶毕竟是只扑棱着翅膀的昆虫,她迟疑着,又不敢去碰。容眠似乎看透了她的想法,顿了顿,又说:"我会松手,你抓紧拍。"

沈妍赶紧应了一声。

沈妍在花丛前找好了角度,容眠松手,蝴蝶扑扇着翅膀逃出他的掌心，沈妍刚好抛出个甜蜜飞吻，照片定格。

沈妍快乐了。

"这手速真的离谱。"

沈妍低着头打开P图软件，但还是有些迟疑地问道："感觉你'咻'地那么一伸手，蝴蝶就'咻'地那么被你抓着了，这、这是怎么做到的啊？"

容眠说："因为我以前经常抓，蝴蝶的行动轨迹其实很简单，所以并不难抓。"

"还有其他飞虫和蜘蛛，鸟我也会抓。"他想了想，又仔细地补充道，"但是飞虫太小的话，就不可以了。"

钟熠和沈妍同时沉默了一下。

沈妍喃喃道："你……你太厉害啦。"

容眠问："你还要吗？"

沈妍磕磕巴巴地说"不用了"。

容眠轻轻地"嗯"了一声，面上依旧没什么表情，他只是重新低下了头，回归自闭模式，继续和手里的牛肉干作斗争。

但是钟熠看得清楚，在听到沈妍夸奖的那一刻，容眠的眼睫就像是那蝴蝶的翅膀，幅度很小地颤了一下。

虽然他又很快地垂下了眼帘，开始撕另一块牛肉干的包装，但钟熠还是捕捉到了他眼底那一闪而过、带着明亮光彩的雀跃。

像什么呢？钟熠沉吟了一会儿。

就像是叼着战利品来跟主人邀功的小动物，被夸奖了还要装作满不在意的样子，但尾巴还是忍不住微微地摇晃起来。

牛肉干是真空密封的，包装很难撕开，容眠花了一点时间才撕开了第二块。

很好吃，而且五香味儿是会越吃越上瘾的，容眠咬着牛肉干发了会儿呆，抬起头，和钟熠重新对上了视线。

容眠总觉得钟熠的表情有一点古怪。

他说不上来，只能缓慢地把牛肉干咽掉，转身看了看身后的花圃和翘着手指P图的沈妍，又回头观察了一下钟熠的表情，感觉自己好像明白了什么。

牛肉干真的很好吃。

容眠在心里分析：虽然并不是钟熠买的牛肉干，但是他特地拿给自己的，那么自己应该做到礼尚往来。

于是容眠抬起眼，问钟熠："你也要吗？"

这只是一句纯粹到没有任何赘述的询问，但钟熠总觉得自己的喉咙里好像也住进了一只扑棱蛾子，很痒，说不出话。

容眠面色沉静，眼睛很大，也很圆，睫毛纤长，是一种很纯、很具有欺骗性的长相。

明明就在半个小时之前，自己刚刚拒绝了来自这个年轻男孩儿的示好，钟熠知道自己现在最应该做的事情是避嫌，不要让他再生出任何别的念想，而不是……

"好的。"

钟熠听见自己说："先来三块吧。"

钟熠盯着矿泉水瓶里那只蝴蝶看了快半个小时。

倒不是容眠抓不住三只，而正是他抓得太准太快，钟熠怕他把这一片的蝴蝶抓绝种了，最后还是把人拦住了。

钟熠是真没见过哪个大活人抓虫子抓得这么利索——就这个眼力和手速，他寻思这小孩儿以后就算没戏拍了，去当个保镖什么的，估计也能混上一口饭。

钟熠最后留了一只蝴蝶，把其他的放飞了，戏开拍前叫徐柚柚找了个矿泉水瓶装了进去，还在瓶身上扎了两个小孔透气。

"钟哥，我听他们传，史澄进组的事儿，应该是八九不离十了。"

在车上的时候,徐柚柚说,"如果是真的,估计最多过两周就会进组,你……还是要先有个心理准备。"

钟熠没说话,只是慢条斯理把矿泉水瓶举起来,借着路灯那点昏暗的光,欣赏了一会儿蝴蝶身上黑褐色的斑点。

"就他那个演技,演个泥地里的站桩萝卜,地里的爬虫都会对他有意见。"

半晌,钟熠说:"刘圆丰真愿意让他糟蹋自己的心血?"

他的嘴巴毒,每次整出这种惊世骇俗的比喻,都能直接给徐柚柚说得一噎。

"所以给的角色也就撑死是个镶边的。"徐柚柚叹气,"他们团队那边有手段,况且他那张脸内容太多,一看就知道是史连青的儿子,是自带话题度的体质……这也不是刘圆丰一个人做得了主的事儿。"

蝴蝶安静地趴在瓶壁上,翅膀扇动的幅度很小。

"漂亮。"钟熠说。

徐柚柚一时间无法断定他是在夸蝴蝶好看还是在阴阳怪气,于是只能惴惴不安地搓了搓手,没敢说话。

但好在今天钟熠心情看起来似乎不错,他只是又对着蝴蝶端详了一会儿,没再多说什么,徐柚柚暗自松了口气。

"一会儿放飞了吧。"

他把瓶子给了徐柚柚,说:"春天快到了,正好多传播传播花粉。"

钟熠想起了什么让心情很好的事情,表情倒是出人意料地柔和。徐柚柚"呃"了一声,说"好"。

于是从小在农村长大的她吭哧了半天,还是没敢告诉钟熠,这其实就是最普通的菜粉蝶,而且属于会祸害庄稼的害虫。

容眠把剧本翻页的时候,孔三豆擤了五分钟内的第三次鼻涕,而且这次震天般响亮。

于是容眠停顿了一下,把剧本合上。

"三豆，"容眠说，"你不要哭了。"

他不说话还好，话一出口，孔三豆眼眶里的泪水又蓄得满满当当。

"你这样下去会不会死掉……"

孔三豆抱着头，开始新一回合的"呜呜呜"："怎么办啊？你每次吃我做的饭会吃得很少，其实、其实我也可以顿顿都给你做肉吃的。"

"可是人只吃肉的话，真的会生病的……"

孔三豆抽噎了一下："我之前就是这样，过一阵你的嘴巴里面会长很痛很痛的疱，还会变得很容易掉头发。我到底要怎么办啊？我根本没有照顾好你……"

狗狗的想法都很憨很质朴，至少在孔三豆的理解范围内，人如果吃不好饭，就会死掉。

她号哭的声音很大，容眠有一些手足无措。

"拍戏要维持人形的时间会久，所以会有一点累。"

容眠笨拙地开口安慰她："人类都会有这种症状，只是有一点头晕。你不要哭了，你做的饭很好吃的。"

"可是上次拍网剧的时候，你、你就没有瘦这么多……"

孔三豆抽噎着说："要我说，你这次就不应该来，为什么一定要演戏？继续和大家每天待在一起不是更开心吗……"

容眠摇头。

"我要多赚一点钱。"容眠说，"所以我要更努力地演，而且我喜欢演戏。"

孔三豆说不出话，只是眼睛红红地看着他，又吸了吸鼻子。

"有了钱，到时候可以给你买那个你很喜欢的项圈。"容眠顿了顿，很认真地看着她说，"还可以给大家买更大的房子住，吃更高级的粮，云叔也会很高兴的。"

孔三豆愣了一会儿，随即"嗯"了一声，又很用力地点了点头。

她又自顾自地纠结起来："那、那要买什么呢？要不咱们买一艘游艇吧,我好想去看海,可是C市没有海,只有山啊……"

看着她恢复兴高采烈的模样,容眠无声地松了口气。

他低下头,揉了揉眼,愣了一会儿,又偷偷地打了一个哈欠。

容眠其实这两天一直都没有睡好,人类和动物的理解力并不一样,为了在对戏时不露出马脚,光是查资料以及理解剧本,他就花费了不少时间和精力。

而孔三豆做的饭……又实在是有一些"黑暗",她确实注重了营养均衡这一点,可是青菜的比重太大,而且她永远都只会在水煮过后用酱油和盐调味。

容眠有点不好意思说,因为孔三豆已经很努力了,而且她每次都会露出很期待的表情,可容眠也是真的咽不下去。

于是今天早晨拍戏之前,容眠以看剧本的借口,躲掉了她做的彩椒洋葱三明治,随即成功地在片场"喜提"了一张"低血糖限时体验卡"。

"要不你还是先变回原形吧,你这样怎么撑得下去?"

孔三豆看出了他的疲倦,又忧心忡忡地说:"我、我去给你找个毯子,你先睡一会儿吧?"

容眠摇头:"我一会儿要去找刘圆丰问一段戏,你……"

"我去和他商量一下,叫他一会儿直接过来找你!"

孔三豆霍地起立,一下子来了精神:"你现在赶快去睡觉就完了,放心吧,他应该是不会拒绝你的。"

容眠:"我……"

"反正他们豚鼠天生就怕你怕得要命。"孔三豆说。

钟熠刚到片场,就看见不远处的沈妍笑盈盈地朝他勾了勾手,递给了他一袋挺有分量的东西。

他拉开袋子一看,是一碗还热乎的八宝粥。

惊喜归惊喜,但她这一出给钟熠带来的更多是害怕,果然沈妍下一秒就直截了当地来了一句:"给容眠送过去。"

钟熠:"……"

"你也知道刘圆丰那人,就为了抓黎明时的那点晨光,今天五点多就开始拍。"沈妍说,"结果容眠那小孩儿有点低血糖,中途的时候有点没顶住,栽了一下。"

钟熠一愣。

"但是最后好像没啥大事儿。"沈妍说,"他那个助理小姑娘好像吓了一跳。我助理不在,这粥我直接去送给他不太合适,你就替我给他带过去吧。"

钟熠沉吟了一下,应了声"好"。

低血糖啊。钟熠琢磨了一下,想起容眠这人之前在聚餐时啥都不吃的挑剔样子,还有他前天剩的满满一盒的白饭,心情有点复杂,总觉得这粥,那小孩儿未必喝得下去。

沈妍说他人在临时休息室歇着,钟熠犹豫了一下。

钟熠和容眠交情不深,"咖位"其实也可以说是天差地别,况且这小孩儿对自己还存了点不太一样的心思,钟熠其实大可以叫徐柚柚给送过去的。

但他拎着粥,有点心不在焉地走了一会儿,再一抬头,就发现再拐个弯,自己就要走到休息室门口了。

钟熠"啧"了一声,只能又转了个弯,结果刚好就看到刘圆丰蹑手蹑脚地推开了门,走了出来。

正是初春的季节,楼道里还是有些凉飕飕的,钟熠穿着夹克都感觉有点冻手,刘圆丰却是一边擦着满头的汗,一边神色紧张地把门带上了。

他慌神到甚至没有注意到走廊另一头的钟熠,掉头就溜,圆滚滚的身体很快就消失在了走廊的另一头。

钟熠:"……"

钟熠沉吟半晌，还是走到了休息室门口，他看了一眼手里的粥，犹豫着要不要敲门。

然而刘圆丰刚才走得太急，门没被带上，只是虚虚地轻掩着，钟熠定睛一看，能隐约看到休息室的窗帘拉着。他的视线再迟疑地下滑，瞳孔突然一缩。

因为他看到了散落在地上的一件衬衣。

透过门缝，钟熠的视线缓缓上滑，就看到沙发上的毯子里突然露出了一只微微蜷缩的、白净漂亮的脚。

随即他就看到了男孩儿赤裸着的上半身和好看的脊背——容眠撑着沙发，慢吞吞地起了身，毛毯从上身无声地滑落在了腰际，再向下走，就是一小片暧昧的、引人遐想的阴影。

暗橘色的阳光从窗帘的缝隙中钻进房间，容眠的侧脸和睫毛被覆上了暖光，这也导致他的脸颊看起来有一点红。

他就这么裸着上半身，有些慵懒地倚在沙发里，眼底盛着带着倦意的、漂亮的水光。

他人看起来还有一些蒙，而且不知道是不是因为光线昏暗，他的眸子似乎不再是平时看起来的棕黑色，而是泛着一种浅淡的、微亮的琥珀色。

下一秒，容眠侧过脸，有些诧异地朝门口看了过来。

容眠已经很久没有睡得这么好了。

猫形的时候，容眠感觉自己连呼吸都要轻盈不少，虽然视线会比人形的时候变得低很多，但是睡觉的时候，猫形真的舒服太多太多了。

他最喜欢全身被柔软厚实的布料包裹着的感觉，这样他可以将身体蜷缩成一团，让尾巴包围住身体，进行一段有安全感的高质量睡眠。

然而猫是警惕性高的动物，一点动静都会让它们的耳朵竖起来。

容眠听到了门外的脚步声。

是刘圆丰,他搓着手站在门口,看着毛毯里微眯着眼缩成一团的容眠,疯狂飙汗,脸上诚实地写着"恐惧"两个大字。

他战战兢兢地喊了一声:"那个,小容……"

动物之间的压制关系是天生存在的,尤其对于天敌关系而言,哪怕是在变成人形之后,容眠也知道刘圆丰此时此刻的压力有多大。

容眠感觉刘圆丰再站一会儿,晕过去的可能性会很大,于是他抖了一下尾巴,变回了人形。

毛毯对于人形的他来说就有一点小了,他的上半身裸在空气之中,没有了皮毛的覆盖,他感到有一些冷。

对于他们这种小型动物而言,从人形变成原形之前,是需要把所有衣服都脱掉的。

因为衣服并不会以同等比例缩小,如果不脱衣服的话,就会很容易出现变回原形之后,头被内裤套住的情况。

不过动物之间对于裸露皮肤这种情况并不在意,看到容眠变回人形之后,刘圆丰露出的则是"终于得救了"的表情。

他抬手又擦了擦脑门儿上的汗,很明显地松了口气。

容眠说:"对不起,刘导。"

刘圆丰赶紧摆了摆手,吭哧了半天还是紧张,一时半会儿说不出一句完整的话。

容眠把剧本里不懂的地方一一问了刘圆丰,刘圆丰还是有点怕,在他的身侧坐得有一些拘谨,很认真地给他一点点讲明白了。

容眠拿着笔,听得专心,在台词旁一笔一画地写着什么,看起来有模有样。

刘圆丰怕归怕,还是没忍住好奇偷瞥了一眼,结果直接傻眼——好家伙,不知道的还以为他在画辟邪的符。

刘圆丰说:"其实吧,你到时候有问题可以多问问钟熠,他人不错,演戏这一块经常会帮衬新人。"

刘圆丰看到容眠握着笔的手顿了一下。

"他……"容眠抬起眼,有些突兀地问了一句,"我是说钟熠,他知道你的真身是……"

刘圆丰愣了一下,似乎觉得这个问题来得很奇怪:"当然不可能了。"

刘圆丰之所以回答得这么笃定,是因为他已经是化形三十多年的"老油条"了,和所有拥有化形能力的动物一样,一开始他也是小心翼翼、步步惊心,唯恐从哪个小细节露出破绽。

可到后来他就发现,只要不是当着人的面当场变回原形这种极端情况,基本上是没有被发现的可能的。

因为人类根本就不会往这种方向想。

——看来只有我露馅了啊。

容眠想着,低下头,慢吞吞地把笔帽合上。

"谢谢刘导。"他很客气地说,"我都明白了。"

他每喊刘圆丰一次"刘导",刘圆丰就感觉自己身后刮起一阵凉飕飕的七级寒风,他脖子下意识一缩,只能故作镇定地挥了挥手,表示没事。

然后刘圆丰落荒而逃。

容眠窝在沙发里又待了一会儿。

他突然感觉门外有动静,诧异地抬眼望过去,隐约看到一个人影在门缝中闪过。

他只能先穿上衣服,赤着脚走到门口,推开门,发现走廊里空荡荡的,并没有人。

地上放着一个外卖袋子,上面写着某某粥铺,容眠蹲下,伸出手指碰了碰装粥的塑料碗,发现粥还是温热的。

他把塑料袋拿了起来,在提手的位置嗅了嗅,于是就有很独特的,属于柑橘的香气涌入鼻腔。

容眠很快就知道了答案。

他站在片场,面前是一个坐在轮椅上的男人,他的身上笼罩着的是一股浓度稍微高一点的、同样的柑橘气味。

不过从钟熠面无表情的脸,容眠可以判断出,这个人此时此刻应该是在生气。准确地说,他应该是在生自己的气。

他们俩状态都不对,戏也对得可以说是乱七八糟。刘圆丰看出了不对劲,只能叫他们俩自己在旁边磨合一下。

"你对我夹带了私人的情绪。"一离开人群,容眠就很直白地点破了原因,"所以没有办法演好。"

钟熠没接他的话。

他只是觉得有点可笑,笑自己还真的信这小孩儿只是一时鬼迷心窍,把路走歪了,甚至觉得他抓蝴蝶时候的样子……有那么一点可爱。

不过也是,上一秒能在厕所里对着一个初次见面的人来一出那样的"才艺展示",现在对着刘园丰做出这档子事也只能说合情合理,完全没什么太说不过去的地方。

钟熠最气的点在于,刘圆丰还是个有家室的人。

甚至前天刘圆丰还在朋友圈发了全家福,照片上是他和他的老婆、女儿,一家三口全都圆滚滚的,乐呵呵地对着镜头,是叫人看得嘴角跟着上扬的那种幸福模样。

合着都不是什么好东西,钟熠心想。

容眠不是一个很擅长应对沉默局面的人,他歪着头盯着钟熠看了一会儿,还是不明白他生气的点在哪里。

于是他想了想,又对钟熠说:"谢谢你的粥。"

钟熠没领他这个情,说:"是沈妍的粥。"

他也懒得再拖,干脆看向容眠,直截了当地点破:"你知道刘圆丰有老婆孩子吗?他有一个刚上小学的女儿。"

容眠似乎没有明白这两句话的关系。

"我知道。"他说。

容眠没有告诉钟熠，其实刘圆丰他们家还有一个两岁的儿子，只不过一直没能化形，所以没有办法对外公开。

动物可以化形的情况是很少见的，但是一般情况下，如果父母都有化作人形的能力，后代基本是天生就可以化形的。所以刘圆丰愁得不行，之前还提着装着他儿子的小笼子找云叔咨询。

容眠当时因为偷吃了一整袋冻干猫粮，正处于被关禁闭的状态，因此只是远远地瞥见了一眼，就记得他儿子也是圆滚滚的一个球。

云叔叫刘圆丰不要心急，说主要是因为被喂得太多了，而且懒过头了，饿几顿可能就有戏，最后又给刘圆丰配了点特殊腌渍的干草。

正是因为这个人情，还有容眠自己在上一部网剧里不错的表现，他才拿到了这次的这个角色，所以他很珍惜这次的机会。

"你知道还找他？"

钟熠并不知道这些内情，所以此刻他只感觉荒谬——下一秒就要气到脑出血的那种荒谬。"你是真没人可……"

钟熠意识到自己即将说出来的话会十分难听，看着男孩儿年轻的侧脸，深吸了一口气，最后只能摇着头冷笑了一声，把话咽了下去。

"因为刘导刚才在给我讲戏。"容眠疑惑地看着他，"不过我还是有一些地方不太明白。"

——真把我当傻子了。

容眠这话无疑是火上浇油，钟熠只感觉自己快气笑了。这是哪门子的魔法剧本，读着读着还得把衣服脱了？

"行。"钟熠点头，他现在只想看看这人还能怎么继续编下去，"来、来告诉我，你们刚才具体讲了哪一段戏？"

容眠"嗯"了一声，低头翻开了剧本。

"就是下面这一段。"容眠指给钟熠看，"我还是不太明白，这一块的眼神要怎么给。"

他看起来很认真，面色平静到看不出破绽，钟熠这回是真的有点摸不着头脑了。

钟熠一时间分辨不清这人是真的演技太好脸皮太厚，还是自己真的误会了他和刘圆丰。

可刚才刘圆丰落荒而逃、满头大汗的样子还历历在目，而且隔着门缝，自己确实看见这小孩儿脱得那叫一个干净……

他在心里暗骂一声，深吸了一口气，又瞥了一眼这人手里的剧本，看到上面密密麻麻的注解，又是一愣。

他寻思这小孩儿虽然心术不正，但到底对事业还是有责任心的，心情顿时又有一点复杂。

想着以拍戏为重，钟熠暂时把心底的那点火压了下去。

"这里我是打着给你送牛奶喝的幌子，继续试探你。"

钟熠瞥了一眼剧本，冷淡地说："重点是我的这段话，你自己感受一下，再想想要怎么去接。"

这段戏挺有意思，全程话里有话，是钟熠饰演的男主角为了调查案子，买了牛奶来继续套容眠话的一段戏。

他顺手把自己的"黄金战车"牵了过来，一屁股坐了上去。

钟熠坐在轮椅上，容眠坐在他对面的长凳上，咬着盒装牛奶的吸管，有点好奇地盯着钟熠有一下没一下地点动的手指。

钟熠翻了翻剧本，心里也大致有了数，再抬起头时，就已经进入了状态。

"这样吧，小同学，我每天来找你，你陪我聊半个小时。"

钟熠的五官是明艳而深邃的，眼底的笑意是晦暗不明的，他以一种很放松的姿态坐在轮椅上，却又给人一种稳重感和莫名的信赖感。

他就这么直视着容眠的眼睛，慢悠悠地，一点一点地敲着轮椅的扶手。

钟熠漫不经心地说出台词："我每天送你一盒牛奶喝，怎么……"

容眠:"好。"

钟熠说:"小孩儿,你台词说错了。"

容眠顿了一下,像是刚回过神,这才反应过来自己刚刚回复了钟熠什么,直接呆住。

钟熠倒也没怎么在意,只是指着剧本,给容眠解释了一遍。

他讲得很清楚,而且完全站在容眠的角色角度给他分析,包括一会儿要抓的神态和小动作,细节的点都解释得非常明白。

容眠可以捕捉到钟熠手指敲击的频率,也可以在尘埃于空中腾起的时候,看到对面男人深邃而俊逸的眉眼。

容眠轻轻地眨了眨眼。

钟熠把剧本翻了一页,随意地问他:"明白了吗?"

容眠点头。

钟熠看了一下这人在剧本上写的注解,字是真丑——说是象形文字也不为过的那种丑——但理解的方式和角度还挺有趣。

于是钟熠"嗯"了一声,身侧盯着看了好一阵的容眠却突然伸出手,拍了拍他搭在扶手上的手。

钟熠:"……"

然后他就看着眼前的男孩儿抬起了头,眼睫颤了一下,眼睛湿漉漉的,有种恬静而纯粹的光亮。

于是容眠很仔细地给钟熠重新解释了一遍:"我是说,你的手很好看。"

——高。

那一刻,钟熠终于清楚地意识到,眼前这个男孩儿的段位,是真的高。

钟熠意识到这个男孩儿绝对不是等闲之辈。

年纪轻轻野心不小,生了张漂亮的脸蛋儿,反应永远要比别人慢半拍,看起来总是一副恬静茫然、心思很纯的样子。

确实是很容易叫人心尖儿一颤的类型。

然而初次见面,这人就先和自己搞了一出坦诚相对;现在和导演关系不清不楚不说,又对着自己疯狂打直球,配上他那张总是看起来很茫然的脸,可以说是纯纯的心机少年。

这么一看,刘圆丰这种意志不坚定的中年人中招也不意外了,就连钟熠都不得不承认,刚才对上这小孩儿的眼睛,听见他夸自己,自己确实是有那么一点开心的趋势。

于是钟熠半天没有接话。

但是容眠并没有感到尴尬。

因为在他的世界里,一切社交都以极其简单的直线模式进行着:对喜欢的事物就要夸赞,对讨厌的事情干脆不做,对新奇的东西一定要尝试。

于是容眠垂下眼帘,继续好奇地盯着钟熠的手看。

容眠正准备再仔细地观察,就听见身侧的钟熠说:"别看了。"

容眠察觉到了什么,歪着头打量了钟熠一会儿。

然后他很直白地说:"你不喜欢我。"

钟熠不置可否。

"但是你又一直帮我保守秘密。"容眠说。

钟熠说:"我答应过的事,就不会食言。"

对话看似进行得很流畅,但事实上,他们两个人完全不在同一个频道上。

容眠所说的"秘密"是指自己是猫这件事,而钟熠以为他指的是异食癖那档子事,两人驴唇不对马嘴,竟然还莫名其妙地聊对路了。

钟熠捻了一下自己的指尖,吐出一口气,决定最后试探一下这个小孩儿是不是真的无药可救。

钟熠问他:"为什么要演戏?"

容眠回答得也很快。

"我比较喜欢演戏，而且我要赚钱。"他说，"我有很多想要的东西。"

还挺坦诚的，钟熠心想。

"确实，说是基于热爱，其实归根结底都是想赚钱。"

钟熠循循善诱，走向正题："但剖其根本，所有人赚钱都是为了家庭，是为了爱的人可以过上更好的生活，为了父母……"

"我的妈妈死掉了。"容眠看着他，有些困惑地说，"在我出生之前，我的爸爸就已经不见了。"

钟熠哽了一下。

麻烦啊，他想，怎么偏偏又是个孤苦伶仃的命，看来自己这话还不能往重了说。

"我无意冒犯。"钟熠先是表达了歉意，沉吟片刻，重新把话题拽回正轨，"可一码归一码，你也不能这么做，对不对？"

容眠的表情变得越来越疑惑，但对于自己听不懂的话，他最终还是选择安静。

"小孩儿，听我一句劝，别跟刘圆丰走那么近。"钟熠终于把这句话说了出来。

容眠不知道为什么事情会发展成这样，没想到自己只不过是和刘圆丰私下对了一次剧本，就已经到了这么严重的程度。

可是剧本有的时候真的很难懂，动物站在人的角度理解事情本来就很困难。

虽然这些年容眠以人形正常生活已经没有什么问题，但是让他从人的视角想问题，并且在镜头前演绎出来，将情感传递给观众，其实还是有一些难的。

所以容眠演第一部网剧时真的是全程难受。

因为他只能把女主角想象成食物——暗恋的时候是魂牵梦萦的猫条，热恋的时候是他最爱的吞拿鱼罐头，分手的时候就是已经吃得有些腻了的冻干鸡肉。

现在容眠的演技已经成长了很多，而且这部剧的感情线要淡一些，剧情的笔墨更重一些，容眠以为会轻松不少，但没想到还是惹出了这么多事端。

刘圆丰虽然和自己并不是一个种族的，但某种意义上也算是同类，而且他从饮食到思想几乎已经同步到与人类无异的程度。

所以容眠认为在拍戏之前和他对一下剧本，终归是会更稳妥一些的。

容眠感到有些为难。

他看着钟熠，小声地说："可是如果不找他，我……"

钟熠是真的心累。

可是这男孩儿的脸生得实在是干净，尤其此刻，他的侧脸看起来有些茫然。他太年轻了，钟熠总觉得自己还是要拉他一把。

钟熠没想到最后还是会走到这一步。

"你不是之前想跟着我混吗？"钟熠对上他的眼睛，说，"也不是不行。"

容眠看着他，表情变得空白。

"我不会直接给你资源和金钱。"钟熠明了地说，"但相应地，我也不需要你付出任何东西。"

"只要你答应我，不再去私下和刘圆丰有那样的来往。只要你能本分做人，我可以每天给你讲戏，保证你这部戏拍得稳稳当当、口碑不跌，我可以每个字每一句地教你怎么把这部戏演好，让你有靠自己的本事赚钱的能力。"

"刘圆丰只能保你这部戏，但我能保证你的以后。看你自己怎么选了。"

容眠还是没有说话，钟熠感觉自己的把握又大了一些。

"当然，你本身的演法没有问题，只是有些青涩，差的是经验的累积和别人的提点。"他加大筹码，"如果你心急，一定想要现在就得到些什么的话,我也能稍微帮你引一部分热度,但如何经营和粉丝的关系,就是你团队那边的工作了。"

钟熠感觉自己说得挺明白了。

——我不会直接给钱给资源,你也不用给我"表演才艺",只要你本本分分做人,我就勉为其难地当你老师,在教你做人的同时,也顺带着教你点真本事。

钟熠的这番用心良苦都快把自己感动了,他感觉自己真的是个顶顶好的人。

"至于你的特殊问题……"钟熠斟酌了一下,"不行的话,在剧组的这段时间,你可以每天和我一起吃饭,我有专业营养师,可以帮你搭配适合你口味的餐食。"

钟熠没有注意到,自己说完这句话之后,一直木着脸的容眠突然幅度很小地眨了一下眼,缓慢地看向了自己。

"我看人准,你能红,前提是路走对。"

钟熠倾身,敲了敲容眠手里握着的牛奶盒,又抬眼看着他,说:"刘圆丰还是我,你自己选。"

对话结束,钟熠直起了身,在轮椅上跷起二郎腿,看起了手机。

他给了容眠一段可以思考的时间。

刷了一小会儿微信,钟熠还是没忍住用余光偷瞥,他看着对面的男孩儿眉头微微蹙起,似乎陷入了十分艰难的抉择之中。

"我有一个问题。"容眠说。

钟熠知道,这回应该是上钩了。

他嘴角一动,镇定地将视线从手机上移开,颔首道:"你说。"

"你提供的饭里,每天都有什么菜啊?"容眠很认真地问。

容眠上车的时候,天已经彻底黑了。

"你刚才去哪儿了?"孔三豆问他,"找了半天没找着你——哦对了,云叔在群里说要给店里换盏吊灯,图片发在群里了,你记得投一下票哦。我觉得第二张图里的款式更好看一点儿……"

容眠没有说话,孔三豆扭头一看,就见他闭着眼,蜷缩着倚靠在车窗上,把半张脸都埋在了外套里。

于是她沉思片刻,乐呵呵地在群里回复了一句"容眠说他也喜欢第二张"。

孔三豆倒也习惯了,毕竟随时随地入睡可以说是容眠的个人特色之一。

猫都是慵懒的动物,但容眠把这一点做到了极致。

在猫咖工作的那段时光里,对向他挥逗猫棒的顾客,容眠偶尔会以伸出爪子慢吞吞地扑两下来敷衍"营业",但大部分情况下,他的选择是无动于衷地背对着顾客,并在十秒之内入睡。

毫无"营业"精神,他也因此多月蝉联"服务态度最消极员工"这一称号。

所以当时在大家集思广益给他想人类名字的时候,"容眠"这个名字以压倒性优势胜出。确实好听,主要是立意深刻。

但是此刻容眠没有睡着,他只是不想说话。

脑子很乱,容眠只能在心里回忆着,将刚才发生的事情一点点地梳理出来。

虽然钟熠并不是很喜欢自己的样子,但是他刚才的意思是,他每天会给自己带好吃的饭,会帮自己讲戏,只需要自己不去和刘圆丰说话就可以。

虽然容眠仍不明白这一切和刘圆丰有什么关系,但是以小动物的视角,能够与一个并不相熟的人共享食物以及资源,并且不求回报——

这是一种带着独占欲,并且很明显的示好行为。

于是容眠感觉自己"悟"了。

孔三豆"咕咚咕咚"地刚喝了两口水,就听见身旁传来了动静,扭头一看,才发现容眠压根儿就没有睡着。

容眠突然坐起了身,就这么直勾勾地看着她,她吓了一跳,一口水直接哽在喉咙里不上不下。

"三豆。"

容眠的眼睛很亮,孔三豆听到他说:"我好像交到了一个人类朋友。"

YINGYANE GUO LIANG

鱼肉拼盘 第2章

YINGYANE GUO LIANG

"大概是两年前吧,在某小视频 App 上,他因为在猫咖当服务员端饮料被人偷拍,是靠颜值走红的。"徐柚柚说,"网上当时跟着小爆了一下,不过后来就没什么火花了。"

"再后来的话……"她补充道,"就很正常地发展了,顺势出道,借着热度拍了部小网剧,反响倒是非常不错,他跟着直接转演员了。"

钟熠"嗯"了一声。

"哪家公司的?"钟熠问。

"呃……"

徐柚柚念了个名字,表情变得有些困惑:"不夸张,是真的很小的一家公司,老板叫云敏,公司资源非常一般,而且签的大多都是外籍模特,几乎都是不温不火,一年三百天空当,感觉老板自己也没什么上进心的样子……"

钟熠若有所思。

他倒也不奇怪容眠是模特公司出身这件事,那小孩儿的身材比例确实不错,腰细腿长,看着舒服,被签也正常。

身旁的徐柚柚有点摸不着头脑,开机都一周多了,她不明白钟熠现在突然搞这么一出是为了什么。

不过她没多想,直到下午的时候钟熠的戏拍完了,徐柚柚准备送人上车回去的时候,钟熠却打了个手势,说:"再等一会儿。"

徐柚柚茫然地"啊"了一声。

钟熠半天没动地儿,也没说话,就在那儿站着,盯着片场的另一边。

容眠乖乖地坐在小板凳上,孔三豆正在用湿巾卸他手肘上化的擦伤妆,同时她转过身,偷偷摸摸地瞥了一眼身后。

然后孔三豆震惊得无以复加。

"钟熠好像真的在等你。"

孔三豆转过头,开始磕磕巴巴:"你、你们到底是怎么熟悉起来的啊?你们的友情来得好快,明明他之前对你还不冷不热的样子,而且你确定他真的知道你的原形是……"

"我之前吃罐头的时候,被他看到了。"

容眠老老实实地说:"他说他有一些朋友和我是一样的,喜欢吃的罐头牌子都一样。"

这样的话对于他们这类人而言确实很有说服力,孔三豆"哦"了两声,又思考了一下,说:"他人真的很好啊。"

容眠看着孔三豆,顿了顿,没有说话。

容眠发现,关于钟熠,似乎所有人对他的评价都很好,都是"他人很好""他对后辈很好""有问题你可以去问他"这种。

容眠不知道是不是因为自己的问题,至少在和自己相处的时间内,钟熠似乎是另一种完全不同的状态。

大部分时间,钟熠会对自己说一些不知所云的话,情绪多半是愤怒的;可是在另外小部分时间里,钟熠又会给自己很好吃的五香牛肉干,也会很认真地给自己讲戏,甚至现在还要每天给自己饭吃,和自己做朋友。

容眠觉得钟熠真的是一个很复杂的人。

他有一点不知所措。不过想起以后自己不用再吃孔三豆做的饭了,还是很开心的,他感觉就连自己的未来都变得明亮起来。

然而孔三豆真心地为容眠感到高兴。

像容眠这样的打工猫，和人类交心的案例真的很少很少，如果能交到一个知心的人类朋友，对他以后的生活也是有好处的。

尤其容眠还属于那种反射弧很长的温暾性子，比如在猫咖的时候，他经常会一人直接吃掉两人份的猫食，并且在慢吞吞地全部吃光之后，才意识到自己做了什么。

然后他又会慢吞吞地给因为饭被抢了，正在号啕大哭的其他猫咪道歉。他看起来好像很无措，但是下次依旧会再犯。

不论是与人还是与猫咖的伙伴，容眠在社交方面的问题一直很大。

猫咖里的品种猫，像美短、英短、加菲，性格都属于天生比较听话、好驯养的。

他们可以很好地适应人类社会，平日里可以在猫咖接客，猫咖不营业的时候，他们又可以以人类模特的身份在云叔的公司工作。

但容眠不太一样，他是被云叔捡回来的，是流浪过的小猫咪，性格里天生带了那么一点叛逆。

他不爱说话，也不爱撒娇，是一只毛色漂亮、眼睛圆圆的小黑猫。他其实很受顾客欢迎，但是永远都躲在很高的地方，基本只会在开饭的时候出现。

后来云叔叫他在猫咖以原形接客，等他熟悉了点人情世故之后，云叔也只不过让他偶尔化作人形在店里帮忙端端饮料。

孔三豆是猫咖里唯一的狗子，憨乎乎的黑柴犬，她不会走猫步，只会拆家，因此关店的时候，当大家都出去工作了，孔三豆就只能一个人在店里看电视。

于是她和同样在店里留守的容眠熟了起来，一猫一狗，天天凑在一起看宫斗剧。

可能是容眠命里注定要红，他后来端饮料时被客人偷拍而走红，加上自己也喜欢演戏，云叔就帮着他出道了。

不过孔三豆有时候也会觉得奇怪，容眠平时总是一副安静的、呆呆的样子，为什么演戏的时候好像变了一只猫，神态一下子就灵动了好多好多？

这部戏里，容眠四分之一的时间处于挂彩的状态，因此受伤的妆需要来回卸，来回上。

普通的湿巾卸油彩没有那么好卸，孔三豆想事情想得有些出神，手上的力度有一些大。

容眠觉得她擦的地方变得有一些疼，也有一些热。

他看着自己的手肘，小声地喊了一声孔三豆的名字。

然后容眠感觉有人拍了一下自己的肩膀。

他抬起头，是钟熠。男人正睥睨着自己，没什么表情地说："别擦了，湿巾没用，去我车上拿卸妆水化开了再卸。"

容眠眨眼，孔三豆愣了一下才反应过来，冲钟熠很高兴地挥了挥手。

容眠发现剧组给钟熠安排的车要比自己的车大。

徐柚柚很熟练地从后面拿出一个小箱子，里面装着一些护肤用品和药物，钟熠随意地坐下，开始看手机，没有招呼容眠的意思。

容眠站在原地思考了一会儿，最后选择了坐在钟熠的对面。

徐柚柚把卸妆油和化妆棉递给了容眠，容眠接过来，礼貌地说了"谢谢"。

然而对面的钟熠还是没说话，他的手指在屏幕上滑来滑去，面上也没有什么表情。徐柚柚察言观色的能力极强，静悄悄地溜走了。

钟熠其实就是在装。

钟熠刚才也是在等容眠主动来找自己，但是容眠和他的那个助理看着实在是太笨了，感觉再搓下去，那个小细胳膊都能被搓掉一层皮。

钟熠又抬起眼瞥了一眼对面，就看见因为视线被阻挡，容眠正在很别扭地转着手肘，一点一点地擦着上面的妆。

容眠的下巴很尖，眼睫温顺地垂下，在皮肤上打下小片扇形阴影。他手里拿着被浸湿的化妆棉，有些费劲地够着那片擦伤油彩的位置。

钟熠看得血压逐渐飙升。

容眠先是小心地擦了一下，又掀起化妆棉好奇地看了看，发现只卸下来了一点儿，不过确实比湿巾的效果要好不少。

他正准备擦第二下的时候，手腕就被人抓住了。

钟熠对他露出的表情很不耐烦，嘴上却说："你坐过来。"

容眠坐到了钟熠的身边，也终于可以把手肘正过来。钟熠用手指摁压着化妆棉，在那片擦伤上停留了一会儿。

不知道是卸妆产品成分的问题还是钟熠的体温要高一点儿，容眠觉得被钟熠碰过的那一片皮肤，似乎又有一点发烫。

化妆油卸妆的效果很好，十秒钟后钟熠抬手，大部分的油彩就已经被卸下来了。

容眠看着钟熠，说："好快。"

钟熠把棉片折叠，然后随手扔掉，没接他的话，只是问："明天你有什么戏？"

容眠把自己的剧本递给了他。

钟熠"嗯"了一声，说："你回去吧。"

非常多此一举的一句话，但是容眠听到后也没说什么，只是慢吞吞地站起身，重新坐到了钟熠的对面。

钟熠对自己这距离感的把控感到十分满意。

他希望这小孩儿能够感受到自己刻意的疏远，别再起什么不清不楚的小心思了。

然而事实上，此刻的容眠只是感到无聊。

对面的男人在看剧本，而且完全没有和自己进行对话的意思，容眠将双手平放在膝盖上，坐得端正，却又不知道自己要做些什么。

在容眠的世界里，除了可以打电话和发信息，手机就只是一个冷冰冰的小铁块,是容眠无聊时最后的选择。

于是容眠有了一个清晰的计划:他决定先把车里仔仔细细地观察一遍,如果没有发现飞虫,那么再打开手机,玩一会儿孔三豆给他下载的那个叫作《时尚美甲店》的小游戏。

车里很安静,可能是初春的缘故,容眠观察了五分钟,没有找到任何一只飞虫,他有一些失望。

他垂下眼帘,正准备拿出手机,突然注意到了桌子上的一个笔帽。

钟熠看了会儿剧本,发现对面的人突然没有了动静,安静得有点诡异。

他抬眼,就看见容眠正在盯着桌上的一个笔帽看。

这笔帽是钟熠的,属于一支普通的黑色签字笔,只不过现在不知道笔在哪里,应该是之前在剧本上写写画画后给丢了。

钟熠用余光继续观察,就看见容眠直勾勾地盯着那个笔帽看了一会儿,突然状似不经意地伸出手,很轻很快地扒拉了那个笔帽一下。

黑色的笔帽在桌面上滚动了两下,缓慢滑到了桌子的边缘。

钟熠:"……"

容眠抿了抿嘴。

然后钟熠就看着他微微倾身,睁大眼睛,又盯着笔帽,不错眼珠地看了一会儿,接着重新伸出手,轻轻地又碰了笔帽一下。

笔帽继续滚动,被拨到了地上,安静地陷落在柔软的地毯里。

如果说第一次是无心,那这次就真的是故意到不能再明显了。

容眠盯着笔帽定定地又看了一会儿,随即顿了一下,便佯装无事地错开了视线,以那种很乖的姿势重新坐直,开始发呆。

钟熠把目光收回。

拙劣的把戏。他在心里冷笑,为了吸引自己的目光,手欠搞这一出来制造聊天机会,真以为自己看不出来他这些小心思?

然而容眠感觉自己真的玩得很开心。

他心情很好地继续寻找下一个受害者，很快便锁定了一个新的目标——这回是放在自己身侧的，一个用来装快递的中号空纸箱子。

有些粗糙的瓦楞纸箱，很适合用来磨爪子。

钟熠这边刚把剧本翻了一页，就听到对面又有了新的动静。

他摇头，心想果然如此，这小孩儿达到目的之前是肯定不会消停的，于是他深吸了口气，重新抬起了眼。

容眠低着头，用手指捏着纸箱的边缘，指甲反复摩着瓦楞纸箱粗糙的一边，发出了一种叫人头皮发麻的摩擦声响。

他抿着嘴，表情倒是很专注，磨得起劲儿，似乎还带了点享受的意思。

"够了。"钟熠说。

容眠抱着纸箱抬起头，有些愣愣地看着他。

"我还是先说清楚好了，我希望你收一下心思，不要再做一些没意义的、博眼球的事情。"钟熠很不客气地说，"咱俩的关系永远只能局限于我帮你讲剧本，明白吗？你不要有任何期待。"

然后钟熠看到容眠愣了一下，随即皱起了眉。

他的表情以肉眼可见的速度变得不高兴起来。

"我不明白。"

容眠看起来有一些失望，他的声音也提高了一些，看着钟熠说："你之前说的，我们俩的关系并不只是这样的。"

钟熠愣了一下。

然而男孩儿脸上的失望很真切，他看起来很难过，眼底的光都暗淡了下来，像是不敢相信钟熠的出尔反尔。

这一出整得就连钟熠都怀疑，自己之前是不是真的对其许下过什么乱七八糟的承诺。

于是钟熠迟疑地问他："我说啥了？"

"你昨天明明说过，如果我选了你，你每天会给我好吃的饭。"

容眠仰起脸，殷切而小声地问："我今天没有主动和刘圆丰说话，中午也特地没有吃很多，所以我们，什么时候可以开饭啊？"

容眠以为钟熠的家里会有已经做好了的、热气腾腾的饭菜。

然而在打开门的那一刻，容眠吸了吸鼻子，又一次感到了失望：他没有闻到肉的味道，甚至没有闻到食物的味道，只有很淡的，属于植物的草本香气，应该是来自客厅角落里的那一盆长势很好的绿萝。

很宽敞的房子，瓷砖地很干净，而且一走进客厅，就能看到有一个很大的开放式厨房。

光是这里的客厅都有半个猫咖大了，容眠感觉钟熠应该是很有钱的，因为他拥有的，好像都是一些很大的、很好的东西。

但容眠不知道，钟熠并不常住在C市，这套房也只不过是他几年前为了拍戏方便而买的，只能算是一个比较舒适的歇脚的地方。

钟熠随意地把衣服挂起来，容眠跟在他的后面，又一次小声地提醒道："你没有信守承诺。"

钟熠没理他，只是说："换鞋。"

钟熠把客厅的灯打开，顺手把钥匙放了起来，给家里的花草浇了一下水。

再回过头，他看到容眠坐在门口的沙发上，正慢吞吞地把脚塞到拖鞋里。莫名地，钟熠产生了一种很诡异的感觉。

钟熠真的很头大。

——他今天一天都在努力和这人保持安全距离，结果最后来了一出物极必反，反倒是阴错阳差地把人带回了家。

因为钟熠完全把自己之前说的每天管饭这茬忘了。

钟熠以为他们的约定重点在于讲戏，却没想到这小孩儿好像只记住了管饭。

钟熠当时其实只是随口一说，没想到容眠记得清清楚楚、一字不差,他在车上这么直勾勾地看着自己,一副"你不给我饭吃,我就和你急"的样子。

钟熠:"你不用和你的助理一起回去吗?"

容眠:"我早就和三豆说好了,会和你一起吃完饭再回去的。"

钟熠:"……"

容眠很失望地看着他:"你答应过我的。

"你今天中午在拍戏,所以我没有打扰你,一直等到了现在。"

他垂下眼帘,轻声说:"而且我遵守了我们的承诺,我一天都没有去找刘圆丰。"

他这句"我们的承诺"听起来着实有点戳心,钟熠知道,这人应该是有备而来的。

钟熠不是个不信守承诺的人,但他也做不到徒手变出大米饭,为了履行诺言,他不得不把人带回了家。

和所有猫咪的习惯一样,每到一个新环境,容眠都会很谨慎地观察一会儿。

他站在玄关警惕地环顾四周,最后才慢慢地放松下来,又将视线锁定在了客厅沙发上的一个菱格抱枕上。

抱枕的材质看起来很柔软,边角挂了一个有装饰作用的穗儿,容眠的眼睛倏地亮了。

就在容眠试图靠近那个抱枕的时候,厨房那边又传来了动静,他抬起头,就看见钟熠背对着自己,拉开了冰箱的门。

容眠意识到了什么。

他思考了一会儿,认真地对钟熠叮嘱道:"我爱吃肉,不爱吃菜和橘子。"

钟熠寻思,这人倒是真不见外。

他没搭话,只是眉头皱起,又像是想起了什么,突然问了一句:"那你之前吃猫罐头是……"

容眠有点困惑，似乎没明白他为什么会问出这个问题。

"罐头我其实已经不常吃了，"容眠说，"平时心情不好的话，才会当作奖励给自己的。"

钟熠这回算是彻底明白了。

吃罐头这一出应该还是属于心理疾病范畴，压力大的时候可能控制不住，日后多半还需要一些心理疏导。

但至于其他的不好好吃饭，应该就是普通挑食了。

钟熠对着冰箱里的食材思考了一会儿，心里有了主意。

钟熠再回头一看，发现容眠已经端正笔直地坐在沙发上，他正伸出手，有些好奇地碰了碰抱枕上的穗儿。

于是钟熠说："过来，做点事。"

容眠有些不舍地收回了手。

他来到厨房，观察着钟熠拿出的食材——蔬菜和肉，面粉和锅，还有浸泡在清水里的、圆圆滚滚的几朵小香菇。

容眠推测不出来钟熠要给自己做什么。

直到钟熠把削皮器和胡萝卜放在容眠面前的时候，容眠才抬起眼，对他说："我不爱吃胡萝卜。"

"荤素搭配才不会营养不良，等你自己有了真本事，再来和别人提要求。"

钟熠淡淡地回了一句："不付出就不可能有回报，不可能事事都永远顺你心意，也不可能永远都有捷径给你走。"

这其实是一句意味深长的暗讽，钟熠觉得自己拿捏得十分准确。

但事实上，容眠根本理解不到这一层，毕竟钟熠之前说的所有话他都似懂非懂，所以他早就学会自动过滤掉这些听不懂的话。

容眠现在只是感觉肚子很饿。

他思考了一下，觉得自己一会儿可以把胡萝卜挑出来，于是"哦"了一声，温顺地拿起了削皮器，捧起胡萝卜端详了一会儿，试探性地削起了皮。

钟熠总觉得自己像是一拳打在了棉花上。

容眠不是很会使用削皮器这种东西,动作有点笨拙,一点一点地刮着,胡萝卜被他刮得坑坑洼洼,但是他削得很仔细。

钟熠看得眉头紧皱,干脆眼不见为净,背过身子,在旁边切起了香菇末。

半晌,容眠捧着那根胡萝卜走了过来,对他说:"我削好了。"

钟熠瞥了一眼,看他削得还算干净,"嗯"了一声接过来,说了一句:"不错。"

容眠眨眼,又低头看着自己的手心,若有所思。

钟熠这边先是利落地把胡萝卜也切成末,和香菇末码在一起,一时间也没注意到身旁的动静。

就在他洗干净手,准备开始和面的时候,听见身旁的人突然又来了一句:"我削好了。"

钟熠愣怔地抬起头,就看见容眠的怀里抱着一座小山高的去皮蔬菜,站在自己的身侧,正耐心地等待着自己的回应。

据钟熠粗略地目测,容眠的怀里总共有五个去了皮的土豆、四根光溜溜的胡萝卜,以及一根削烂了的茄子,大概是正常人一周食用的分量。

他应该是把冰箱里目前所有可以去皮的蔬菜都给去皮了。

容眠看着沉默不语的钟熠,歪着头,重复了一遍:"我削好了。"

就在容眠有些雀跃地等待着第二次夸奖时,他看见站在自己对面的男人似乎很痛苦地深吸了一口气,说:"你给我出去待着。"

容眠没有想到钟熠做的是馄饨。

除了吃罐头那一点比较特殊,普通的挑食还是很好治的,钟熠的作战策略就是把蔬菜和肉混在一起——你要么一起吃,要么就饿着。

鸡汤打底,香菜点缀,容眠低下头,用筷子小心地把馄饨捅破,就看见胡萝卜末、香菇末和肉末牢牢地混合在一起,无法剥离。

容眠心碎。

他抬起头,对钟熠说:"骗子。"

钟熠无动于衷,扬扬下巴,说:"你先尝一口。"

容眠又警惕地对着肉馅里面夹杂的胡萝卜末看了一会儿,小声说:"不要。"

容眠听到钟熠"啧"了一声。

就在容眠很不高兴地盯着那碗馄饨的时候,他感觉自己头顶的灯光突然消失了,他茫然地抬起眼,就看见钟熠起立俯身,居高临下地盯着自己。

钟熠的手里拿着一把勺子,勺子里盛着一颗馄饨。

热气蒸腾在空气中,勺子缓慢逼近,边缘处碰到了容眠的唇瓣——他躲避不及,钟熠就这么把馄饨硬喂进了他的嘴巴里。

容眠的腮帮子微微鼓起,他呆滞了一会儿,垂下眼帘,随即缓慢地、迟疑地咀嚼了一下。

钟熠问他:"好吃吗?"

容眠没有说话。

钟熠懒得再管他,坐回座位,自顾自地喝了几口汤,再抬起头时,就看见容眠一脸凝重,重新盯着碗里的馄饨发呆。

一分钟后,他一声不吭地重新拿起勺子,慢吞吞地开始进食。

钟熠突然有点想笑。

容眠觉得钟熠的厨艺和孔三豆的相比,还是要略胜一筹的。

胡萝卜末和肉末混合过后的味道是可以勉强接受的,香菇也很鲜,但还是鸡汤最好喝。

胃暖暖的,有一些胀,容眠这段时间很少吃这么舒服的饭,钟熠在他心里的角色已经从"有点奇怪的同组演员"上升为"一个还不错的人类朋友"。

容眠低着头缓慢喝完最后一口汤,钟熠也准时准点地来了一句:"你什么时候走?"

这话说得很不客气,正常人听了心里都不会太舒服。

但容眠不是一般人,他只是"嗯"了一声,拿出手机慢吞吞地发了消息,又抬起头对钟熠说:"三豆说她半个小时以后会到。"

钟熠"嗯"了一声。

钟熠虽然喜欢呛这小孩儿两句,但倒不至于做出把人晾在这里,自己一个人回屋的不礼貌的事。

但钟熠又不想进行别的对话给这小孩儿任何可能遐想的机会,于是他去了客厅,把平日里基本不怎么用的电视打开了。

容眠跟着他走过来,在旁边的沙发上坐了下来。

钟熠发现容眠好像很喜欢那个黑白的菱格抱枕。

他低着头,先是用手捏了捏抱枕的边角,又揪着上面的穗儿玩了一会儿,最后也被电视剧里的剧情吸引了视线,跟着看了一会儿。

男孩儿的侧脸很恬静,变幻的光影打在他柔软的眼睫上,他盯着电视上正吵架的婆媳,入神到眼睛都不眨一下。

钟熠见他看得出神,坏心眼儿地拿起遥控器,换了一个鉴宝的节目。

然后他就看着容眠愣了一下,盯着上面说着"宝友,这可不兴戴啊"的主持人茫然地看了一会儿,明显是没有看懂的样子。

但容眠并没有说什么,只是缓慢地低下头,继续玩抱枕上的穗儿。

钟熠总觉得这人有哪里不一样。

"不一样"是一个泛泛的词,但钟熠想不出更好的形容词来形容自己眼前的这位。

这个男孩儿很独特,好像没有基本的情商和羞耻心,脸皮可以说是厚到了一定程度,对于钟熠的阴阳怪气可以做到毫无感知,也不知道是装的还是真的不在乎。

他总是一副恬静的、慢吞吞的样子。

但不是木然和呆滞,他有着自己的小心机和坏心眼儿,比如刚才在车上玩笔帽,以此来吸引钟熠的注意。

他也知道自己的脸蛋儿很漂亮,会利用身体的优势来得到自己想要的东西。

可是你说他心思多吧,他的情商又低到令人发指。

他很贪吃,会很直白地说"你是骗子""我不想吃"这种话,眼睛很大很圆,总是直勾勾地盯着人,里面盛着的光却是很干净的,这点是装不出来的。

这种气质里的单纯,和他实际充满野心的所作所为很矛盾。

钟熠是真的想不明白这两者怎么会同时出现在一个人身上。

再抬起头时,钟熠发现容眠睡着了。

他还是保持着刚才抱着抱枕的姿势,只是人软软地陷在沙发里,眼睛无声无息地合上,睫毛浓密,嘴唇有一点红,应该是刚才喝过热汤的缘故。

电视上的鉴宝节目结束,广告插入,钟熠也有点走神。

容眠怀里的手机振动了一下。与此同时,他的睫毛轻轻地颤了一下,钟熠错开了视线。

钟熠的目光落在电视上的奶粉广告上,他听到容眠接起电话,"嗯"了两声,最后又说了一句"好",声音有些闷,带了一些鼻音。

"我要走了。"然后钟熠听到容眠对自己说,"谢谢你的馄饨,很好吃。"

钟熠顿了一下。

容眠把抱枕放回了沙发上,将穗儿捋顺并且摆正,然后缓慢地起身,站在门口换鞋。

钟熠盯着他后脑勺儿的一小片微微翘起的柔软的黑发看了一会儿。

钟熠开始反思，自己这两天话说得是不是重了一些，在保持合理距离的前提下，自己也许能提点一下这小孩儿，和他应该也是可以好好相处的吧……

就在钟熠沉吟着自己要不要说些什么客套话的时候，他看着容眠停顿了一下，转过了身子。

"不过，你明天可不可以不要做这种把蔬菜和肉混在一起的饭了？"

容眠认真地说："而且胡萝卜的味道比较冲，你有一点点没处理好……"

钟熠面无表情地说："再见。"

反正冰箱里还躺着那堆去了皮的蔬菜。

门被关上的那一刻，钟熠平静地想，不吃也是浪费，那明天就做胡萝卜猪肉馅的饺子好了。

钟熠当然不至于真的梅开二度，主要是他自己也没空。

但第二天早晨，他还是叮嘱徐柚柚记得中午买两份饭，并且点名了他常吃的一家私房餐厅，小贵，但胜在食材新鲜，营养搭配相对均衡。

钟熠怕这小孩儿又和自己闹，最后还叫徐柚柚记得多加个脆皮大鸡腿。

然而容眠并没有吃到的机会，因为剧组里来了个不速之客。

一场难度不大的戏，从上午一直拖到了下午一点，问题不是出在容眠身上，而是出在这个叫史澄的刚进组的演员身上。

容眠对演艺界的人还没有孔三豆了解得多，他对眼前的这个人并不了解，但是他能分出演技的好坏。

要形容的话，史澄就像是一条非要在海里扑腾的淡水鱼，他格格不入，永远进不了角色和状态，最后只能搁浅在沙滩上，胡乱扑腾。

"导演，不好意思。"史澄挠了挠头，"让我再找一会儿状态，可以吗？"

史澄有着一张还算不错的脸,个子也高,是阳光大男孩儿的长相,容眠觉得他的眼睛是好看的,眼尾有一些上挑,容眠不由得多看了两眼。

但他似乎过于在乎自己在镜头前的形象——脸上的粉涂得有一点厚,演戏时的神态太过木讷,拘束着放不开,偶尔又会用力过猛,很明显是一位没有什么天赋,又偏要吃这口饭的选手。

不过容眠并不在乎,他只管演好自己的部分。

这场戏很简单,甚至容眠都不用去说什么,只需要被打就行。

史澄的角色就是个纯纯的死人——投毒案里的死者之一,欺凌容眠的那群人的头目,角色整体毫无难度可言,现在拍的就是个回忆的场景。

他在实验室推搡、欺负容眠,最后容眠头磕到桌角的情节,确实是场关键的戏,但是不至于占用这么长时间。

容眠第九次被推倒在地上的软垫上,试图爬起来的时候,他感觉自己的腿有一点发软。

于是他用手撑了一下垫子,才踉跄着重新起了身。

史澄的演技是真的很要命,可以说是一个大招直接让整个片场沉默——他的表情僵硬、动作不到位、台词不过关,全场陪着他过了一遍又一遍。

刘圆丰也像是戴着"痛苦面具"。

他只能擦着满头的汗挥了挥手,叫片场的人都放松一会儿,单独拉着史澄出去聊了一下。

容眠和孔三豆找了张角落里的课桌坐下。

孔三豆这种对演戏没什么了解的人,都看得出史澄的演技有多微妙。

她给容眠递了杯水,又拍了拍他裤子上的土,感叹道:"史澄老老实实在男团里唱歌不香吗,为什么非要这么折磨自己的同时又折磨别人啊!"

容眠并不知道史澄是组合成员出身,但是他觉得孔三豆说得很有道理。

拍得时间太久,他渴极了,低头一口气喝完了杯子里全部的水,孔三豆被他吓了一跳,赶紧捧着杯子跑去给他再接一杯。

容眠发了会儿呆,然而史澄和刘圆丰还没有回来。

他开始感到无聊。

猫形无聊的时候,容眠可以干很多事情,可以舔毛、梳毛、玩自己的尾巴、偷吃别的猫盆里的猫粮。

然而人类无聊时似乎永远只有一个解决方案,那就是玩手机。

片场里的容眠会把自己的行为调整到谨慎模式,于是他慢吞吞地掏出了手机,打开了孔三豆前几天极力给自己推荐的那个叫作《时尚美甲店》的游戏。

就在他正笨笨地滑着手机屏幕,给自己的第三位顾客的指甲涂上闪亮的星星亮片时,他感到有人戳了一下自己的肩膀。

容眠茫然地抬起头,和钟熠对上了视线。

眼前的男人有着一张棱角分明的、好看的脸,他的眉眼是锋利而俊逸的,而不是史澄那种粉饰过多的、僵硬的。

和钟熠对戏是一件很舒服的、被引导着走的事,经历了这一上午的折磨,容眠发现自己莫名有些怀念。

容眠半天没有说话,于是钟熠的视线落在了他的手机屏幕上,随即表情微不可察地扭曲了一下——

"我只是来确定一下……你是不吃午饭吗?"钟熠敲了敲课桌,"今天我凑巧带了鸡腿,你爱吃不吃,但别到时候又追着我的屁股后面说我是骗子。"

然后钟熠就看着容眠仰起脸,若有所思盯着自己看了一会儿。

随即容眠低下头,伸出手,慢吞吞地揉了一下自己的肚子。

"我想吃的。"

容眠实话实说:"我很爱吃鸡腿,但是我也没有办法,因为我还没有拍完。"

钟熠愣了一下,心想自己昨天看了一眼这人今天的戏,难度不大,不应该拍这么久啊。

他往对面一看,刚好史澄和刘圆丰聊完回来,补妆的工作人员把史澄围起来,钟熠一下子明白过来了。

忘记这茬了,他想,进组真的够快的。

"那没事儿了。"钟熠直起身,了然地说,"你这算短的。"

容眠听钟熠的口气,知道他应该是和史澄认识。

钟熠不仅认识史澄,还可以说是受害者之一。

之前在钟熠演男主角的一部古装剧里,史澄饰演里面的深情公子男二号,每次和他对戏钟熠都心力交瘁,酝酿得恰到好处的情绪都被祸害得稀烂。

其中有一段雨里的对手戏,史澄死活哭不出眼泪,钟熠好不容易引导他憋出几滴鳄鱼泪,结果就在镜头缓慢拉远,马上要收尾的时候,这货下意识地抬手擦了一下鼻涕,给导演当场整了一出心脏骤停。

问他为什么非要那个时候擦鼻涕,他说他忍不住,也怕他粉丝看见鼻涕接受不了。

钟熠平日里是那种乐呵呵,和谁都不错的随和性格,但是他嘴巴毒,要是真被惹急了,也能笑眯眯地让对方难堪。

这不仅是演技问题,更多的是职业态度问题,钟熠无法忍受,在片场阴阳怪气,当时把史澄喷了个狗血淋头、脸色发青。

史澄的团队后来也吸取了教训,可能也是彻底清楚他的演技无可救药,现在就是让他在组合活动之余蹭一些有潜力的剧的小角色,等着回头剧爆了之后,看看能不能借机扭转一下风评。

这次的角色和他本身性格挺贴的,难度不大,重要的是和钟熠完全没有对手戏，史澄的团队争取了好久。

"好歹是史连青的儿子啊。"端水回来的孔三豆又小声叨叨起来，"能演成这样，多少有点说不过去啊……"

钟熠看到容眠的身子突然顿了一下。

他倒没多想，只是拿过容眠的剧本，问演到哪儿了。

容眠这小孩儿虽说心术不正，但钟熠对他始终抱有一种恨铁不成钢的矛盾心理，因为他演戏实在有灵气，讲戏也一点即通。

但史澄这种程度的，哪怕手把手教，把嘴角上扬的角度标好了都没有用。

刘圆丰那边准备继续拍，于是容眠起身，重新往布好的景走，钟熠沉吟了半响，想起自己之前答应了要帮他，于是也跟着过去了。

史澄是真的怵钟熠，见他过来，脸色一下子变得不太好看，只能硬着头皮来了一句"钟哥好"。

钟熠皮笑肉不笑地来了一句："好久不见。"

他又说："你们对你们的戏，我就看看。"

话音刚落，钟熠真就往旁边一站，不挪地儿了，也不说话。

他存在感不强，但是压迫感极强，史澄有苦说不出。

容眠盯着史澄的脸看了一会儿，突然说："如果你的情绪实在到不了那个点的话，你可以稍微用一点劲推我，没关系的。"

钟熠下意识地皱眉，史澄愣了一下，有些愣愣地说了声"好"。

这条一开始进行得还算凑合，勉强过得去。

然而不知道史澄是不是因为太紧张，在中间忘了一句很关键的台词，可以说是犯了最拉胯的错误。

容眠知道这条是肯定没用了。

他刚想出声说些什么，可是对面的史澄太紧张了，甚至没有意识到自己的错误，就这么自顾自地演了下去。

于是史澄直接伸手，重重地推了容眠一下。

他倒也听容眠的话，这回的力度给得足足的，直接把毫无防备的容眠推了一个踉跄。

容眠的瞳孔一缩。

他踉跄着、猝不及防地后仰，一时间根本没办法计算好落地的角度，反倒真真切切地向身后课桌的桌角撞了过去。

猫形的他可以从两米高的柜子跳下来并稳稳落地，但是人形的他并没有这种程度的敏捷性和协调性。

桌角近在咫尺，容眠有一点怕痛，于是他闭上了眼睛。

三豆肯定会哭的，希望不会耽误剧组的进度，容眠有些难过地想，而且我还没有吃到我的脆皮鸡腿……

然而下一秒，容眠就落入了一个温暖的、带着柑橘气息的怀抱里。

钟熠脸色不是很好。

他以一个护着容眠的姿势，用手挡住了桌角，以自己的手背作为缓冲，稳稳地护住了男孩儿的脸。

容眠的头被护住，人也安全地落在地上的软垫上。与此同时，钟熠的手背也重重地撞在尖锐的桌角，发出了沉闷的撞击声。

史澄的脸一下子白了，容眠的瞳孔一缩。

容眠撑着软垫起身，就想去看一眼钟熠的手背，但钟熠很快地抽回了手，没给他看的机会。

钟熠只是看着容眠，很平淡地说："你的鸡腿被没收了。"

容眠茫然地眨了一下眼。

工作人员慌慌张张地围了上来，钟熠深吸了口气，微微蜷缩了一下自己的手指，真疼。

但是不知道为什么，他看着面前蒙掉的男孩儿的侧脸，脑子里想的却是别的。

钟熠的手背非常给力地肿得老高。

他骨节破皮的地方也隐隐渗出了血,徐柚柚瞬间崩溃,魂飞魄散地跑去找医药箱。

容眠站在原地,直勾勾地盯着钟熠的手,说不出话。

徐柚柚这边刚拿着药膏回来,正巧又来了个电话,应该是钟熠的经纪人打过来询问情况。她以为两人已经比较熟了,于是把药膏塞进了容眠的手心里,做出了一个"抱歉"的口型。

容眠举着药膏愣了会儿神,把盖子慢吞吞地拧开,思考着自己要怎么涂抹。

钟熠看他愣了半天,盯着自己的手一动不动,以为这人又起了什么花花心思,便单手从容眠的掌心抽出了药膏,说:"我自己涂。"

容眠愣愣地看着他,没有说话。

钟熠这边口头装样子一时爽,结果操作了个乱七八糟。他是右手受的伤,左手用着又不顺,导致挤了半天药膏,愣是挤不出来。

最后他一使劲,挤了好大一坨在手背上,大概是够用半年的量。

钟熠头痛欲裂,再抬起头时,就看见对面容眠正盯着自己看。

他平静地问钟熠:"需要我帮忙吗?"

钟熠只能咬牙切齿地把药膏还给了他。

就像上次钟熠给容眠卸妆一样,他们坐在同样的位置,容眠将药膏很谨慎地一点点涂抹在钟熠的手背上,并用指尖慢慢地化开。

容眠托着钟熠的手,盯着他青肿的手背,有一点出神。

钟熠看他半天不放手,以为这小孩儿又起了什么不好的心思,把手抽了出来,说:"脑袋差点儿开花,不说点什么?"

钟熠的表情很平淡,容眠愣了一下,下意识地说:"对不起。"

他看起来似乎有些手足无措,钟熠在心底无声地叹了口气。

钟熠问:"你做错什么了,又在这儿道哪门子的歉?"

容眠直接被他问得愣住。

于是他低着头认真地思考了一会儿,半晌憋出来了一句:"你做得很好,钟熠。"

钟熠:"……"

容眠也意识到自己说的话似乎有哪里不对。

他不是很会说那种客套话的人,却又不知道此时自己说什么才合适,于是他想了一会儿,做出了很大的让步。

他小声地对钟熠说:"你好好休息,这几天不用再给我做饭了。"

钟熠愣了一下。

容眠抿了抿嘴,最后终于说出了正确的话:"谢谢你。"

"这两天,你在剧组里帮着我拿点东西就行。"钟熠叹息着观察了一下他的表情,说,"也别多想,不是你的错,你也不用想着补偿我,我既然答应过,你的饭我就会一直管着。"

容眠愣了一下。

半晌,他点了点头,看着钟熠,眼睛很亮。

钟熠顿了顿,别过脸,却有点心烦意乱。

我原本是想和他保持距离的,钟熠深吸了口气,怎么好像保持着保持着,现在反倒是走得越来越近了呢……

容眠感觉和人类打交道好难。

容眠知道自己的嘴巴应该是很笨的,每次说话好像都会让钟熠生气,但他也意识到钟熠这次帮了自己大忙。

于是上车之后,容眠十分虚心地向孔三豆请教了一下,在接下来的几天里,自己应该要怎么说、怎么做。

"你肯定要送给他一些东西来表示自己的感谢啊。"

孔三豆看起来比他还着急:"在人类的社交关系之中,友情是非常重要的一部分,是需要不断维护的。"

容眠愣愣地说:"可是他说……"

"人类都是虚伪的。"孔三豆一脸高深莫测,说,"他们会说很多的客套话,嘴上说着'不要',但并不代表他们真的不想要啊。"

容眠觉得孔三豆说得好像很有道理。

但是他并不知道要怎么补偿别人，只是下意识想要把自己认为好的东西送给钟熠。

他思考过很多种选项，包括送给钟熠猫咖的饮品优惠券，或者是把自己珍藏着的只有在月末才可以吃的皇家猫条分半包给钟熠。可是容眠又意识到，这些都是自己觉得很好的东西，钟熠未必真的喜欢。

于是第二天，在片场的厕所门前，钟熠被容眠拦住了。

"请我吃饭？"钟熠的眉头皱起。

钟熠今晚其实是有个聚会的，是和他之前很熟悉的一个摄影师叙旧。况且他之前是铁了心和这小孩儿保持社交距离的，除了约好的讲戏和管饭，他并不希望和容眠有过多的来往。

他瞥了一眼自己面前的人，男孩儿仰着脸看着自己，安静地等待着来自自己的回应。

"我的档期比较紧凑。"

钟熠叹息了一下，有模有样地继续说："而且我今晚已经有约了，所以怎么说呢……"

容眠的想法也简单。

容眠听钟熠说他很忙，就认为他是真的有事，所以没有多问，只是点了点头。

"哦。"于是容眠露出"我明白了"的了然表情，很快地回答道，"那算了。"

容眠尝试了，但是失败了。

容眠盯着脚尖开始思考，自己一会儿要怎么跟孔三豆说，她好像比自己还要担心的样子，人类社交真的好麻烦啊。

对面的钟熠则是哽了一下。

他没想到这人竟然放弃得如此之快，甚至都不尝试着再多挽留自己一下。

可是钟熠再定睛一看这人的脸，就发现这小孩儿垂着眼帘不说话，微微抿着嘴，表情看起来像是有些郁闷。

于是钟熠又反应过来：嘁，他嘴上说着"算了没事"，估计心里面因为被我拒绝，正难受得不行吧。

小孩儿虽然心眼儿有点多，但不过是吃顿饭，自己可能是有点小题大做了。钟熠心想，好歹也是同组的演员，真没必要搞得这么疏远。

于是钟熠刻意地咳嗽了一声。

对面的人慢吞吞地抬起了头，歪了一下脑袋，似乎在等着他的话。

钟熠又清了一下嗓子，若无其事地开口："不过我看你也挺有诚意的，后天我应该能腾出空，晚上收工之后行吗？"

其实容眠不知道自己的诚意体现在了哪里。

但是钟熠既然答应了，容眠还是挺开心的，他其实也比较珍惜自己的第一段人类友谊，而且孔三豆这回应该也能放心了。

于是两天后收工后的夜晚，钟熠被容眠带到了一家位置十分偏僻、很小的日料店。

装修倒是还不错，但可能是日式风格的缘故，门框有点矮，钟熠进门起身的时候差点儿被迫二次负伤。

他对着冷冷清清的店面挑剔地审视了一会儿，感觉这小孩儿可能是真的没什么钱。

服务员是个年轻小姑娘，似乎和容眠比较熟悉，两人很熟稔地谈笑了两句，结果小姑娘看了一眼容眠身后刚摘了口罩的钟熠，眼珠子顿时都快掉出来了。

他们俩脱了鞋，进了个铺着榻榻米的小包间，服务员小姐姐把菜单带了过来，对着他们俩的脸左看看右看看。

这么多年了，钟熠倒是习惯了别人的注视，若无其事地翻着手里的菜单，结果看了一眼价格，才发现这里应该是个深藏不露的好店。

容眠坐在他的对面，一脸殷切地等着他，钟熠倒是有点心情复杂，意识到这小孩儿应该是用了心的。

于是钟熠把菜单合上："你看着点就行。"

容眠愣了一下。

容眠没有预料到钟熠会让自己替他点，犹豫了一下，仰起脸先对服务员说："我还是老规矩好了。"

容眠应该是这里的常客，小姐姐捂着嘴偷乐了一下，说"好"。

容眠又低下了头，似乎有点纠结，垂着眼帘，翻着菜单看了好久。

然后钟熠就看着他慢吞吞地指着菜单，对服务员小姐姐说："然后再给他上一个这个普通套餐吧。"

钟熠："……"

钟熠一寻思，这人的情商是真的低，怎么给他点的是普通套餐，自己吃的是独食？

"小孩儿，你不能这样。"

钟熠指了指自己青肿未消的右手，语重心长地说："我这好歹是为你负的伤，你囊中羞涩我确实能理解，但做人的良心咱可不能没有。"

容眠愣了一下。

他小声地解释道："不是的，我这个比较特别，你可能接受不了……"

钟熠之前也吃过类似的店，日料能操作的空间就那么一点儿，不就是和牛、寿司、生鱼片啥的，撑死来点河豚、海胆，还能有什么接受不了的东西？

钟熠"啧"了一声。

他摇头，对服务员说："我接受得了，给我一份和他一模一样的套餐，谢谢。"

然后他又转头对容眠说："你别担心，这顿大不了我请。"

服务员小姐姐欲言又止，看了一眼身侧的容眠。

容眠张了一下嘴巴，他其实想解释这根本不是钱的问题，可是看着钟熠坚毅的侧脸，还是选择了沉默。

包厢门被重新关上。

钟熠之前去过类似的日料店,知道这里面的套餐大概是个什么套路。他没想到坐了半个小时,连茶水都被续了三次,却连一道小菜都没上。

服务员小姐姐第四次进门的时候,手里拿着纸笔,询问钟熠能不能给留个签名。

钟熠洋洋洒洒地落下大名,没忍住问了一句:"咱这上菜速度……是不是有点慢了?"

"您二位的……需要一点时间。"

服务员神色有一些微妙,像是在控制着情绪:"搬运也需要一定的人工,请您再多等一会儿,不好意思。"

钟熠听得一头雾水,但只能应了声"好"。

十分钟后,包厢的门又被拉开了。

门口站了四个男服务员,每两个人站成一排,搬运着两艘大概有一米五长的巨大的木船。

——船上铺满了密密麻麻、各色各样的厚切鱼生,纹理漂亮地码在一起,看起来十分壮观,而且无一例外,全是新鲜得仿佛刚从大海里捞出来的。

鱼生中间点缀着柠檬和漂亮的鲜花,船头甚至还插着一个"仰望星空"的三文鱼鱼头。

钟熠的表情逐渐变得呆滞,举着筷子等待了好久的容眠眼睛却倏地一亮。

服务员笑眯眯地鞠躬:"这是二位的两份皇家特级刺身拼盘。您二位的餐齐了,请慢用。"

钟熠这辈子就没这么无语过。

坐在他对面的容眠在开吃前,还迟疑地来了一句:"如果你吃不惯的话,可以再点一些熟食吃的……"

钟熠铁青着脸说:"不用,闭嘴。"

容眠感觉钟熠好像不太高兴的样子。

但是他现在满心满眼都是眼前的鱼生,于是"嗯"了一声,兴高采烈地拿起筷子,自顾自地直接开动了。

初春时节天本来就凉,钟熠拧着眉吃了两片鱼生,就感觉胃里冰冷得不行。

而且他本身对海鲜并不感冒,尤其是刺身这种东西,钟熠总觉得半生不熟地吃进肚子十分别扭,一片两片尝尝鲜还行,点这么大一条船的,多少是有点毛病。

哦不对,是两条船。

钟熠头痛欲裂,而且根据他保守估计,每艘船上都有三四十片鱼生,有的不知品种的鱼肉,甚至是那种让人犯怵的血红色的,看着就叫人食欲全无。

于是钟熠没忍住问了一句:"你吃得完?"

容眠的船已经被吃空了一小片区域。

他好像喜欢吃原汁原味的鱼肉,并不去蘸碟子里的酱油和芥末,又往自己嘴巴里塞了一片厚厚的金枪鱼大腹。

容眠的腮帮子鼓着,抬起头看着钟熠,一边咀嚼着一边含混混地说:"当然可以了……"

钟熠沉默。

容眠不知道自己说错了什么,眨眨眼,把嘴里的鱼肉咽下去,也跟着安静了一会儿。

半响,他看着钟熠的右手,突然像是想起了什么,恍然大悟地问:"你是不是不方便夹,所以才吃得这么慢啊?"

钟熠还没来得及回答,容眠就端着自己的碟子站起身,坐在了他的旁边。

吃到好吃的东西后,容眠似乎连情绪都变得高涨起来,对钟熠很热情地说:"那我夹给你吃吧。"

钟熠:"我……"

"我每个月都要自己来这里吃一次的。"

容眠耐心地解释道:"这个拼盘很大,每次我都可以吃得很饱,然后每个月我都有动力去工作,继续去等待下个月的这一天。

"三豆说,这种奇怪的拼盘只有我才会点,她不愿意来陪我一起吃。"

容眠自己先叼住了一片鱼肉,一边吞咽着一边含含混混地说:"所以你是第一个陪我来这个店里吃这个拼盘的人,我很高兴。"

钟熠愣了一下。

"我最爱吃的是三文鱼,肉质很软,而且很甜。"

然后容眠慢吞吞地夹起一片三文鱼,用另一只手捧在底下,把三文鱼凑在钟熠的嘴边,诚挚地发出邀请:"你尝尝啊。"

钟熠停顿了一下,低下头,咬住了那片鱼肉。

然后钟熠面无表情地咀嚼起来,容眠坐在他的身侧,等待了一会儿他的回应。

但钟熠很久没有说话,容眠观察着他的表情,拿着筷子的手缓慢地放了下来。

"不好吃吗?"容眠小声地问。

"还行吧。"容眠听到钟熠说。

容眠愣了一下,垂下了眼帘。

容眠意识到三豆说得可能没错,也许真的只有自己才会爱吃这种奇怪的拼盘,自己好像让钟熠吃到了他并不喜欢吃的东西。

容眠感觉自己可能搞砸了,呆呆地盯着桌面出神,思考着自己应该做些什么才能挽回现在的这种局面。

——面前突然出现了一只手,拎走了小船上面的另一片三文鱼。

容眠倏地睁大眼睛,转过头,就见钟熠正仰着脖子,大剌剌地把那片鱼肉一口吞了下去。

钟熠并没有看向容眠。

他只是漫不经心地擦了一下手,边嚼边说:"怎么说呢,勉强还能入口,肉确实挺新鲜的。

"下个月你再来吃的时候,记得叫上我。"

于是他们和谐而安静地吃了一会儿。

屋内橘色的灯光温暖而静谧,氛围恰到好处,惬意。

钟熠却感到头大。

——容眠似乎很在意钟熠吃得好不好,于是他自己每吃一片鱼后都会抬起头,直勾勾地盯着钟熠的脸。

钟熠只能在他的注视下拿起筷子,硬着头皮把鱼生往嘴里塞,装出一副自己吃得很香很享受的样子给他看。

钟熠感觉自己再吃下去,回家后可能真的会"一泻千里"。

他实在顶不住了,叫了服务员进来,问有没有清酒。

服务员恭恭敬敬地把酒的种类列了出来,钟熠随便点了一杯,想着喝两口来暖暖胃,又瞥了一眼对面端正坐着的人,顺口问了一句:"你也来一杯?"

"我不要喝。"容眠回答得很快,"三豆说酒都是有毒的。"

孔三豆之前苦口婆心地跟容眠说过很多次,说小猫咪一个人在外面打拼的时候一定要保护好自己,吃什么、喝什么东西之前都要存个心眼儿闻一下,喝酒是万万不可以的。

她说动物的体质和人类的不一样,醒酒的速度很慢,醉了之后很容易说胡话,身体也会变得不舒服。

容眠似懂非懂,只知道不喝就对了。

"酒确实对身体不好,这话没问题。"

钟熠慢条斯理地说:"但是喝酒也是社交的一种。当然,白的、红的我不建议你多喝,可这种清酒偶尔喝点暖暖胃也好。"

容眠半信半疑地盯着他。

"我不要。"容眠说。

"而且佐酒会让肉的风味不同。"钟熠当作没听见他的话,继续幽幽叹气道,"你实在不想喝的话我也不勉强,那就……"

"请给我也来一杯,"容眠仰起脸,很礼貌地对服务员说,"谢谢。"

酒很快就上来了。

钟熠这边惬意地小酌两口,感觉胃里倒是暖和了不少。

然而对面的容眠明显是另一个极端:他正如临大敌地端着手里的酒杯,半晌,把脸凑近,警惕地嗅了一下。

容眠犹豫着低下头,先是用舌尖试探着舔了一下杯里的酒液,随即迟疑地后仰了一下,脸又皱了起来。

钟熠总觉得他这副样子挺好玩儿,像是吞了一颗怪味豆的小动物。

"你试试多喝两口。"钟熠坏心眼儿地诱导他,说,"酒就是微苦,多喝两口就好起来了,真的。"

容眠还是一脸抗拒的样子。

"像馊掉的米饭。"他缓慢地形容道,"像发霉的洗手液的味道。"

他描述得非常详细,就好像自己真的吃过这几种东西一样。

"你喝一口,然后再吃一口肉。"钟熠慢条斯理地说,"你会发现,几口下去之后,吃到嘴里的肉会变得更甜更鲜。"

可能是肉的魅力太大,容眠迟疑了一下,还是慢吞吞地照做了一遍。

不知道是不是心理暗示的缘故,容眠咽下鱼肉,有些迟疑地盯着杯子里的酒看了一会儿,半晌说:"好像确实有一点儿……"

于是钟熠就看着他皱着脸又喝了一口酒,吃一片鱼肉。

他又皱着脸喝下一口酒,再吃一口鱼肉。

如此循环了不知道多少次,容眠吃鱼的速度慢了下来,举着筷子坐着发呆,眼睛也有点发直。

然后钟熠就看着他抬手捂住嘴,低下头,打了一个嗝。

"我吃饱了。"他小声说,"我有点热。"

钟熠感觉他可能是太嘴馋,喝得有点急,刚想说"你悠着点来,慢慢喝",容眠手侧的手机就开始振动,有人给他打来电话。

容眠迟缓地顿了一下。

他盯着屏幕看了一会儿,半晌才接起了电话,钟熠就看见他安静了一下,然后很小声地对着听筒那边喊了一声:"云叔。"

电话那端的人说了些什么,容眠沉默地聆听着,过了一会儿又很乖地回答道:"不累……有三豆陪着我。"

他的语速有一些不易察觉的迟缓,可能是酒劲儿有一些上来了。

钟熠就看见他用手指拨弄着盘子里装饰用的雏菊,含混地"嗯"了几声,有一搭没一搭地回复着对面的人。

不知道对面的人又说了什么,容眠似乎是僵了一下,随即慢慢地坐直了身体。

然后钟熠听到他似乎是有点不高兴地问:"她们……一定要见到我吗?"

"我最近拍戏,已经很累了。"他像小孩子一样小声地抱怨着。

男孩儿的情绪似乎突然变得有一点焦虑,他的手指无意识地划着桌子的边缘:"我不想再去接客了,你可不可以和她们说我病了……"

钟熠:"……"

一口酒呛在嗓子眼儿里,钟熠的脑子嗡嗡作响。

他惊疑不定地盯着男孩儿的侧脸,一刹那甚至怀疑自己幻听。

电话那边的人又说了些什么,男孩儿垂下眼帘,似乎还是妥协了。

"那好吧……"他含含混混地说,"你、你到时候一定要和她们说好,还是不可以亲我的脸,也不要……不要喷味道奇怪的香水。

"我这周末戏拍完了就会回去的。你、你要好好地吃药。"

容眠捧着电话安安静静地听了一会儿,"嗯"了两声,最后放下手机,慢吞吞地挂掉了电话。

容眠反应迟钝地盯着手机屏幕看了一会儿,半响才愣愣地抬眼。

对上了钟熠的视线,他又打了一个嗝。

"我不是故意听你和别人说话的。"钟熠深吸了口气,"我就是想和你确认一下你刚才说的某一个词,我怀疑可能是我听岔了,你说的是'捷克''杰克',还是……"

"是接客啊。"容眠说。

容眠的反应已经比平时慢了不止半拍,他歪着头地盯着钟熠看了好半天,半响才字正腔圆地重复了一遍:"我刚刚在和云叔说,我不想接客。"

钟熠感觉自己的血液和刺身底下的冰差不多是一个温度的了。

乱了套了。他惊骇不定地想,这世界真的是乱了套了。

清酒的度数明明不算高,但是坐在对面的男孩儿脸颊却有一些红,眼底的光也朦胧起来,很明显是一副醉了的模样。

所以他才毫无防备地当着自己的面,就这么一股脑地把秘密抖搂出来了。

钟熠知道自己是不该往下继续问的,但他还是控制不住地再次开口,声音甚至有点抖:"你指的……是什么客?"

容眠感觉自己的视线有一点模糊。

他视力一向很好,现在视线里的东西却好像都被镀上了一层朦胧的光晕,他皱着眉,揉了揉自己的眼睛。

"有几位女客人很久没有见到我了,是、是熟客。"容眠别过脸,断断续续地说,"她们很想见我,如果太长时间看不见我……就会很麻烦,所以我……我周末还要回去接待一下她们……"

钟熠感觉自己的一颗心都沉了下去。

娱乐圈有多脏,钟熠心里是有数的,尤其这小孩儿的公司还是个不知名的小公司,有合约拴着,被逼着干什么事都有可能。

听容眠刚才在电话里的语气,似乎已经被强迫着跟过不少人了。

钟熠意识到事情可能比自己想象中的还要严重。

他起身径自走到容眠的身旁，蹲下，捏住他的肩膀，有些冷硬地问："刚才给你打电话的，是你的经纪人还是公司的老板？"

"公司"这个词似乎让容眠有些反应不过来，他思考了一下，含糊地说："大概……算是老板吧……"

钟熠又问："你接客有多长时间了？"

容眠愣愣地说："很久了……很多年了……"

钟熠感觉自己的心跟着抽了一下。

"接客很累，有的时候一些客人会很过分……"

容眠打了个哈欠，恹恹地说："所以……所以我不想接客。"

"你和你公司签的合约有多久？"钟熠冷声问。

"合约"这个词似乎对于此时的容眠来说理解起来有一点费劲，容眠思考了一下，迟疑道："云叔是我的恩人，我应该是……应该是要给他打一辈子工的。"

钟熠记得这小孩儿之前说过自己没爸没妈，这种原生家庭存在问题的小孩儿，容易被黑心经纪公司洗脑哄骗，签下藏着各种陷阱的合约。

坏了。钟熠痛苦地吸了口气。

可能是钟熠的脸色太差，容眠晕晕忽忽地看了他一会儿，又补充道："其实、其实有的客人也很好、很温柔的，有……有一些熟客，都会给我很……"

他的那句"很好吃的零食"还没说出来，钟熠就脸色很臭地打断了他。

"你平时陪客的时候，都干些什么？"他问。

容眠愣了一下，似乎想到了不好的事情。

他皱着脸别过头，眼神有些飘忽地自说自话："我不舒服，我想喝水……"

钟熠没心情继续在这儿拖,他看着眼前的男孩儿一副摇头晃脑坐不住的散漫样子,便伸出手扣住他的后颈,把他的头扳正,强迫他看着自己的眼睛。

像是触发了隐形的开关,就在钟熠的掌心碰到容眠后颈肉的那一刻,钟熠就看到他似乎幅度很小地瑟缩了一下,随即奇妙地安静了下来。

男孩儿的眼睛睁得很大,睫毛颤了一下,呆呆地盯着钟熠看。

"就是陪着她们啊,她们会……会抱我亲我,其实忍一忍,我睡一觉就过去了。"

容眠很乖地说:"但是有的时候,有一些客人控制不住心情,她们太激动了,就会……就会弄得我很痛,我不喜欢。"

钟熠僵了一下。

"我、我的脖子有点痛。"容眠幅度很小地挣扎了一下,"你放开我……"

容眠的耳郭红得有些不太正常,他看起来似乎很难受,甚至连眼底也蓄起了星点水汽,钟熠愣了一下,下意识松开了手。

容眠捂着自己的后颈,闷闷地不说话了。

钟熠深吸了口气。

他突然发现好像之前的一切不合理,在此时此刻都说得通了。

为什么年纪轻轻,举止就会如此轻浮;为什么对着人拉裤子拉链,还能一脸懵懂的样子——怕是在年纪很小的时候就被公司哄骗着、利用着陪客,早就习惯到麻木了。

钟熠只感到悲哀和心酸。

但是容眠并不知道钟熠正在想什么,因为他实在是困得不行了。

钟熠回过神时,就看着眼前的男孩儿头一点一点地晃着,嘴里含混不清地又说了些什么,下一秒就直直地向前栽去。

眼看这人摇摇晃晃地就要直接磕在桌面上给自己行一个大礼,钟熠慌忙伸出手,容眠的脸就被托在了他的手心。

男孩儿的侧脸贴在钟熠的掌心，黑色的发丝微微覆住了他的眉眼，他的脸颊微红，衬得皮肤很白。

他的意识已经有一些迷离了，感受到钟熠掌心略高的热度，容眠半梦半醒地微睁开眼，对上了钟熠的眼睛。

然后钟熠就看着他颤了一下眼睫，随即便亲昵地、幅度很小地将脸在自己的手心里蹭了一下。

醒来的时候，容眠感到很不舒服，他有一点晕，也有一点想吐。他只记得自己第一次喝了酒，然后突然变得很困很困，后来云叔好像打来了一个电话，接下来的事情他就记不清了。

在去片场的路上，容眠有一点发蔫，但孔三豆没注意到，她兴致勃勃地采访了一下容眠，问他心情如何。

容眠昨天晕晕忽忽地上了车之后就一直睡，孔三豆倒是没起疑，只以为他是累了，毕竟他平时也差不多是这种嗜睡的状态。

"第一次单独和人类朋友吃饭啊。"孔三豆的眼睛在发光，"你们有聊什么特别的话题吗？钟熠有没有和你说他过去拍戏时的趣事？还是……"

容眠说："我们一起吃了肉。"

他想了想，又特意强调了一下："而且他很爱吃我喜欢的那个鱼生拼盘。"

孔三豆顿时露出狐疑的表情，容眠也有一点心虚。

他别过脸，把脸慢吞吞地向外套里缩了缩，把头抵在车窗上，熟练地装起了睡。

他不敢告诉孔三豆自己喝了酒，怕她又会担心得一直念叨。

原本是他要请客的，他最后却喝得晕晕忽忽地记不住事，最后还是钟熠去付的钱，容眠感到有一些不好意思。

但是第一次和交到的人类朋友吃饭，还吃了自己爱吃的鱼生拼盘，他心里其实是很开心的。

容眠只记得自己看着钟熠吃了很多鱼肉，然后云叔好像给自己打了一个电话，叮嘱自己周末要回猫咖一趟，去接待几个客人。

后面的记忆就模模糊糊，再也想不起来了。

那几个客人是一群女高中生，她们每周六都会来猫咖里写一会儿作业。

她们不喜欢撸店里温驯的品种猫，反而非常喜欢容眠这种有小脾气的小猫咪，经常会笑着拿着手机对着他拍照，说他尾巴的颜色就像是打印机打印到一半没有墨了，所以尖端才会由黑色渐变成独特的白色。

容眠对她们印象挺深的，因为她们的手机壳上拴着一样的闺密款手机链，款式是毛茸茸的圆球，容眠很喜欢用爪子拨着玩一会儿。

因为容眠最近一直在拍戏，这群小姑娘已经两周没有看见心心念念的漂亮小黑猫了，有点担心。

云叔一开始还能用"他生病了，不能接客"的借口糊弄一下，后面时间太久，快要搪塞不过去了，只能打电话叫容眠周末回来接待一趟。

容眠是很累，但是他也不想让别人一直牵挂自己。

而且这几个小姑娘身上的气味并不呛人，之前抱他的动作也很轻柔，看得出来是真心喜欢小动物，所以容眠还是答应了下来。

今天上午都是和沈妍、史澄一起的戏，史澄也知道自己演技拉胯，开拍前给片场里所有人鞠了个躬，道了歉。

他可能是被之前那一出给吓傻了，回去之后下足了功夫，除了表情依旧有点僵硬，至少台词背得是十分熟练了。

钟熠不在，史澄明显放松了许多，聊了几句后就乐呵呵地放开了，其实他是个没心没肺的大男孩儿。

容眠的演技虽然没有到钟熠那种可以做人导师的级别，但是他也给了史澄一点实用的小建议。史澄听得认真，两人聊了几句，还加上了社交软件好友。

"真不是我故意演成那样。"史澄苦涩地搓手，"主要我的脑子是真不好使,记了台词就忘,一开拍就血液凝固、头皮发麻,我这……"

容眠问:"那你为什么还要演戏呢?"

这种低情商发言着实是一点余地都不给史澄留,史澄的脸微微扭曲了一下,沈妍在旁边实在是没忍住,"扑哧"一声笑了出来。

"我就是想试试。"史澄倒也没放在心上,只是低下头,叹息着说,"我就是……不甘心。"

他说得很含糊,容眠定定地盯着他的脸看了一会儿,刚想说些什么,沈妍的助理就走过来了。

送到沈妍手里的依旧是一个某品牌经典款托特包,和上次的那个同款不同色,容眠学着钟熠上次给自己介绍时的样子,认真地对史澄说:"这个是妍妍大礼包。"

史澄也跟着好奇地看了过去。

沈妍在包里又翻了一会儿,然而这回掏出来的不是吃的,而是一个方方正正的小纸盒。

"斗地主吧,孩子们。"沈妍说,"我估计他们还要再布置二十分钟,姐姐我实在是太无聊了。"

史澄说"好啊",容眠却是一僵。

沈妍和史澄熟稔地聊着这个叫作"斗地主"的游戏,容眠从他们的对话里隐隐听得出来,这好像需要三个人才能玩。

虽然猫咖里也会提供桌游或者棋牌给人消遣,容眠也见过客人玩,但是他自己根本就不了解纸牌类游戏的规则。

因为他更喜欢找玩五子棋的客人,这样就可以偷偷地把他们的棋子扒拉到地上。

容眠正犹豫着要怎样才能在告诉他们自己不会玩的同时还不会显得奇怪,就听见身后传来了一声:"打牌呢?带我一个?"

容眠的眼睛亮了一下。

不知道从什么时候开始,只要听到来自钟熠的腔调散漫的声音,容眠突然就有了一种很奇妙的、安心的感觉。

然而容眠刚抬起头，想让钟熠接替他的位置，身旁的史澄就"噌"的一下站起了身，磕磕巴巴地说："那个我、我我我去个厕所。钟哥，你坐我这里，你先打着，正好三个人，你们先开……"

史澄拔腿就跑，可以说是落荒而逃。

钟熠感到莫名其妙。

但钟熠还是坐在了史澄的板凳上，同时微微偏过头，看了容眠一眼。

不知道是不是容眠的错觉，就在他和自己对上视线的那一刻，钟熠似乎微不可察地停顿了一下，眼底的情绪有一些复杂。

但只是很短暂的一瞬，他便转过了头。

容眠愣了一会儿，还是选择实话实说："我不会玩。"

沈妍果然震惊。

"过年的时候，家里亲戚没玩过？"沈妍迟疑地问，"手机上的《欢乐斗地主》也没玩过？这年头，真有人年轻时没挥霍过几千万欢乐豆？"

容眠垂着眼帘，含糊解释："我工作很忙，没有时间玩手机，我也不爱玩手机，然后我的家人都……"

"不会玩挺正常的。"钟熠突然慢悠悠地开口，"我妈过年天天都打麻将，可我到现在也不会打啊。"

这话好像确实挺有道理，沈妍想了想，没再多问。

沈妍开始利落地洗牌，容眠凑在钟熠的耳边，小声说："昨天我头很晕，后面实在记不清发生了什么，我现在把钱转给你……"

"没事。"钟熠平静地说，"我之前答应了要管你的饭，这次先算我的，钱什么的下次再说。"

容眠愣了一下，轻轻地说"好"。

沈妍把牌发好，容眠刚笨拙地用手把所有牌一点一点地码在一起，身旁的钟熠就叫了地主。

然后他对容眠说："我教你怎么赢我。"

沈妍："……"

容眠完全不会整理牌，钟熠一只手拿着自己的牌，看容眠的牌并不方便。于是他拉着板凳坐近了一些，伸出手，帮容眠把牌一点一点地顺好。

这就和打明牌没什么区别了，于是沈妍问："二位，这不对吧，咱这是个什么打法？"

"打把教学局。"钟熠说，"我是地主，让你赢你还不乐意？"

钟熠先把基本的规则和容眠说了一下。

"简单来说，你的目的是把自己所有的牌都打出去，所以现在我这里出一张3。"

钟熠用手虚虚地点了一下容眠手里的牌，引导他："我不动你的牌，你自己想想下一张你应该出什么。"

容眠认认真真思考了一下。

然后他的手指略过了自己手里的单张牌4和5，直接抽出边上的一张大王，打了出去。

钟熠头痛欲裂："你怎么想的？"

"你刚才说这张牌最大。"容眠仰起脸看着他，"所以我现在就把你管住了，不是吗？"

钟熠一哽，沈妍在对面快要乐死过去，连连摆手表示"我不出了，你们随便玩吧，我就看着"。

钟熠只能走一步给他解释一步原理，容眠听得懵懵懂懂。

最后钟熠又出了个对5，又问他："该怎么出？"

容眠此时手里就剩了四张10，他举着牌，面色凝重地思考了很久，随即直接义无反顾地把炸弹拆开，打了一对10。

沈妍快笑疯了，钟熠痛苦地深吸了口气。

容眠好奇地想看一眼他手里的牌，钟熠却把牌藏在了自己身后，平静地说："要不起。"

沈妍："……"

于是容眠高高兴兴地把自己剩下的两张10打了出去。

他看着钟熠，小声地说："我赢了。"

钟熠"嗯"了一声，顿了顿，又说："学得够快，挺聪明的啊。"

容眠的眼睛一亮，沈妍有些欲言又止。

"不过，你刚才如果这么出的话，会更简单。"钟熠把那四张10一张一张地塞回了容眠的手里，给他讲解，"你这四张在一起可以直接出，这种叫作炸弹，能够管炸弹的就只有……"

今天的钟熠莫名地有一点温柔，容眠眨了一下眼睛。

其实容眠感觉钟熠一直都对自己很好，哪怕在知道自己原形是猫以后，他对待自己就和对待其他所有人一样，没有任何不同。

他没有把自己的秘密告诉任何人，给自己讲戏，给自己做馄饨吃，还陪自己吃了鱼生，现在甚至还在教自己怎么玩人类的纸牌游戏。

除了偶尔说话态度有些微妙、奇怪，容眠认为钟熠真的是一个很有耐心的、很好很好的人类朋友。

容眠非常讨厌橘子，这种水果的表皮有一种刺激性的气味，他闻到会感到难受，甚至想吐。

此刻的钟熠离自己很近，但是他身上的气息，明明也是一种橙果和草木混合在一起的淡香，却是会叫人闻一次就记住的、很舒服的味道。

像是橙子味儿的花，或者是一棵会开花的橙子树。

不知道是不是昨天酒的问题，容眠感觉自己的脸颊和耳朵又开始有一些发热，他不知道自己是怎么了。

"明白了吗？"钟熠问他，"这游戏其实运气成分也大，所以你不用心急……"

钟熠的话还没说完，就看见身侧的男孩儿突然仓皇地站起了身，似乎有一些茫然。

容眠别过脸，磕磕巴巴地说："我知道了，我……我也去个厕所……"

钟熠还没反应过来，就看着男孩儿动作很快地披上外套，用手局促不安地捂住了自己后腰下方的位置，飞快地跑远了。

对面的沈妍也看愣了："现在年轻人都怎么回事，一个个肠胃都坏成这样？"

钟熠沉吟半响，说："可能是刺身吃多了吧。"

孔三豆正坐在角落里用容眠的手机玩《时尚美甲店》。

中途有广告弹出来，孔三豆抱起水桶，"咚咚咚"地喝了三口水，暗自下定决心，今天一定要帮他一口气通到第二十关。

刚把水桶放回地上，孔三豆抬起眼，就看见不远处容眠裹着厚厚的外套，捂着后腰，仓皇地朝自己跑了过来。

孔三豆一愣。

"你怎么回来了？"孔三豆高兴地站起了身，问，"今天拍得这么快？是史澄突然开窍了吗？你要喝水吗？还是……"

"三豆。"容眠喘息着对她说，"我的尾巴、尾巴出来了。"

孔三豆倏地睁大了眼睛。

"怎、怎么回事？"孔三豆一时间还有点没搞清楚状况，"不是，是你自己放出来的……"

容眠摇了摇头，他的耳根有一点红，垂下眼帘，又捂着自己的后腰感受了一会儿。

"不知道为什么，刚才突然就冒了出来。"

半响，容眠抬起眼，有些难为情地对孔三豆说："而且我……我好像怎么都收不回去了。"

黑猫 第3章

YINGYANE GUO LIANG

"我就喝了一点酒。"容眠老老实实地说,"然后尾巴就收不回去了。"

尾椎是人类进化后尾巴残留的部分,然而此时此刻,容眠身体的这个位置却冒出了一条柔软的、蓬松的尾巴。

这导致他此时连坐下都有一点困难,只能把裤子微微拉下来一点,然后用身上的毛衣虚虚地遮住尾巴根部,才勉强在猫咖大厅的桌子上坐了下来。

就算这样,还是有大半截尾巴从他的衣服里面露出来。因为容眠此时心情有点低落,他的尾巴耷拉着,顺着桌子的边缘垂下,尖端幅度很小地摇晃着。

孔三豆怒不可遏。

"我之前和你说过不可以喝酒的!"

孔三豆比容眠本人还着急,她挠着头,在大厅里来回踱步:"现在收不回去了,怎么办怎么办怎么办怎么办……"

容眠晃着腿,低头看着自己的脚尖,不说话。

"三豆,应该不是酒的问题,"云敏说,"醉酒并不会持续这么久。"

孔三豆也意识到自己音量有一点大,蔫了下来,又小声地说:"云叔,我、我只是担心他……"

对于他们这些可以在人形和兽形之间来回切换的小动物而言,耳朵和尾巴算是两个比较特殊的部位,是他们哪怕在人形的时候,也能自由控制变化的两个地方。

这也是第一次，容眠遇到了尾巴突然自己冒出来，而且还无法收回的情况。

这直接导致容眠无法在片场里继续待下去，好在今天他大部分的戏已经拍完了，并不会耽误太多进度。

容眠有点茫然，他自然是不想耽误剧组进度的，但是面对现在这样的情况，他束手无策，只能捂着尾巴去和刘圆丰请假。

刘圆丰表示了来自他导演身份的理解，以及源于他豚鼠天性的恐惧，他哆哆嗦嗦地挥手，直接慷慨地把容眠明天的假都准了。

云敏只是很冷静地说："先不要着急。"

他们先是排除了醉酒的因素，也尝试了很多种其他的方法，包括让容眠脱掉衣服，彻底变回猫形，然后再变回人形；狂吸十口猫薄荷，再憋一口气，看看能不能把尾巴憋回去。

然而不论怎么折腾，容眠的尾巴依旧精神地支棱着，偶尔晃两下，死活变不回去。

云敏想了想，又觉得他可能是因为这两天拍戏压力太大，于是叫容眠变回原形放松一会儿，想着也许休息一下就好了。

于是容眠顺带着接待了那几个女高中生——小姑娘们刚放学就往店里跑，看见容眠之后都惊喜得不行。

容眠被她们轮番抱着猛吸了一顿，又陪着她们写了一个小时的物理作业。

最后他实在顶不住了，换了店里的布偶猫双胞胎兄弟来顶班，这才得空松了一口气，变回了人形，木然地看了一眼身后。

尾巴还在。

容眠刚穿上衣服，就看到云敏站在门口，很温和地说："眠子，咱们聊聊。"

云敏的品种是长毛狸花猫，按猫龄算其实已经是一只老猫了，但是人形的他仍是一副三十多岁的模样。

云敏把容眠捡回来的时候，容眠才刚刚能够化形。

那时容眠还是流浪猫的状态，警惕性很高，没有家的概念，以为自己总有一天还是要去流浪。

所以容眠每天醒来做的事情就是吃饭，他会偷偷躲在猫咖的角落里，抱着猫粮的袋子大口大口地吃，直到吃得肚子鼓了起来才肯停嘴。云敏给他做了很久的心理疏导，才慢慢让这孩子放松了警惕。

云敏开模特公司有几年了，见容眠对演戏好像感兴趣，努力帮他找了不少资源。

容眠变得很依赖云敏，而云敏因为之前自己也是流浪猫，其实也有一点偏心这个孩子。

云敏用很轻松的口吻问："你最近在拍戏的时候，有没有遇到什么趣事？"

容眠点了点头，乖乖地把自己这几天吃的什么菜、拍的什么戏、在片场的厕所里总共看到了多少只蟑螂，都仔仔细细告诉了云敏。

云敏耐心地微笑着聆听。

像是想到了什么，容眠突然又说："我还交到了一个人类朋友。"

云敏依旧不动声色，只是继续顺着他问："哦？是谁啊？"

"你知道钟熠吗？"

容眠并不是很擅长形容别人，于是他思考了一下，有些吃力地描述道："他是这次和我一起合作的演员，个子很高，长得很好看，眼睛很好看，手也很好看……"

容眠似乎也意识到自己的形容有点抽象，低下头想了一会儿，又说："就是在咱们店对面那个商场上贴着的腕表海报上的人……"

"我当然知道。"云敏实在是忍俊不禁，"人家前一阵子拿了奖，是知名演员。"

容眠愣了一下，半晌，低下头，缓慢地"哦"了一声。

云敏注意到，男孩儿身后原本直直竖起来的尾巴，突然缓慢地耷拉下去，幅度很小地晃了一下。

容眠自己并没有注意到，愣了一会儿，又说："他人很好，虽然有时候他说的话我听不懂。"

"他知道了我是猫，但是也愿意和我做朋友。"他补充道。

容眠又说了很多：钟熠给他做的馄饨，还有两个人一起吃的生鱼片。云敏注意到，男孩儿身后微微耷拉着的尾巴又慢慢地竖了起来。

云敏若有所思地盯着容眠的侧脸看。

"云叔……尾巴要怎么办？"

容眠又有点低落，小声说："如果变不回去的话，戏要怎么演？会不会耽误大家的进度……"

然而容眠抬起头时，却发现云敏的神色似乎轻松了很多，他还是在对着自己微笑，只是笑容里似乎多了点意义不明的东西。

"不用担心了。"云敏笑眯眯地说，"春天了，好好休息，睡一觉就好了。"

虽然容眠没有明白这种情况和季节有什么关系，但是他很信任云敏。

云敏去给大家准备晚饭，容眠坐在沙发上发呆，捏着自己的尾巴玩了一会儿。

身边的手机突然振动了一下，有人给他发了一条信息。

容眠的手机常年都是寂静的状态，基本只有孔三豆给他发的各种小视频的链接，他有些好奇地打开看了一下，发现竟然是史澄。

史澄明显很慌张。

他打字打得飞快，对容眠连番轰炸：小容，钟哥突然找我要你的联系方式，我害怕极了，就给他了哈，你不介意吧？

容眠愣了一下，退出聊天界面，果然在通讯录里看到了一个新蹦出的红点。

钟熠的 ID 叫"中医"，头像是钟熠前一阵子给某杂志拍的封面，他的脸上涂抹着颜色浓烈的红色油彩，身后是一片盛开的橙红色波斯菊。

容眠通过了钟熠的好友申请，然后又切出去，慢吞吞地回复了史澄一句：没关系的。

容眠以为像钟熠这样的人，应该是抽不出空来主动和人聊天的，却没想到在通过申请的瞬间，那一边的钟熠就发过来了消息。

中医：刘圆丰和我说你不舒服。

中医：怎么了？

容眠眨了一下眼睛。

他思考了一下自己现在的情况，觉得好像并不能用"不舒服"来定义。

于是容眠认认真真地打字回复，他说自己并不是健康上出了问题，让钟熠不要担心，却又一时间不知道该怎么描述自己这种情况。

容眠想了一下，既然钟熠已经知道了他是猫，而且他们现在又是很好的朋友，而好朋友之间是可以分享秘密的。

于是容眠顿了顿，放下了手机。

"三豆。"他冲着不远处的孔三豆喊了一声，"可以给我拍一张照吗？"

钟熠几天没睡好觉。

那天他吃完了一条船的鱼生，人没"窜稀"，但是失眠了。

其实钟熠也说不清楚自己是怎么回事，他眼看就三十岁了，偶像剧、恐怖片、刑侦剧都拍了个遍，该拿的奖也拿了，也算是什么事都经历过了。

他第一次因为一个小孩儿，莫名其妙地有些沉不住气。

后来他又联系了律师朋友，隐晦地问了一下类似容眠这样的情况，朋友说主要还是取决于具体的合约内容，但小公司的艺人，吃这方面亏的人太多了，跟老板闹掰了肯定会被雪藏，直接解约的话，天价违约金也是跑不了的。

钟熠是讨厌那些不劳而获、试图靠走捷径得到资源的年轻人,这也是他一开始疏远容眠的理由,但从现在的情况来看,这孩子的事却不太一样。

在懵懂的年纪就被公司洗脑和压榨,估计他之前压力大时吃猫罐头的心理疾病,也是这样被间接逼出来的。

钟熠感觉自己一颗心有点说不上来地拧巴。

那天钟熠是准备和这小孩儿聊一聊的,结果这人打了把斗地主,去了个厕所,就再也没回来,后来听刘圆丰说是身体突然不舒服。

钟熠兜兜转转地问了一圈,还是从史澄的手里要到容眠的联系方式的。

他之前一直想的都是如何如何和容眠避嫌,结果主动加了容眠为好友。

容眠的网名就是他的本名,朋友圈里空荡荡的,头像是一只黑色的小猫咪,眼睛是琥珀色的,圆圆的,挺可爱的,钟熠寻思应该是从网上找的图。

钟熠点开对话框,直截了当问他身体怎么样了。

然而对面打字的速度确实有点慢,屏幕上方断断续续显示"正在输入中",半天了连一个标点都没弹过来。

钟熠正犹豫着要如何开口再说些什么的时候,对面却弹来了一大段消息。

容眠:我可能明天也去不了片场,对不起。我没有不舒服,只是现在遇到了一点麻烦,应该很快就可以解决。

钟熠顿了一下,回复他:什么麻烦?

发出去的瞬间,钟熠恨不得撤回。人家话里的意思,明显是不想继续透露行踪,自己反倒穷追不舍地"尬聊"。

对面的容眠似乎没料到他这么刨根问底,半天都没有回复。

钟熠沉吟着要再说点什么才能显得没那么尴尬,再一看手机,却发现对面直接发过来了一张图片。

容眠：就是这样。

小图十分模糊，钟熠顿了顿，点开了大图。

照片上的人是容眠自己。

他背对着镜头，坐在一把没有椅背的高凳上，背景的灯光有一些暗，但是他脖颈清瘦白皙，露出的小半张侧脸恬静而漂亮。

钟熠的视线向下方微微滑落，瞳孔猛地一缩。

男孩儿穿着材质柔软的白色毛衣，款式宽大，堪堪盖住了屁股，但还是能看出他的裤子是解开的状态，松垮地从腰际处褪下了一段——

从他衣摆最下方露出来的，是一条柔软蓬松的尾巴。

容眠又看了一下手机，对孔三豆说："他还没有回我。"

"不应该啊。"孔三豆也有点郁闷，凑上来看，"我的拍照技术明明这么好……"

虽然孔三豆还在生容眠背着她喝酒的气，但狗狗的脾气来得快去得也快，一听说容眠想要拍照发给钟熠，立刻乐颠颠地过来充当摄影师，又是帮他"拗"造型，又是帮他调整屋子里的光影，拍了好久才筛选出最满意的一张。

容眠有一点不好意思，但是在孔三豆的怂恿下，还是把照片给钟熠发了过去。

然而钟熠却一直没有回复。

容眠一开始以为钟熠是因为别的行程忙碌，所以没有空来理自己。可是直到晚上十一点左右，对话框那边的人始终没有动静，容眠终于意识到了哪里不对。

容眠有一点惴惴不安。

他其实并不期待钟熠夸自己的尾巴好看，他只是想和钟熠分享一下自己遇到的事情，他认为这是朋友之间可以做的事情。

他又想起了自己和钟熠在餐厅的厕所里相遇的那个夜晚，他想给钟熠看尾巴，但是被钟熠很生气地拒绝了。

可是容眠又觉得既然钟熠知道了自己是猫，现在也和自己成了朋友，那就说明他应该是不讨厌猫咪的。

或许只是因为他不喜欢看尾巴，容眠心想，也有可能是因为自己的尾巴不够好看，所以钟熠并不想回复自己。

容眠之前还不明白为什么孔三豆会因为游戏通不了关而着急得睡不着觉，然而此刻的他却因为钟熠，第一次对着一个社交软件焦虑了起来。

"有可能是因为我的尾巴不够好看。"容眠小声地说。

他看起来有一点难过。孔三豆急了。

"不可能！"孔三豆气呼呼地说，"去年店里的尾巴选美大赛，你是亚军，而且还是在第一名是云叔的情况下。况且客人中，十个里有三个都会点名夸你可爱……"

容眠捧着手机，垂着眼帘，还是不说话。

孔三豆看着他，突然转身，吭哧吭哧地把角落里的窝搬了出来。

"你最喜欢的南瓜窝。"孔三豆说，"现在脱掉衣服，给我变回小猫咪睡觉，不要再想了。钟熠人这么好，他一定不会是那种看到消息不回复的人。"

然而钟熠确实是看到了消息故意没回。

他当时真的是人都"麻"了，千算万算他都没算到，这小孩儿会把这种大胆的照片发给自己。钟熠盯着那条尾巴，只感觉全身的血液往脑子里涌，耳边"嗡嗡"地响。

钟熠还特地多看了几遍，确定自己没有想歪。

他家里的小侄女今年上初二，爱玩 cosplay①，平时也会戴个兔耳

---

① 一般指利用服装、饰品、道具以及化装来扮演动漫、游戏及影视作品中的人物角色。

朵、整个七彩假发之类的。这是人家的兴趣爱好，属于钟熠会理解并且尊重的范畴。

但这张图片，钟熠看得可是清清楚楚，这孩子连裤子都脱了，要是想戴条小尾巴什么的，系在裤腰外面不就完事了？

这裤子有什么脱的必要，这尾巴又究竟是戴在哪个位置……

钟熠真的想都不敢多想。

他在陪客？那条尾巴，是不是也是被他那些所谓的熟客逼着……

钟熠感觉自己的胸口有点发闷。

他看着照片上容眠的侧脸，如果这孩子的表情是羞赧的或者是难过的，钟熠都觉得说得过去。

但照片上男孩儿的脸色是平静的，就像他第一次在厕所里对着自己拉裤子拉链时一样，脸上的神情懵懂而沉静，没有其他多余的情绪，就好像是……他真的不在乎一样。

这种情况反而是最可怕的，说明他可能已经习惯到麻木。如此懵懂年轻的男孩儿，却认为将自己的身体商品化是一件很正常的事情……

钟熠深吸了一口气，拿起了手机。

中医：你去接客了？

容眠愣了一下。

为什么钟熠会知道自己接客的事情……容眠有点茫然地低下了头。

他思考了很久，总算想起可能是那天两人一起去吃日料的时候，他和云叔打的电话被钟熠听到了。只是他后来酒喝得多了一点儿，就把这件事情忘掉了。

容眠倒没觉得有什么问题。

虽然他并不喜欢接客，但也从不觉得在猫咖里接客是什么不好的事情，更没想过要对钟熠隐瞒。容眠认为钟熠既然知道他是猫，那么他在业余时间做一些兼职，钟熠应该也是可以理解的。

于是容眠选择了实话实说。

容眠：嗯。

容眠：接待了几个熟客。

对面又是很久的寂静，容眠抱着手机等了一小会儿，打开了《时尚美甲店》。

昨天他拍戏的时候，孔三豆给他通了很多关，这导致此时的关卡难度有一点大，容眠小心翼翼地筛选着指甲油的颜色，区别了很久薄荷绿和浅蓝色，然后才慢吞吞地给顾客涂上了正确的颜色，并且获得了三星评价。

然后手机上方弹出来了一条消息。

中医：你照片里那个……

那一边钟熠似乎在斟酌措辞，容眠点开对话框，等了很久，他才发过来后半句话。

中医：就那个尾巴，你是自愿的？

容眠不是很理解这句话里"自愿"的意思。

他思考了一会儿，随即恍然大悟，以为钟熠是在问"是不是你主动放了尾巴出来"。

于是容眠认认真真地解释了起来。

容眠：不是的，我也是第一次遇到这样的情况。

容眠：我控制不了。

容眠捧着手机对着聊天框等了一会儿，钟熠没有回复，于是容眠切出页面，又玩了一会儿游戏。

他给一位很挑剔的顾客做了花纹复杂的桃红色美甲，又贴上了亮晶晶的水钻，钟熠却一直没有再回复。

容眠有一点困了。

他想了想，给钟熠发了"晚安"，变成猫，慢吞吞地钻进南瓜窝里，缩成一团睡着了。

他醒来后变回了人形，下意识地摸了一下后腰，发现云敏说得没错，睡了一觉之后，尾巴竟然真的可以收回去了。

不用耽误剧组的进度，容眠很高兴。上午回到剧组，沈妍和史澄都问候了他，容眠用肚子痛的理由糊弄了过去，于是便收获了来自史澄的怜爱，以及来自沈妍的一包"暖宝宝"。

容眠刚拍完上午和沈妍的戏，就在片场外围看到了等待着自己的钟熠。

"吃饭。"钟熠言简意赅地说。

容眠跟着上了他的车，徐柚柚把装在保温盒里的饭菜摆在桌子上，容眠一眼就看到了摆在中心位置的两只脆皮大鸡腿。

容眠很喜欢吃鸡肉，于是他象征性地吞咽了两口蔬菜，小心翼翼地看了一眼钟熠的脸色，就上手抓起了鸡腿，大口地咬了下去。

钟熠半天没动筷子。

容眠叼着鸡腿，含含混混地问："你不饿吗？"

钟熠顿了一下，看了他一会儿，又别过眼说："你吃就完事了。"

容眠"嗯"了一声，安安静静地继续啃鸡腿。

钟熠昨晚又是一夜难眠。

这小孩儿倒是坦荡承认了自己去接客的事，但是关于照片里尾巴的事，话说得却是委婉了点儿。

但钟熠心里清楚，他说的是"我控制不了"，这就说明，他是被强迫的。

他会把这种照片发给自己，不知道是因为藏了什么小心思，还是因为觉得这种事情对他而言已经无所谓。但钟熠既然看见了，就把这当作求救信号，良心让钟熠没办法做到坐视不管。

于是钟熠很突兀地问了一句："你的公司，是要求你们一定要接客吗？"

容眠感觉钟熠似乎对自己接客的事情很感兴趣。

鸡肉有一点咸，容眠进食的速度稍微放慢了一些。

他想了想，说："其实拍戏的时候，我基本是不需要接客的，但是因为我没有自己的房子，周末的时候我要回去和大家一起住，顺带也会被要求陪一些客人。

"不是很累的。

"而且大部分的客人还是很好的。"

容眠又补充道："只是有小部分的，他们有一点……"

"够了。"钟熠实在是听不下去了。

听他话里的意思，好像是这小公司连给艺人单独分配的公寓都没有，估计是小艺人一起住在宿舍，方便公司时时刻刻都能盯紧他们。

钟熠深吸了口气。

钟熠："小孩儿，我问你件事儿。"

容眠感觉气氛有一点不对，咽下嘴巴里的肉，慢慢地放下了手里的鸡腿骨。

钟熠："鸡腿好不好吃？"

容眠："好吃。"

钟熠问："我是不是一个好人？"

容眠呆呆地看着他："是。"

钟熠又问："你是不是不想接客？"

容眠似乎有点困惑这几句话之间的联系，看着钟熠犹豫了一下，小声地说："应该是……"

"是不是只要你不回公司宿舍住，"钟熠说，"你目前就不用再去接客了？"

"公司宿舍"这个词让容眠思考了一会儿，他感觉钟熠指的是猫咖。

于是容眠迟疑了一下："目前来看是这个意思，但是我——"

钟熠说："好。

"事先声明一下，我所做的一切，都是为了把这部戏拍好，你不要多想。"

钟熠说:"我不希望和我一起搭戏的演员身体状态和精神状态被一些因素影响,从而耽误了戏的质量和进度。"

容眠茫然地眨了一下眼。

"只要你愿意,我这边立刻就会有人和你的公司交涉。"

钟熠看着他,说:"至少在这部戏杀青之前,我能保证他们会放你一段时间——"

"你要不要,过来和我一起住?"钟熠问。

跟了钟熠这么多年,徐柚柚自认为还是很了解他的。

所以当钟熠说他要把容眠带回自己家一起住的时候,徐柚柚吃惊得瞪大双眼,新买的两片月抛美瞳险些滑片。

她这几天每天都要准备两份午饭带到片场,早就感觉有点不对,再这么一联想,难免会往别的地方想。

"这小孩儿比较可怜,"钟熠说,"顺手帮帮,你别多想。"

再感觉哪里不对,徐柚柚也知道自己不该多问。

她办事效率高,联系上了容眠公司的负责人,两人加了社交软件好友,简单客套了几句,约了见面。

然后徐柚柚惊掉下巴。

谈正事的地方无非就那么几种,要么是约在对方公司,要么是找个咖啡厅这种安静的地方。这是徐柚柚第一次遇到和人谈事,对方选择了在猫咖见面。

对方在网上的语气很客气,徐柚柚也挺喜欢小动物的,虽然百般疑惑,但还是礼貌地答应了。

此时徐柚柚站在了这家猫咖门口。

很敞亮的一家店,装修也是干净明快的风格,徐柚柚一进大门,就看着大厅里正站着两个外国小男孩儿。

他们长得很像,都有蓝眼睛和银白色的头发,应该是一对双胞胎，精致可爱得像是两个小瓷人。他们俩正一人拿着一把扫帚，在猫咖的大厅里乖乖地扫着地。

徐柚柚心想，现在猫咖的服务生水准都这么高了吗？看这头发、这眼睛，估计得是外国的，但这算不算是童工啊……

徐柚柚隐隐约约地一听，发现这俩小男孩儿说的是字正腔圆的普通话。

其中一个说："我刚才听到云叔说今晚要给咱们洗澡，这怎么办啊？"

另一个也愁眉苦脸："都怪你，昨天屎坨子沾了一屁股，还往我身上蹭，今晚咱俩谁都跑不了……"

徐柚柚："……"

徐柚柚正听得一头雾水，就听见身后传来了一道温润的男声："您好。"

她回头一看，就看见一个眉眼清俊的长发男子站在自己面前，正温和地冲自己笑。徐柚柚脑子一蒙，差点儿以为是哪家的"在逃"艺人。

"我是容眠的负责人云敏。"云敏问，"你是徐小姐？"

门口的两个外国小男孩儿好奇地朝他们俩看了过来。

其中一个用扫帚杵了杵另一个的腿，使了个眼色。另一个小男孩儿心领神会，放下扫帚，往猫咖里面的屋子撒腿跑去。

徐柚柚定了定心神，说："是。"

她和云敏坐在了靠窗的位置。

徐柚柚先是把钟熠的话带到了，大概意思就是为了戏的质量，钟熠希望容眠的公司能够在这部戏拍摄的时间内给容眠一些自由，又说钟熠同时会给容眠在演戏方面的指导，如果他们团队有需要的话，钟熠这边也可以配合做一些相关的宣传，等等。

徐柚柚来之前听钟熠话里的意思，好像是这家小公司的人都不是什么好东西。

云敏刚才说自己是负责人,应该是经纪人兼老板这一类的角色,所以应该是不会轻易松口的,徐柚柚都做好打持久战的准备了。

没想到云敏仔细地聆听着她的话,最后很爽快地点了点头。

他笑眯眯地答应道:"没问题啊,谢谢你们,那就麻烦钟先生照顾了。"

徐柚柚没想到云敏会答应得这么随意,一时间愣住了。

她感到有些尴尬,又有些无话可说,正好店里有一只小小的布偶猫突然走到了徐柚柚的脚边,它先是在地上打了个滚儿,又用身子蹭了蹭徐柚柚的腿。

最后这小东西坏心眼儿地伸出爪子,钩了钩徐柚柚的裤腿。

徐柚柚感觉自己的心都要化了。

云敏却说:"郭四瓜,松手。"

很神奇的是,像是可以听懂云敏的话一样,那只小布偶猫似乎很厌地松开了自己的爪子,它那湛蓝色的眼睛无辜地盯了云敏一会儿,然后它乖乖地窝在了徐柚柚的脚边,开始睡觉。

云敏收回了视线。

他们俩又随意地聊了一会儿,云敏谈吐很好,聊天的方式让人感觉很舒服,徐柚柚感觉自己的心跳得有那么一点点快。

最后徐柚柚摸了摸腿边小猫咪的脑瓜儿,有点好奇地问:"您和这些小猫咪这么熟,是这家店的常客吗?"

云敏冲她微笑,却没有再说话。

徐柚柚意识到自己该走了。

就在徐柚柚拎着包关上猫咖店门的那一刻,她似乎隐隐约约地听到云敏对着那只布偶猫说:"你讨好谁也没用,今晚的澡,你们俩还是要给我洗……"

孔三豆非常难过。

"以后晚上没有人给你搬南瓜窝出来了。"

孔三豆把容眠的行李箱拉出来，又吸了吸鼻子，酸溜溜地说："没有人给你烧好喝的矿泉水了，我每天晚上都会和大家玩得开开心心的，我们还可以吃云叔准备的夜宵，你只能自己一个人……"

容眠纠正她："是两个人，还有钟熠。"

这部戏的主要取景地和猫咖虽然在一座城市，但是因为平时收工太晚，回到猫咖的时间又比较长，容眠还需要一个静心读剧本的地方，所以从开拍到现在，容眠和孔三豆基本都是在片场附近的酒店住的。

猫咪的性格比较安静而独立，但是狗狗是喜欢热闹的动物。

容眠自己拍戏的时候，起码还可以和人说话，但是在片场外面的孔三豆每天都很孤独。

她只有手机相伴，她帮容眠打好水、准备好零食后，一个人坐在外面玩很久很久的美甲小游戏，然后看到容眠的戏份结束，又会高高兴兴地冲过去迎接他。

容眠知道孔三豆担心自己，但是他也希望孔三豆可以开心。

所以钟熠这次在某种意义上可以说是帮了大忙，不用住酒店的话，孔三豆每天晚上就可以回到猫咖见见小伙伴们，也就不会那么孤独了。

"钟熠的房子很大。"容眠想了想，说，"我去过的，他们家有花园，有很大的冰箱，还有漂亮的抱枕，你不要担心我了，三豆。"

孔三豆只能"呜呜呜"地把行李箱交到了容眠的手里，最后抱着他贴了一下。

钟熠远远地看着，听不清这俩人说的是什么，只感觉虽然这小孩儿的公司不怎么样，但给他选的这个小助理还挺不错的，起码重情重义。

钟熠今天的戏从早排到晚，下午还有一场是他早年出任务时的打戏，那个时候的他腿还没断，也没轮椅可坐，钟熠累得那叫头晕目眩。

第二次来到钟熠的家，容眠没有那么拘谨了。

他只是环顾了一下四周，就放下了行李箱，乖巧地在沙发上坐了下来。

钟熠一天下来实在是累，没力气再去折腾着给这小孩儿做什么创意菜了，于是就说："点外卖吧。"

当然他也没忘容眠挑食的那点毛病，特地点了几道清淡的炒菜。

容眠一直在旁边偷偷瞥着钟熠的手机屏幕，他安静地盯了一会儿，突然小声地说："我想吃那个荔枝腰果虾球。"

钟熠也回答得飞快："不可以。"

容眠说："我可以自己付钱的。"

钟熠平静地抬眼："不是钱的问题。外卖要送到的地方是我家，软件也是在我手机上，所以决定权在我手里。"

容眠垂下了眼帘。

他看起来有些失落，但最后还是轻轻地"嗯"了一声。

钟熠心里又突然有点不是滋味了。

顶嘴这种毛病，钟熠都能分分钟治好，但他是真的见不得这小孩儿一副闷声不吭、受了委屈还要往肚子里咽的模样。

"行行行，别闹了。"

钟熠只能头痛欲裂地把外卖软件重新打开："我给你点上还不行吗……"

容眠有点茫然，因为自己明明什么都没有说，但是钟熠却说自己在闹。

不过有虾球吃的容眠还是很高兴的。

然而钟熠看起来是真的很疲惫的样子，容眠感觉他已经累到没什么兴致吃菜了，他只是每道菜都吃了一两口，就摊在椅子上不挪地儿了。

于是容眠提出自己洗碗。

容眠是第一次见到嵌入式洗碗机，他睁大眼睛蹲在这个大机器前，好奇地盯着里面腾起的泡沫和"嗡嗡"喷溅的水流看了很久。

直到钟熠喊他去收拾行李，他才有些不舍地起了身。

钟熠昨天叫阿姨把客房收拾了一下。

他想起这孩子好像喜欢沙发上的那个带穗儿的抱枕，于是犹豫了一下，早晨出门前嘱咐了阿姨拿一对抱枕放在客房里面。

容眠的行李倒是不多，只是钟熠累得不行，他懒散地在门口挥了挥手，说："你自己慢慢收拾吧，我去洗个澡。"

容眠"嗯"了一声。

他转过身，一眼就看到了床上的那两个抱枕，眼睛亮了一下，又想了想，拿起手机拍了一张照，给孔三豆发了过去。

看到容眠住得舒心，那边的孔三豆也放下了心。

美丽3豆：哇，好大的房间！

容眠抿了抿嘴。

他慢吞吞地打着字，告诉孔三豆自己晚餐吃了一盘子荔枝腰果虾球。

美丽3豆：你还要记得吃菜！要多喝水！！

美丽3豆：不过钟熠对你好好哦。

美丽3豆：你们住在一起的话，不要忘了帮他做一些事情回报人家，毕竟朋友之间是要彼此互相付出的！

容眠愣了一下。

美丽3豆：云叔叫我去督促郭四瓜和郭五葵他们俩洗澡了，晚安啦！

容眠回复了孔三豆：晚安。

他捧着手机愣了一会儿，感觉孔三豆说得没错，钟熠确实对自己很好。

但是除了刚刚的洗碗和之前的刺身拼盘——而且最后还是钟熠请的——自己好像真的没有回报过钟熠什么东西。

容眠突然想起，在猫咖以猫形态接客的那段日子里，客人们总是说小猫咪是他们苦涩生活中的一剂良药。

他们说撸小猫咪可以解压，毛茸茸的尾巴和身子，光是看着，心情就会跟着不由自主地放松下来，要是再摸上几下，一天的疲惫就可以跟着全部消除掉了。

于是容眠有了一个很不错的想法，他站起了身。

钟熠的卧室在走廊的另一端，门是打开的，容眠踩在柔软的羊绒地毯上，无声无息地走了进去。

和客厅还有客房一样，钟熠自己卧室的装修风格也是简约大气的，只是多了一面很壮观的墙，上面放着这些年钟熠拿过的奖，还有他拍过的每一部戏的杀青照片。

浴室的门关着，里面有水声，应该是钟熠在洗澡。

容眠待了一会儿，然后开始解身上衣服的扣子。

容眠心想，虽然之前钟熠表现出来的，好像是一副不太喜欢自己尾巴的样子，但那也许是因为他还没有看到自己的真身。

大部分小猫咪都是很在意自己的外貌的，它们每天会花很久的时间梳理毛发，因此容眠也很好奇钟熠见到自己猫形的时候究竟会露出什么样的表情。

钟熠今天很累。

容眠心想，如果一会儿他想要摸自己一下的话，就让他摸一小会儿吧。

钟熠洗澡的时候也有点心不在焉。

他自己一个人住了快十年，第一次家里多了个大活人，感觉确实是有那么一点不太一样。

他觉得自己当时也是头脑一热，冒冒失失地就把这小孩儿带回了家。可是每当钟熠的脑子里闪过容眠发给自己的那张照片，他的心口就跟被什么东西攥住了一样拧巴。

不过这孩子还不是无可救药。

打开浴室门的那一刻,钟熠心想:只要有个人教给他正确的是非观,教会他如何自爱自重,慢慢扳过来……

——然后钟熠看到容眠端端正正地坐在自己的床头。

男孩儿低着头,正在慢吞吞地解开自己衬衫的最后一颗扣子。

似乎没料到钟熠这么快出来,容眠抬起眼,看起来好像有一点诧异。

他小声说:"你洗得好快,我都还没来得及变……"

钟熠简直是头皮发麻。

他难以置信地问:"你在干什么?"

容眠似乎有一些不好意思。

平日里容眠都是被好几个客人争着、抱着、抢着撸,这是他第一次准备主动邀请别人撸自己,他的脸颊有一些红。

但是钟熠对自己很好,容眠想,所以我也要让他开心。

钟熠看到容眠站起了身。

"我知道你今天很累。"男孩儿抿了抿嘴,轻轻地说,"我的客人们总是说,他们和我在一起会感到放松和高兴,所以我也希望……我可以帮到你。"

钟熠:"……"

容眠想起猫咖里那些很擅长接客的同伴,他们平时遇到自己心仪的客人的时候,都是很主动地用脸颊蹭蹭客人的手。

容眠见对面的人一直没有说话,思考了一下,于是有些笨拙地拉起了钟熠的手腕。

他顿了顿,又学着自己那些同伴的样子,垂下眼睫,把自己的脸贴在钟熠的手背上,有些青涩地、幅度很小地蹭了一下。

"钟熠。"男孩儿喊他的名字。

"谢谢你的房子,还有晚饭。"

他很真诚地,一字一字地说:"作为回报,今晚我可以在你床边陪你。"

钟熠是真的快要气昏头了。

他感到既荒谬又可笑,意识到原来自己在这孩子的眼里也是那种人。

钟熠感觉自己好像只是一位客人,这几天他对容眠一切的好,就像是自己付给容眠的某种报酬,所以这孩子认为也要回馈给他相应的服务。

钟熠感觉到无言,替他可悲。

可悲在于这孩子可能并不知道这种行为有什么问题,在他的眼里,可能用来报答人的方式就只有这一种。

容眠困惑地看着面色阴沉的钟熠。

他不知道自己又做错了什么,于是怯怯地想要把手缩回去,钟熠却突然凑近了一步,反扣住了容眠的手腕。

钟熠的手劲要大很多,因为刚洗完澡,他的皮肤温度要比容眠的高一些,容眠感觉自己的手腕被握得有一些痛。

他们此刻离得很近,容眠感受到了来自钟熠身上的一种让他很不舒服的压迫感,他眨了一下眼,感到有些莫名心慌。

然后钟熠却提前一秒松开了手,后退了一步,看着容眠,叹了口气。

"明明你自己也在害怕,为什么还要这么做?"钟熠问。

容眠意识到钟熠好像又在生气,但是他并不知道原因。

"你不喜欢我陪你吗?"容眠小声地问,"可是你都还没有看过我的……"

他想告诉钟熠,自己的皮毛是很漂亮的黑色,尾巴也很好看,虽然他并不喜欢别人碰尾巴,但如果钟熠想摸的话,他可以……

"我不喜欢。"钟熠实在是忍无可忍,他深吸了一口气,直截了当地打断了容眠,"容眠,我今天就在这里明确和你说了,我尊重你自己的选择,但是我实在是无法接受你的这些行为。

"我也并不喜欢从你嘴里听到你接客的那些事儿,你和你的那些客人,平时就算玩得再大,我也管不着。"

钟熠说:"但是我和他们并不一样,我没有这些需要,你也最好别再对我起这些心思。"

眼前的男孩儿生了一张很纯、很干净的脸。下巴尖,眼睛圆,睫毛长,确确实实是个长相出挑的年轻人。

"你长得是很漂亮,"钟熠说,"但是你要知道,每个人的身体和容貌并不是可以销售的物品,你不应该用它们来交易或者去报答任何人。我知道我管不着你,但我还是希望,你可以试着学会爱惜自己。"

容眠愣愣地看着钟熠。

他似乎没有想到事情会变得这么严重。

容眠说:"我以为我们是朋友,你对我很好,所以我……"

"我不知道你的公司这几年给你灌输了什么样的思想。"钟熠说,"但我很确定,叫你接客这种事情就是在剥夺你的人身自由和权利。我愿意帮你,是因为我心善,也是因为你演戏有那么点灵气,我惜才罢了。"

"但是除了把戏拍好,我真的不需要来自你的任何回报和服务。"钟熠说,"我不是你的那些客人。"

他最后重复了一遍:"我不需要。"

容眠微微睁大了眼睛。

男孩儿看起来很茫然,钟熠在心里叹了口气,知道自己刚才的话可能说得有些重了,毕竟这孩子本身也是某种意义上的受害者。

钟熠的喉咙哽了一下,他刚想说些什么,就看见容眠后退了两步,垂下了眼帘。

"我知道了。"容眠轻轻地说。

孔三豆感觉容眠的情绪好像有一些低落。

容眠其实并不是那种会把喜怒表现在脸上的人，但是孔三豆很了解他，在他心情不好的时候，他会把自己的一切动作都调整成比平时慢半拍。

于是孔三豆看着容眠慢吞吞地拿起瓶子，慢吞吞地喝了一口水，瓶盖掉在了地上，他愣了一下，慢吞吞地俯身，再慢吞吞地把瓶盖捡起来……

"到底发生了什么？"孔三豆还是没忍住问出了口，"昨天是你和钟熠住在一起的第一个晚上，为什么你们俩好像还疏远了不少？你是不是没按照我说的……"

"我做了。"容眠说，"但是钟熠拒绝了，他说他不喜欢。"

容眠小声地说："他不想看到我的猫形，不想要撸我，也不想让我陪他。"

孔三豆呆住了。

容眠却没有看向孔三豆。

他低着头，又慢吞吞地给手机屏幕上的顾客涂上了小拇指的指甲油，因为速度太慢，最后容眠收获了一个来自顾客愤怒的红脸，以及只有一颗星星的评价。

"三豆。"容眠放下了手机，小声地说，"我过不去了，你帮帮我。"

孔三豆很好忽悠，她"哦"了两声，兴高采烈地接过手机开始帮他通关。

于是容眠又开始发呆。

容眠很少会感到难过。

他当流浪猫的时候，时常会因为肚子很饿而感到难受；后来在猫咖打工的时候，会因为吃不到自己想吃的猫条，或者被身上喷了香水的客人强制抱了一会儿而感到很不开心。但好像也仅限于此。

此时的容眠感觉自己有一点难过，也感到有一些无措。

他觉得自己的心里好像有什么东西空掉了,就像是吃了一整盒馊掉的鱼肉罐头,胃也跟着翻搅。

猫咪是天性谨慎而敏感的小动物,如果它们愿意对人类主动示好,就代表它们真的对那个人很有好感。

但与此同时,一旦察觉到了来自人类的抗拒,它们就会退得比你还远,会躲起来,甚至藏到你永远找不到的地方。

钟熠一开始并没有察觉到哪里不对。

他坦然得很,细细回味了一番自己昨晚的演讲,觉得自己拒绝得正义凛然,这回应该是可以彻底把这孩子的心思断了。

但是钟熠也想给这人一个台阶下,虽然容眠的行为轻浮,却也是因为他年纪轻,又摊上个不是东西的公司,所以钟熠始终还是有点狠不下心。

于是钟熠发了条信息,特地叫徐柚柚中午买条清蒸鲈鱼带过来。

自己的戏份收工以后,钟熠在原地等了容眠一会儿。

他也是打心眼儿里觉得这孩子可怜,不想去搞故意疏远什么的把局面弄得太难看,想着两人以后能够自然地相处到把戏拍完,那就再好不过了。

沈妍正好路过,有些好奇地问:"你和人家什么时候这么熟了?怎么好像这两天,我总能看到你们中的一个在等着另一个?"

钟熠言简意赅地总结道:"我是移动食堂。"

沈妍听乐了,挥了挥手,转身去卸妆了。

然而等了半天,角落里的那两人磨磨蹭蹭,半天还是没过来。钟熠还是有点沉不住气了,直接走了过去,问:"你还吃不吃饭了?这么拖拉……"

容眠却低着头。

半晌,容眠的喉结动了一下,说:"我不饿,我今天……想吃三豆做的饭。"

身旁孔三豆的表情茫然了一瞬，她看了一眼容眠，又回头看了看钟熠，紧接着变成了凶巴巴、怒气冲冲的样子。

钟熠有点摸不着头脑，顿了顿，说："行。"

钟熠回了自己的房车，又琢磨了一会儿，总算是感觉哪里不对了。

这人明摆着是在躲自己。

徐柚柚把饭盒给钟熠摆好了，他却始终没有动筷子。

其实他们俩目前的状态没有任何问题，钟熠昨晚把话说明白了，思想品德教育也做到位了，容眠现在应该也知道要把握好正常的社交距离，不会再有那些轻浮的行为了，自己以后的日子也会跟着清净不少……

这就是钟熠原本想要的结果，他理应是该感到轻松的。

但钟熠现在就是感觉哪里不对劲，他就是不舒坦。

晚饭的时候，钟熠煎了香肠，又炒了两道小菜。

容眠安静地站在他的旁边，慢吞吞地把可乐倒到两个玻璃杯里，左右反复匀着，最后谨慎地将两只杯子里的可乐控制在相同的位置。

但是他一直没有说话，钟熠主动开口叫他端菜时，他也只是很轻地"嗯"了一声，整个房子愣是比钟熠一个人待着的时候还要安静不少。

这氛围真的是让钟熠头痛欲裂。

于是钟熠最后把做好的菜端到了客厅的茶几上，决定两人边看电视边吃，这样还能找点话题。

钟熠其实也有点纳闷。

你说这人的脸皮厚吧，主要是他张口闭口就是一些大胆的发言。结果被钟熠拒绝之后吧，他又把自己彻底封闭了起来，就像是个在耍脾气的任性小孩儿。

钟熠现在已经不是在给这孩子台阶下了，而是直接建了个电梯让他坐，觉得这人要是再这么装哑巴下去，那多少就是有点不识抬举了。

电视机上在播放着鉴宝节目。

钟熠顿了顿,来了一句:"这镯子成色不错。"

这明显是想要开展话题的意思,然而容眠只是含含混混地来了一句:"嗯。"

而且钟熠看得清楚,这人压根儿连看都没有看电视屏幕一眼,只是抱着自己的碗,缓慢地吃了一小口米饭,然后又夹起了一整根香肠,一口吞掉。

钟熠的脾气也有点上来了。

他站起身,直接把装香肠的盘子拿起来,放到桌子的另一边,说:"肉吃得太多了,今天的分量就这么多,你吃菜吧。"

容眠抬头看着他。

钟熠堂堂正正地回视,以为这小孩儿终于要开始和自己犟嘴了。

然而容眠还是什么话都没有说,只是顿了一下就垂下眼帘,慢吞吞地夹起一口青菜塞到了嘴巴里,随即沉默地低下头,一点一点地吞咽起来。

容眠把这口菜艰难地咽了下去,然后拿着碗筷起了身,没有看向钟熠,只是依旧低着头,很客气地说了一声:"谢谢你,我吃饱了。"

钟熠:"……"

把碗筷放到了洗碗机后,容眠又蹲着盯着里面翻搅的泡沫看了一小会儿,然后起身,回到了自己的卧室里。

其实容眠并没有吃饱。

只是他不知道,现在的自己还可不可以找钟熠多要一根香肠吃。

因为钟熠昨天已经亲口说了不喜欢自己的一些行为,所以虽然容眠很想再吃一根香肠,但是他害怕钟熠会更不喜欢自己。

钟熠不想看自己的原形,容眠会尊重他的选择。

但容眠还是感觉到了与人类社交的困难——他感觉自己做什么钟熠都会生气,说话钟熠会生气,不说话钟熠会生气,想给他看自己的猫形他也会生气。

于是容眠选择了沉默和逃避。

回了房之后，容眠没有事情可以干，他已经读完了明天的戏份，《时尚美甲店》又一直在卡关，孔三豆还不在。于是他决定早一点睡觉。

容眠把衣服脱掉，变回了猫形。

客房的床很软，也很大，但是容眠感觉这间屋子太空了，他没有安全感。

于是容眠跳进了衣柜里，他慢吞吞地窝在里面叠好的衣服上面，抖了一下尾巴，缩成了一个小团，就这么睡了一会儿。

晚上七点睡觉的结果就是容眠凌晨一点的时候就醒了，然后再也睡不着了。

他在柜子里、床铺下、枕头上分别尝试了几次，然后发现在再昏暗再隐蔽的地方，他都无法入眠了。

容眠愣了一会儿。

他透过窗户，向楼下的花园看过去，钟熠的房子很大，花园也很大，有喷泉和长椅，还有一片草坪。

正是初春时节，气温回暖，草坪里已经冒了星星点点的嫩绿色。石子小径旁还有盏用石头砌的小路灯。因为是夜晚，有小飞虫正在绕着暖橘色灯火打转。

容眠的眼睛亮了一下。

钟熠直到半夜也没睡着。

他抓心挠肝，像是一位管不住步入叛逆期孩子的老父亲，又气又急，越想越烦，之前拍戏时遇到的各种困难加起来，都没有现在容眠这小孩儿一个人给他带来的堵心事多。

他又感到口渴，于是下了楼，到厨房里接了杯水。

厨房的窗户可以直接看到花园，钟熠端着杯子喝了两口水，还是感觉口干舌燥，又接了满满一杯，继续端着喝了两口。

他随意地往窗外一瞥，然后愣了一下。

钟熠看到了一只猫。

是一只黑色的猫咪，耳朵尖尖的，正背对着钟熠，安静端正地坐在地上，盯着花园里草坪上的石头灯看。

它的尾巴蓬松，应该是只长毛猫，尾巴的尖端还带了点白色，正一抖一抖地在草坪上扫过。

流浪猫吗？

钟熠有点惊奇，因为他家花园的围墙挺高的，这小东西要是能翻墙进来，凭身手估计得是流浪猫中的佼佼者了。

于是钟熠犹豫了一下，拉开窗户，对着它喊了一声："咪咪？"

那只小黑猫的身子像是僵了一下，钟熠就看到它的尾巴"咻"地竖了起来，随即有点警惕地回过了头。

于是钟熠就看到了这只小猫的正脸——

很漂亮的小东西，毛发黑亮而柔软，眼睛是好看的琥珀色，圆头圆脑，是一只长相甜美、很干净的小猫崽子。

钟熠以为像这种流浪的小猫，警惕性都比较高，见到人之后多半会直接撒腿跑路。

却没想到这只小猫咪就站在那里，有些愣愣地盯着他。

钟熠总觉得这小黑猫好像有点眼熟。

不过大多数黑猫长得都差不多，钟熠也没多想，只是又问了一声："你饿吗？"

钟熠说完自己都有点想笑，他寻思自己说的话人家也听不懂，于是干脆转身去冰箱里扫了一眼，把晚饭剩下来的一根香肠装在了小碟子里。

钟熠端着小碟子回来的时候，发现那只小猫咪还端端正正地在原地站着。

它歪着头,圆圆的眼睛直勾勾地盯着钟熠手里的碟子看,半晌后仰起头看着钟熠,尾巴左右摇晃了两下。

那竟像是在思考的样子。

钟熠觉得这小东西挺好玩的,对它说:"吃吧。"

这小猫倒是一点警惕性都没有,只是又静静地盯着钟熠看了一会儿。

然后它慢吞吞地低下了头。

就像是已经知道这香肠味道不错一样,它甚至连闻都没有闻,直接低头叼住了那根肠,乖乖地埋头吃了起来。

它吃得很香,钟熠又盯着看了一会儿,像是想到了什么。

于是钟熠突然伸出手,捏起它的后颈,把这小东西拎了起来。

小东西吓了一跳,睁大了眼睛,似乎难以置信地看着钟熠,随即小声地"喵"了一声。

钟熠悠闲地把它拎起来,瞥了一眼它的屁股,乐了。

"是个男孩子啊。"钟熠意味深长地说。

小猫咪挣扎了一下,又细声细气地"喵"了一声,钟熠看到它的瞳孔都被吓得微微放大了一些,似乎在炸毛的边缘。

于是钟熠松了手,把它放回了地上,又捏了一把它的屁股。

小黑猫似乎僵了一下,然而钟熠并没注意到,他只是转过了身,说:"慢慢吃吧。"

一般这种流浪猫吃完后就会自觉离开,钟熠明天早上还有戏,便没再多留,直接上了楼。

经过客房的时候,钟熠看到了紧闭着的门,寻思容眠应该还在睡着。

钟熠回了自己的卧室,却感觉自己的心情莫名轻快了不少,只觉得小动物还真的挺能治愈人,比某些棘手、任性的年轻人不知道要乖多少。

这部戏拍完……不行自己也养只猫吧,他心想。

不知怎的，钟熠还是莫名地有点放心不下，于是临睡前，他透过自己卧室的窗户，往花园里多看了一眼。

花园的草坪灯还亮着，但是那只小黑猫已经不见了。

史澄问容眠："这双鞋好看吗？"

和大部分二十多岁的男生一样，史澄非常喜欢各种潮牌和球鞋，此时此刻他举着手机，向容眠展示了一双某品牌刚出的联名款球鞋。

容眠低下头，安静地对着那张图片看了一会儿。

半晌，他缓慢地开口说："鞋跟上沾着的那一块，是泥土吗？"

"这是他们家的标志啊，铁子。"

史澄很痛苦地说着，又低头看了一眼图片："等等，为什么我也越看越觉得像泥点子了……"

容眠没有说话。

史澄倒也不见外，大刺刺地勾住了容眠的肩，继续给他讲这个牌子的发展史和设计师的来头，容眠时不时缓慢地点头，假装自己听得很认真。

但其实容眠一整天都在走神。

他知道自己的状态不对，但是没有办法控制自己。

孔三豆算得上是容眠的一号情绪感应雷达。

但是这次，她无论是拉着容眠看各种搞笑的小视频，还是教他通关《时尚美甲店》，容眠都是那种神游天外、慢慢吞吞，说话只回复一个字的状态。

孔三豆抓耳挠腮，急得连喝了三桶矿泉水。

最后她实在是无计可施了，趁着容眠和史澄对戏的工夫，偷偷摸摸地在场外打了一个紧急求救电话，把店里正在做猫薄荷棒棒糖的云敏叫过来了。

云敏到片场的时候，容眠刚好收工。

容眠仰起脸，小声地喊了一声"云叔"。云敏微笑着夸他："演得很好。"

容眠"嗯"了一声，又愣愣地沉默着不说话了。孔三豆在一旁疯狂挤眉弄眼，云敏顿了顿，又问："尾巴还出现过那样的情况吗？"

容眠摇头。

云敏叹气，说："和云叔说说吧，怎么了？"

于是容眠顿了一下，把钟熠如何严肃地拒绝了自己的求撸邀请，如何亲口说他不喜欢自己接客的经历，又如何不愿意看到自己的原形，一点一点地全都告诉了云敏。

"但是他昨天，其实还是看到了我的原形的。"

容眠小声地说："只是他并不知道那只小猫咪是我而已，他摸了我，对我很温柔。"

他觉得钟熠真的是一个很矛盾的人，他明明说自己并不需要也不想看，可是昨天在花园里，却摸了自己……

容眠突然感到有一些难过。

"所以说，钟熠愿意去摸任何一只素不相识的流浪猫。"他有些硬邦邦地说，"他只是不愿意看我的猫形罢了。"

所以对于花园里的一只外来的流浪猫，钟熠都会很温柔地叫它"咪咪"，会把香肠装在小碟子里喂给它吃，甚至会伸手去摸摸它。

但是钟熠死活不愿意看自己的原形——他对容眠的态度永远是凶巴巴而愤怒的，他拒绝了容眠的示好，甚至在晚饭的时候没收了容眠想要吃的香肠。

虽然最后那根香肠还是进了容眠的肚子，但是容眠的自尊心还是受到了很大的伤害，他并不知道自己做错了什么。

"明明那些客人都很喜欢我的。"容眠小声地说，"但是钟熠说他不想看我的猫形，他也不喜欢我接客……"

"宝子，钟熠是人类。"云敏叹息着说，"你有没有想过，哪怕钟熠知道了你是猫，他也并不一定是因为你的皮毛和尾巴才选择和你做朋友。

"客人们对你的称赞，也仅仅是对你猫形的外表而已。"

云敏笑眯眯地说："但现在看来，钟熠之前对你的帮助，都是出于对你的性格和演技的欣赏，这反而很可贵，不是吗？"

容眠呆呆地看着云敏。

"当然，这并不代表钟熠没有问题，和人类做朋友是很难的。"云敏说，"友情也好，别的感情关系也罢，人类的社交关系很复杂，有矛盾的确是一件正常的事情。

"但最重要的是，一段舒服的、正常的友谊，并不应该让你感到难过和自卑。"

云敏总结："所以我觉得你们需要好好地聊聊。"

沈妍已经很久没见过状态不对的钟熠了。

他俩搭过不少次戏了，演戏时的钟熠永远是片场里情绪把握最恰当的那个人，但今天钟熠的状态明显不太对。

他打了个抱歉的手势，对工作人员说："我眼神给得还是不对，麻烦再来一次吧。"

好在钟熠状态找回来得快，没有耽误太多时间。

沈妍和他认识这么多年了，两人都不是那种对彼此遮遮掩掩的性格，于是她收工后就直接开口问道："你和容眠那孩子……你们俩是不是有点什么事？"

钟熠手中的动作停顿了一下。

他抬起眼，有些狐疑地问："你怎么知道的？"

沈妍叹气："你这一天眼珠子都快锁人家身上了。"

钟熠愣了一下。

他这两天在心里憋事也憋得实在是难受，沈妍也不是什么大嘴巴的人,于是钟熠叹了口气,把他和容眠之间的事简略地说了一下。

不过钟熠把这小孩儿被公司要求陪客的这件事瞒住了。

沈妍若有所思。

钟熠叹气:"所以你明白吧,现在的问题有那么一些严峻,主要是这孩子真的是有点棘手,我不知道……"

沈妍:"这问题有什么严峻的啊?"

钟熠愣了:"这问题还不严峻吗?"

沈妍莫名其妙地看着他:"这孩子有话直说,人家有目的也好,没目的也罢,也没使什么不干净的手段,除了蹭你几顿饭,也没张口找你要过什么东西,这有啥问题啊?"

钟熠哽了一下。

"主要是我把他拒绝了之后吧,这孩子变得有那么点自闭。"钟熠叹息着说,"我也不知道为什么,反正我这心里也跟着别扭……"

"不是,你把人家一口回绝,还连带着教训了一顿,人家孩子难不成还要继续厚着脸皮贴着你?"沈妍一针见血道,"亏他真的听得进去你的那些说教。"

钟熠语塞。

沈妍语重心长地说:"我不了解这孩子,但是和他搭了这么多场戏,能看出来他是个心思单纯、踏踏实实演戏的年轻人,起码没坏心眼儿想着吸你的'血'。"

钟熠头疼地打断了她:"我是真不需要……"

沈妍叹气:"你讨厌他吗?"

钟熠顿了一下,说:"我说不上来。"

沈妍又问:"你觉得他哪儿不好吗?"

钟熠:"那倒也没有。"

沈妍对着他微笑,摊了摊手。

钟熠感到有点烦躁。

他确实很少会因为一个人频频地心乱如麻，但对容眠，他可以说是又恨又心疼。

圈子里形形色色的人，钟熠这几年认识了不少，他人缘好，处世圆滑，但其实又比谁看得都明白。

钟熠知道，容眠是不太一样的。

——他是直白而真诚的，吃东西时的那副懵懂模样，看着也确实叫人的心头会偶尔跟着一颤。

他很真，钟熠知道这很难得。

因为沈妍这段话，钟熠脑子里乱得要命，往车上走的时候，钟熠刚好看到容眠和他的那个小助理坐在一起，正跟一个长发的男人在片场的另一端聊天。

钟熠的眉头下意识地皱起，问身旁的徐柚柚："那是谁？"

"哦哦，是容眠公司的老板啊，也算是他的经纪人。"

徐柚柚说："我之前和他见过一面，人还挺不错的……"

徐柚柚话刚说到一半，就看到了身旁钟熠的脸色，于是把下半截话硬生生地咽了回去，小心谨慎地问："有什么问题吗？"

晚饭钟熠点了外卖，有肉酱丸子、鸡蛋羹，还有炒豆角。

容眠害怕钟熠又会在自己吃到一半的时候突然把饭抢走，于是他把八颗丸子其中的四颗提前夹到了自己的碗里，坐在离钟熠很远很远的座位上，把碗谨慎地护在自己怀里，才小口小口地吃了起来。

钟熠这辈子就没这么无语过。

容眠刚扒了一口饭，就听见钟熠开了口："你坐过来。"

容眠一蒙，以为钟熠又要没收掉自己的饭，他看到自己碗里的丸子还剩下两颗没吃完，于是慌忙塞了一大颗进嘴里，警惕地盯着钟熠。

钟熠："我不抢你的饭，你坐过来，我问你点事。"

容眠这才安了心,慢吞吞地拿起碗筷,坐到了钟熠的旁边。

钟熠问:"刚才片场里,那个长头发的,是你老板?"

容眠的腮帮子一鼓一鼓地,看着他,点头。

钟熠又犹豫了一下,深吸了一口气,问:"他来……是逼你继续接客的吗?你没答应他吧?"

嘴巴里的丸子很香很糯,但是容眠好像怎么都咽不下去。

他愣了一下,缓慢地放下了筷子,想起云敏今天和自己说的那些话,突然又没来由地感到有些低落与难过。

他很突然地问钟熠:"接客怎么了?"

容眠感觉自己好像从钟熠刚才的语气中听明白了,钟熠应该是看不起他们这些在猫咖接客的小猫咪。

可钟熠不知道的是,并不是所有的小猫咪都可以很幸运地有一个家,有一个陪伴他们一辈子的主人。

流浪的日子很苦,在猫咖陪客的那段时光是容眠人生中很重要的一部分:他被云叔捡了回来,第一次变成了人形,第一次吃到了吞拿鱼混明虾的猫罐头,第一次收获了和自己一样的毛茸茸的朋友们,第一次和孔三豆看电视机里的清宫剧,第一次对演戏着迷,第一次找到了自己想要做的事情,并成了一名演员。

容眠意识到现在是时候把事情说明白了。

"云叔对我很好,他给了我一个家。"于是容眠抬起眼,很坚定地说,"我知道你不喜欢我去接客,但是云叔教给了我很多的东西,所以那些客人,我其实是心甘情愿接的。"

钟熠感到荒唐。

"对你很好还会让你接客?"

钟熠放下了筷子,咬牙切齿道:"你知不知道接客这种——"

"接客其实并没有那么难受,大部分的时间我只是陪着客人们,时间很快就过去了。"

容眠硬邦邦地解释道:"而且客人们很喜欢我……我也感到很高兴,我不觉得这样有什么不对。"

钟熠感觉自己浑身上下的血又开始嗡嗡着往头顶上蹿。

他是真的感觉这世界已经疯了……

"谢谢你对我这一阵子的照顾。"容眠小声地说,"我答应过你,所以我不会让任何事情影响到拍戏的效率,但是云叔对我的恩情,我是一定要还一辈子的。"

容眠看着碗里圆滚滚的丸子,艰难地停顿了一下。

一想到自己以后可能再也不能和钟熠做朋友了,吃不到那些馄饨、香肠和丸子,玩不到抱枕上的那串穗儿,容眠就控制不住地感到难过。

这是他和人类之间的第一段友情,他以为自己收获了一个很好的朋友。

但是容眠知道,钟熠其实已经对自己很好了,只是就像云敏说的,人类的想法与动物的并不同,有些事情,就像接客对钟熠而言,可能是真的很难去理解和接受。

他并没有怪钟熠的理由。

"所以如果有客人很需要我的话,我依旧会回去接待他们。"

容眠轻轻地说:"我不会强迫你来理解我,只是如果你真的不喜欢我,也实在接受不了我的做法的话……

"那么除了在剧组,我们私下里,还是不要再见面了。"

钟熠沉默了很久。

容眠感觉自己好像明白了他的意思,于是低下头,很轻地"嗯"了一声,又问:"我这周末的时候搬走,可以吗?"

"不是——"

钟熠头痛欲裂地解释道:"小孩儿,我不是这个意思。其实你在我这里继续住着我也无所谓,但我真的觉得你接客这事,咱们其实可以再讨论一下……"

"我明白的。"容眠说，"但是真的不用再聊了，我也不想再麻烦你了。"

他又想了想，看着钟熠，很认真地补充道："谢谢你。"

钟熠是真的感到糟心。

他这辈子除了和史澄对戏的时候，就没感到过这么无力。

所以现在的情况是，这孩子是铁了心想去报恩，想去接客，他自己都不在乎、不爱惜自己的身体，钟熠在这里替他着急、操碎了心，又有什么用呢？人家未必会领这个情。

钟熠感到心烦意乱。

这顿晚饭吃到一半就聊崩了，容眠待在客厅里看电视，钟熠自己又吃了两口菜，只感觉食之无味，越吃越堵心。

盘子里还剩下几颗肉丸子没有吃完，但是钟熠没有吃隔夜饭的习惯。

他正犹豫着究竟是扔掉还是放在冰箱里的时候，突然想起了那天半夜起来喝水时，在厨房阳台上碰见的那只小小的、甜甜软软的小黑猫。

容眠抱着抱枕，正窝在客厅的沙发里。

他用手慢吞吞地揪着抱枕上的穗儿，有些发愣地盯着电视上变换着的人物和光影。

容眠想到自己这周末过后，可能再也没有机会玩这个抱枕上很好玩的穗儿了，于是便暗暗下定决心，今晚一定要看够三个小时电视。

电视机里依旧播放着鉴宝节目，里面的主持人正在暗示连线的客人，他手里的那串佛珠真正的价值可能要比他实际花的钱少三个零。

容眠顿了顿，拿出了手机。

他编辑了一条信息想要告诉孔三豆，自己和钟熠聊完了，但是聊得很失败，自己可能还是需要回酒店去住。

厨房里突然传来了"嘀嘀"的声响，容眠眨了一下眼，回头一看，就看见钟熠正站在微波炉前，重新加热了一遍碟子里剩下的丸子。

丸子很快就热好了，然后容眠看到钟熠夹出来两颗丸子，装在了一个很眼熟的小瓷碟里。

容眠又眨了一下眼睛。

他就看着钟熠拉开了厨房的窗户，探头向花园左右看了两眼，像是在找什么东西，随即似乎是有些失望地缩回了身。

钟熠盯着盘子里的丸子，叹了口气。

他寻思一般流浪小猫应该是很聪明的，如果它第一天在某个地方讨到了吃的，第二天饿肚子的时候，应该是会记起这个地方，再回来要的。

钟熠想了想，估计是自己选的时间不对，于是他把碟子放在了厨房外的阳台上。

他漫不经心地回过头，刚好和坐在客厅上的容眠对上了视线。

偷看被抓了个现行，容眠似乎蒙了一下，随即钟熠便看到他有些仓皇地回过了头，垂下了眼睫。

钟熠在心底无声地叹了口气。

容眠感到有一些苦恼。

其实刚才吃晚饭的时候，容眠已经吃得很饱很饱了。

主要是他怕钟熠又一次"猫口夺食"，所以当时吃得很快，结果直到现在胃里还是有一些胀胀的噎着了的感觉。

但是容眠刚才又看得清楚，钟熠拿出来装肉丸子的小瓷碟，是上次自己以猫形在花园里看飞虫时被钟熠撞到，他给自己喂香肠时候用的那一个。

容眠意识到，钟熠刚才在花园里找的，很有可能是自己。

并没有什么所谓的流浪猫，所以如果他不去吃，钟熠第二天起来之后看到碟子里没有被动过的丸子，有可能会感到失望。

容眠抿了一下嘴。

他一直没有什么可以报答钟熠的，也知道他和钟熠以后很有可能做不了朋友，他希望自己可以在离开之前，做一件让钟熠感到高兴的事情。

于是容眠回了屋，打开了厕所里的窗户，又脱掉衣服，变回了猫形。

他很熟练地跳到了洗手台上，再从洗手台纵身一跃到了窗台上，又从窗台敏捷地跳到外面的空调外机上，几经周转，最后平稳地落在了花园的草坪上。

在厨房外面的小阳台，容眠看到了那个装着丸子的小碟子。

容眠抖了一下尾巴，凑近碟子，嗅了嗅，叼住了那颗丸子，一点一点地吃了起来。

丸子有一点冷掉了，但还是很好吃。

虽然钟熠会凶巴巴地叫自己吃很多菜，但至少他做的菜是好吃的，想到以后午饭和晚饭又要恢复之前的样子，继续吃孔三豆做的"黑暗"洋葱彩椒三明治，容眠就感到万般留恋和不舍。

于是他低下头，伸出舌头，慢吞吞地一点一点把盘子上的肉汁舔干净。

厨房里的灯突然亮了。

钟熠看着眼前毛茸茸的小黑团，挑了挑眉。

"我就知道。"钟熠说。

容眠心一颤，有那么一刹那，他甚至以为钟熠说这句话是因为发现了什么，然而钟熠的表情只是一贯地平静。

"等你好久了。"

钟熠微微弯下身，和身前的小东西平视："我就知道你半夜的时候才会来。一天下来没吃饭吗？饿坏了吧。"

小黑猫歪着脑袋看着钟熠，呆呆地没有说话，他以为它是丸子不够吃，又拿出饭盒，给它加了一颗丸子。

钟熠就看着这小猫迟疑了一下，最后还是低下头，小口小口地吃了起来。

这小玩意儿吃东西的时候样子很乖,钟熠只能看见它毛茸茸的头和一对尖尖的耳朵,莫名地,钟熠想起来了一个人。

半晌,他回过了神,叹了口气,心里有点说不上来的拧巴。

然而小黑猫似乎已经酒足饭饱,开始认真地舔起了爪子。

钟熠伸出手,捏了捏这小猫的耳朵。

这呆头呆脑的小圆球又仰起脸安静地看着他,于是他又双手齐下,顺带着揉了揉这小家伙圆滚滚的小脑瓜儿。

最后又熟练地下滑到它毛茸茸的屁股蛋儿,不轻不重地捏了一把。小猫咪瞪圆了眼睛,耳朵被吓得一缩,瞬间成了飞机耳。

钟熠完全没意识到自己的行为甚至可以被归为骚扰范畴了,只觉得这小玩意儿软软乎乎的,手感一级棒。

就在他把手伸到小黑猫的屁股蛋儿后面,准备顺一顺那条蓬松的尾巴时——

小猫咪很小声地"喵"了一声,似乎是忍无可忍,直接一口咬在了钟熠的手腕上。

钟熠"咝"地倒吸了一口凉气,就看着这小黑团子敏捷地一个跳跃,钻进花园的灌木丛里,看不见影子了。

它咬得倒是不重,没破皮,只是留下了一个浅浅的牙印。

钟熠气乐了,寻思自己大半夜蹲了半天就为了给它口热乎饭,结果最后自己反倒挨了一口咬。他心想着这小东西真是个白眼狼。

钟熠用厨房的水龙头冲了冲手,把窗户关好,又喝了两口水,这才上了楼。

经过走廊的时候,钟熠瞥了一眼手边的客房,却发现屋子的门虚掩着,没关上,而且还亮着灯。

钟熠下意识地顺着门缝往里面看,却发现床上竟然没有人。

钟熠愣了一下。

钟熠试探性地敲了敲门，没有人应，他又喊了容眠的名字，还是没有人回答。

一个大活人半夜凭空消失了？钟熠推开了客房的门，看着空荡荡的床有点犯怵，又有点说不上的不安。

厕所里隐约有点动静。

钟熠又喊了容眠的名字，还是没有人应答，钟熠怕他出什么事，迟疑了一下，还是推开了厕所的门——

容眠正坐在洗手台上，套着松松垮垮的睡衣，扣子却只系了一两颗，眼底氤氲着雾蒙蒙的水汽，正在很急促地喘息着，像是刚做完了什么剧烈运动一样。

看见门被推开，容眠的睫毛轻轻地颤了一下，随即他便抬起眼，有些茫然地向钟熠看了过来。

钟熠一时间有一点没反应过来。

"我、我刚才看你没在卧室，就有点担心。"钟熠咳嗽了一声，说，"那个啥，我那个、我那个啥，先走了……"

然后钟熠又是诡异地一顿。

因为他突然看到容眠睡衣衣摆下方露出来的，一条柔软的、蓬松的尾巴。

钟熠的视线似乎让容眠也意识到了什么，容眠好像有一点被吓蒙了，呆呆地往后一缩，下意识地用手捂住了身后的尾巴。

而钟熠眼睁睁地看到，从男孩儿指缝间露出来的那一丁点儿尾巴尖，似乎是轻轻地、幅度很小地抖了一下。

钟熠傻了。

眼前的这一幕可以说是诡异、震撼到了极点。他直勾勾地盯着那条尾巴，半天说不出话，过了一会儿，又莫名地感觉这尾巴有点眼熟。

然后钟熠想起来，这尾巴和上次容眠给自己发的图片里的那条尾巴，是一模一样的。

钟熠深吸了口气，在心里骂了一句。

上次看图片的时候，钟熠以为这玩意儿就是某种 cosplay 的道具，现在亲眼看到了，才知道原来这还是个电动的……

钟熠的表情很古怪，容眠以为钟熠和上次自己给他发图片时的反应一样，只是不想看到自己的尾巴罢了。

容眠愣了一下，随即便有些难过地低下了头。

他也不想这样的，但是刚才钟熠在楼下对自己做的那些事情，比猫咖里他接待过的任何一位客人，都过分得多。

容眠跳回了屋子，变回猫形之后，他因为跑得很急又一直喘个不停，脑子里全都是钟熠方才手心里的热度和他脸上略带温柔的神情。

然后容眠低下头，晕乎乎地发现，自己身后的尾巴又收不回去了。

就在他很着急地捏着尾巴不知所措的时候，钟熠却突然推开了门。

容眠感觉自己的耳根子很烫。

他不知道要怎么办，上次他给钟熠发尾巴图片的时候，钟熠的反应就很冷淡，容眠害怕钟熠会更讨厌自己。

于是容眠只能更加用力地捂紧后腰上的尾巴，下意识地向后缩了一下，小声地说："我在我自己的房间里，也不可以吗？"

"可以、可以……"

钟熠深吸了一口气，后退了两步，有些磕巴地说："没、没事……你早点儿睡吧。"

这明明是钟熠自己家的卧室，但最后，他可以说是落荒而逃。

穿过走廊，站在自己卧室的门前，那一刻，钟熠想了很多。

他在脑子里过了很多事，包括那天在片场里，沈妍对自己说的那番话，还有这些日子以来，自己和容眠之间发生过的一些事。

从第一次见面时容眠在厕所里吃猫罐头，到"才艺展示"，到后面的接客，到他说要陪自己来作为回报，再到今晚的这一遭……每一件发生在容眠身上的事都难以解释、不合理。

钟熠每一天都在因为这男孩儿遭受到不同程度的新的冲击。

但容眠一直都是大方而坦荡的,他那天说自己愿意陪钟熠的时候,神色虽然有一些羞赧,但是他依旧单纯地直视着钟熠,安安静静地等待着钟熠的回应。

当时的钟熠感到愤怒,但是他知道,自己的愤怒是针对这孩子的公司这几年对这孩子的所作所为。事实上,他自己从来都没有讨厌过这孩子。

容眠的眼睛干净而漂亮,他一直都是直白而真诚的。

钟熠突然意识到了自己整晚感到矛盾、心里拧巴的原因——

他并不想让容眠走。

VIP客人

第4章

在猫咖陪客的小猫咪中，容眠的营业态度属于极其消极的那一种，所以他一般提供的只有两种服务。

一种就是很敷衍地陪客人玩一会儿逗猫小玩具。容眠比较喜欢用羽毛和铃铛做成的逗猫棒，以及云叔用猫薄荷做成的棒棒糖球。

不过容眠从来不觉得是客人们在逗自己，相反地，他一直认为是自己在大发慈悲地陪人类玩。

另一种服务就是他窝成一个团子在客人的手边睡觉，这样客人可以摸一摸他的身子和脑袋。当然，动作都是比较轻柔的。

然而钟熠抚摸他的时候，力度明明和那些客人的差不多，但是容眠感觉到自己皮毛下腾起了一种不太一样的热度。

随即便有一种难以言语的感觉在血液中漫延开来。

等到变回人形后，容眠就发现自己的尾巴收不回去了。

容眠隐隐地感觉到，自己这两次尾巴收不回去的原因应该是和钟熠有关，但是他又说不出来为什么。

容眠感到有些困，他这一个晚上吃了太多的肉丸，胃胀得有些难受。他缩在床上，晕晕忽忽地就睡了过去。

醒来的时候，容眠感觉自己的头有点昏沉。

他起了身，很庆幸地发现尾巴已经缩回去了，他又愣愣地坐在床边待了一会儿，突然感觉自己口腔左侧的后牙有一些疼。

容眠捂住了自己的侧脸，眉头皱起。

他不知道为什么会突然牙痛,之前也从来没有遇到过这样的情况,而且还是那种让他有些无法忍受的持续的疼痛。

容眠怀疑是自己昨天吃了太多颗肉酱丸子的缘故。

孔三豆之前总是这么对容眠说:"如果人形的时候吃了太多的肉,就会得各种奇怪的病。"

容眠捂着脸待了一会儿,直接赤着脚跑到了厕所,他张开嘴巴,凑近镜子,对着自己的牙齿看了好久。

容眠看不出来个所以然,可是牙齿是真的很痛。

他愣了一会儿,打开了洗手台下方的抽屉,在孔三豆给自己收拾的医药包里翻了半天,最后找出了一板止痛片。

去片场的路上,俩人都沉默着没说话。

钟熠这一晚上想了不少事,踌躇着想说点什么,可是身旁的容眠看起来有点发蔫,他以为是这小孩儿还没太睡醒的缘故,觉得现在不是个很好的时机,于是决定再等一等。

他们俩上午的戏不在一起,于是中午的时候,钟熠特意嘱咐了徐柚柚订日式刺身的外卖当午饭。

钟熠决定和容眠好好聊聊。

他不知道这小孩儿之前都经历过什么,也不知道他嘴里的那个云叔具体帮过他什么,只知道这小孩儿重情重义,一心想着去报恩,可是道德思想观念又有点淡薄。

容眠自己可能并不在意,但钟熠不可能眼睁睁看着他继续往火坑里跳。

容眠上车的时候,看到桌子上摆着几盒新鲜漂亮的刺身,很明显地愣了一下。

"吃吧。"钟熠说,"你不是最爱吃这些吗?"

容眠的反应似乎有一点慢。

他盯着那几盒刺身看了一会儿,好像没有钟熠预想中的那么兴奋,但还是坐在钟熠的对面,拿起了筷子,夹了一片鳟鱼,很小声地说了一句"谢谢"。

钟熠上次吃生鱼片差点儿吃出了PTSD[①],所以他这次特意放缓了速度。

他硬着头皮吃了两片之后,再抬起头,却发现对面的容眠比自己还拖拉,竟然还在慢吞吞地往嘴巴里塞着那一片鳟鱼。

上次这人半个小时内吃了一船鱼生,这进食速度绝对不对劲,钟熠愣了一下。

他琢磨了一会儿,寻思着这小孩儿难道是在给自己摆脸色看,就因为昨天晚上聊崩了,闹掰了,所以现在连一口饭都不愿意好好吃了吗?

"明天的戏,你还要我再帮你顺一下吗?"钟熠放下筷子,装作若无其事地开口,"咱俩在围墙旁边的那段台词是有难度的,我可以……"

然后钟熠就看到容眠跟着放下筷子,似乎是有些难受地皱了一下脸。

"不用了……我昨天就已经,自己顺完了。"

容眠突然站起了身,钟熠就看着他捂着侧脸,含含混混地说:"我、我先去趟洗手间……"

容眠在洗手池前,用冰水洗了一把脸。

他捂着腮帮子,又轻轻地吸了一口气,感觉自己的牙齿真的很疼,甚至连带着头也疼了起来。

容眠很害怕。

因为孔三豆之前说过的那些后果真的很严重,容眠不知道自己现在得了什么病,也不知道以后还可不可以再吃肉了。

---

① 指创伤后应激障碍。

他疼到连眼眶都有一点湿润，昏昏沉沉地对着镜子愣了一会儿，又打开水龙头，洗了一把脸。

再抬起身时，容眠透过镜子，看到了站在自己身后的钟熠。

"咱俩聊聊吧。"钟熠说。

容眠愣愣地看着他，没有说话，他便直截了当地点破："没有你这么做人的哈，咱俩哪怕'三观'是存在了那么一点差异，也没必要弄得这么僵吧？而且你这是浪费食物……"

钟熠的话戛然而止。

他盯着容眠红得有些不太正常的脸颊，突然感觉眼前男孩儿的状态有点不对。

钟熠皱起眉头，抬手碰了一下容眠的脸，问："你怎么了？"

容眠的皮肤果然有一些烫，他有些难受地皱了一下脸，偏过脸躲开了钟熠的手，又抬起手捂住了自己的侧脸。

"我的牙很痛，头也很痛。"

容眠有些艰难地停顿了一下，又伤心地补充道："所以我吃不下东西了。我其实也很想吃鳟鱼和北极贝，还有那么多的三文鱼……"

钟熠愣了一下。

容眠的眉头蹙着，看起来是真的不太舒服。钟熠突然问："你是不是后槽牙那一块儿疼？"

容眠缓慢地点头，钟熠的神情顿时变得有点凝重。

容眠看着钟熠的脸，自己的心也跟着一点一点地沉了下去。他小声地问钟熠："怎么了？"

钟熠没吭声。因为这状况听着太耳熟了，钟熠前几年也受过智齿发炎的罪，只不过这小孩儿现在还有点低烧，而且疼痛的程度似乎要严重得多，应该是急性发炎的症状。

钟熠沉吟半晌，掏出了手机。

他知道这种情况越拖延越坏事，于是便直接跟自己平时去的私人牙科诊所预约了时间。等他发完了信息,再抬起头,就看见对面的容眠脸色有一些发白,呆滞地看着他,俨然是一副"天塌了"的样子。

钟熠吓了一跳:"这么疼吗?"

容眠很难过地问:"我是不是,以后再也不能吃肉了?"

容眠坐在车上,很大声地对钟熠说:"我不想去医院。"

钟熠说:"由不得你。"

"你管不到我。"容眠有些生气地说,"这是我自己的意愿,我不想去医院,你就不可以强迫我去……"

"好啊,不去医院,你的牙就会越来越疼,腮帮子会肿得老高。疼得要命不说,嘴巴都张不开了,鱼啊肉啊,这辈子再也吃不了。"钟熠吓唬他,"这部戏你也拍不了,大好的前程都没了,全组人的心血也都跟着被毁了。"

容眠睁圆了眼睛看着钟熠,半响,蔫蔫地别过了脸。

牙还是很痛。

但是容眠讨厌医院,非常非常讨厌。

虽然钟熠带自己去的是一家私密性很好的私人牙科诊所,环境布置得也很温馨干净,甚至看起来有些不像医院。

但是容眠最灵敏的其实是嗅觉,他一脚进到诊所的大门里面,就闻到了令人不安的消毒水味。

容眠上一次去医院的经历,已经成了他一辈子的阴影,那还是他刚被云敏捡回来,没能化形的时候。

容眠被云敏装在猫包里,一路带着到宠物医院打了疫苗。容眠当时对着举着针管的宠物医生疯狂炸毛、哈气,但最后还是未能逃过一劫。医生还发现了他流浪时在尾巴上留下的伤口,于是他还要在脖子上戴一种很奇怪的圈圈,戴很久,他舔不到尾巴上的毛。

此刻的容眠感到不安。

医生简单地检查了一下容眠的口腔，又询问了一下症状，最后得出的结论果然不出钟熠所料，是智齿急性发炎。现在要先做脓肿部位的消炎清理，之后再将智齿拔掉就可以了。

然而容眠此时此刻心里记挂的就只有一件事。

他仰起脸，有些急切地问医生："我以后还可以吃肉吗？"

医生都听乐了，说："适当的忌口肯定还是需要的，拔牙其实要等炎症消下去之后。不过忌口也只是短时间的，拔牙后并不会影响到后续的生活质量。"

私人诊所收费高，主任医师的耐心也足，于是就给他们俩介绍具体的操作流程。容眠听得懵懵懂懂，但最后像是想起了什么，突然又问："会痛吗？"

主任医师诡异地沉默了一下。

旁边的护士模棱两可地回复道："呃，这个情况的话呢，因为痛觉是因人而异的，有的人可能就一点感觉都没有……"

容眠似乎明白了什么。

他扭过头看着钟熠，很不高兴地对他说："我不想做。"

"人家医生刚才说了，有局部麻醉，所以一点都不疼。"钟熠看似若无其事地接过话，"我之前也拔过智齿，什么事都没有。你先把炎症处理好了，起码现在先不疼了，然后过两天再把牙拔了，就什么事都不会再有了。"

容眠并不知道局部麻醉是什么，他只听到了那一句"不会痛"，就以为没有针管，便放下了心来。

他又盯着钟熠看了一会儿，还是点了点头，有些迟疑地答应了下来。

钟熠就被请到了外面的休息室等待。

对面的墙壁上挂着关于牙齿清洁的海报，钟熠感到有些担忧。

他感觉这孩子满心满眼关注的只有可不可以吃肉和痛不痛，笨手笨脚,呆头呆脑,完全不像是会照顾自己的样子。

而他之前嘴里的那些客人,他那位所谓的恩人,日后又真的可以像自己现在一样,给他讲剧本、讲戏,管他挑食的毛病,带他来看医生,这么事无巨细地对他好吗?

钟熠心里又开始拧巴。

他沉吟了一会儿,又发了短信,叫徐柚柚买点冰块什么的备着。也不知道容眠后续的消肿情况怎么样,不能上戏的话可能还要休息个一两天,于是他又发短信和刘圆丰打了个招呼。

钟熠刚把手机放下,就看见护士有些慌张地从治疗室里走出来。

"钟先生,您过来一下吧。"护士说,"患者他似乎有些不太配合……"

钟熠愣了一下,没明白现在是个什么状况,跟着护士走进了屋子,却看见治疗椅上并没有躺着人。

钟熠再一扭头,就看着容眠正蹲在地上,缩在房间的角落里。

容眠一只手捂着自己的侧脸,蜷缩着抱着自己的膝盖,低着头,像是受了惊的小动物。

钟熠一时间有点没反应过来。

"刚才清理口腔的时候,他都一直乖乖地配合。"身旁的护士也有点不知所措了,"我们刚准备上麻药处理脓肿,他表情就不太对了,本来躺得好好的,麻药针刚推进去一半,人一下子就控制不住了,就……"

容眠缩在诊疗室的角落里,捂着脸颊,呆呆地盯着瓷砖上的花纹,思考着自己怎么样才可以逃出这里。

他又听到有脚步声靠近自己,以为又是试图来说服自己的护士,于是便凶巴巴抬起了眼,却看到了站在自己面前的钟熠。

钟熠正犹豫着要说什么,就看容眠仰起脸,睁大眼睛,呆呆地盯着自己看了一会儿。

然后容眠开始哭。

他的眼泪先是一滴两滴地掉,接着止不住地"吧嗒吧嗒"往下落，他就这么睁着大眼睛看着钟熠，安安静静地哭了起来。

钟熠当场傻了。

"不是……"钟熠慌手慌脚地蹲了下来，抬起容眠的脸，问，"你是哪儿难受，还是哪儿不舒服，医生……"

容眠别过脸，但还是在哭。

钟熠知道他现在是情绪一时间绷不住了，一时半会儿是停不下来的，便意识到自己还是不说话为妙。

容眠哭了一会儿就停了。

他低下头，抬起手，先是胡乱地擦了擦眼睛，又吸了吸鼻子，刚想开口说些什么，就听见不远处的护士小声地询问着医生："主任，还需要再去准备一针吗？"

钟熠："……"

然而容眠耳朵很尖，他听了个清清楚楚，一字不差，好不容易勉强控制住的情绪重新崩塌，瞬间瓦解。

于是钟熠就看见男孩儿很小声地呜咽了一声，他的睫毛颤了一下，随即他又抬起手捂住自己的腮帮子，眼泪重新稀里哗啦地掉了下来。

钟熠是真没辙了。

他也实在没想到这事能发展到这种地步，自己的心也跟着难受，只能深吸了一口气，继续干巴巴地和这人商量着："这样，咱先站起来行吗……"

容眠突然很含混地说了一句："骗子。"

钟熠愣了一下，怀疑自己没听清，下意识地问了一句："什么？"

容眠哭得都有些喘不过气。

但他还是抬起眼，泪眼蒙眬地看着钟熠，一字一句对着他说道："钟熠，你是骗子。"

"你说过不会痛的。"

容眠说话有一些含混不清,他的眼泪还在往下掉,他断断续续地说:"你骗我,明明就是很疼的,而且有针头……是很长的一根针,还打在了……打在了我的嘴巴里……针怎么可以打在嘴巴里……"

他看起来真的很伤心,不知道究竟是因为打麻药疼的,还是因为被钟熠骗的。

"我骗你啥了?"钟熠叹气,"你刚才也没问我有没有针头啊,况且麻醉不都是打针……"

他顿了顿,又凑近了一些,用手背擦了一下容眠脸颊上的眼泪,对他说:"不要哭了。"

容眠微微睁大眼睛。

容绵的脸颊很软,因为低烧,体温还是有一些高,钟熠一点一点地把他脸上的泪擦掉,然后发现这小孩儿竟然真的在发抖。

钟熠心里明白,这人可能是真的很害怕。

虽然受惊到这种程度有点不太正常,但是钟熠也没多想,因为他自己就特别怕公鸡,一听到鸡叫就头皮发麻,路都走不动。

之前他有一部戏的取景地在农村,他在去厕所的路上,很不凑巧在路边遇到了一只散步的大公鸡,当时他整个人都快晕过去了。所以这孩子现在吓成这样,钟熠感觉自己也能理解。

"我刚才,还看到了他们拿了一个盘子……"

容眠吸了吸鼻子,给钟熠比画着,又小声地补充道:"里面有那种很奇怪的钩子和钳子……"

钟熠寻思:那不然呢,人家医生难不成还徒手施法,吹口仙气儿就给你治好了?

容眠的眼睫纤长柔软,因为刚才哭过,有一些湿漉漉的,钟熠看着莫名地有些心尖儿泛酸。

钟熠前两年演过一个外科医生,当时恶补的理论知识还尚有一些残存,于是他蹲在容眠的身侧,耐心地给容眠解释了一下麻药的原理和功能。

"你现在呢，最痛苦的打麻药阶段已经过去了。"

钟熠合理地运用了夸张的手法，他说："咱要相信科学的强大，麻药已经有效果了，一点感觉都没有了，现在就算你那半边脸颊上埋了颗钉子，你都不可能有感觉，我没骗你。"

容眠还是警惕地看着他。

钟熠在心里叹了口气，想了想，干脆直接上手捏了捏容眠的那半边脸颊，问："是不是感觉麻麻的、木木的，但是又没有什么感觉？"

容眠安静地跟着感受了一会儿，半响，晕乎乎地说："好像是……"

"所以说啊，趁着你现在麻药劲儿还没消，直接利落地叫人家给你处理了。"钟熠语重心长地说，"不然再拖下去，你就只有两个选择，要么就这样牙疼一辈子，要么就重新打一针。"

容眠睁大眼睛看着钟熠，不说话了，钟熠感觉容眠的内心应该已经有点松动了。

"这样，如果你现在乖乖地躺着，叫医生给你处理了——"钟熠说，"我就答应你一件事，好不好？"

容眠愣了一下。

钟熠给旁边的护士使了个眼色。护士心领神会，赶紧在旁边把话接上："现在的时间刚刚好，估计再有个十分钟，麻药就要重新打了……"

容眠明显慌神了。

他伸出手拽住了钟熠的衣角，又垂着眼帘犹豫了一下，半响，小声地央求道："那……那你不要走。"

钟熠说："不走。"

容眠似乎安心了一些，僵硬地躺回了治疗椅上，身旁的医生开始准备器具，钟熠看到容眠的眼睫颤了颤，他抿了抿嘴，应该还是在紧张。

于是钟熠搬了把凳子坐在他的身侧。

钟熠看着容眠支棱起了耳朵,听着金属医疗器械碰撞发出的声音,脸色也跟着越变越白,他隐隐感觉到不妙。

钟熠突然开口说:"一会儿把脓肿处理完了,我可以给你买很好吃的冰激凌。"

容眠果然被他的这句话吸引了注意力。

他偏过头,思考了一会儿,很认真地对钟熠说:"可是我喜欢吃肉。"

"是我朋友开的店,那肯定是不太一样的。"

钟熠瞥了一眼身边开始忙碌的医生,继续不紧不慢地说:"他家做的冰激凌呢,牛奶用的都是特别的牌子,所以就连原味的冰激凌球都好吃。"

"哦。"容眠便有些高兴地说,"牛奶也很好,我也很爱喝牛奶,虽然我不能多喝。"

趁着钟熠给他描述各种不同冰激凌口味的工夫,医生已经重新准备好,就在钟熠跟容眠说到花生酱口味的时候,医生来了一句:"可以开始了吗?"

容眠脸色又一白。

他幅度很小地颤了一下,又抿了抿嘴,就像是害怕钟熠会中途跑走一样,用手指钩住了钟熠的衣袖。

钟熠安抚地拍了拍他,冲医生点了一下头。

他又继续耐心地开口:"然后呢,花生酱味儿的一般都会配花生碎和焦糖酱,装在华夫饼里,华夫饼很脆,但是被冰激凌浸过就会变得软一些……"

身旁的医生拿起消毒好了的器具,钟熠看见容眠的眼睫颤了颤。

于是钟熠继续口若悬河地"输出"。他发挥了自己极高的台词功底,从哈密瓜味儿的说到了开心果味儿的,从脆皮甜筒说到了冰激凌蛋糕,最后实在是没味儿可说了,又硬生生地编了个腊肉味儿的出来，把整个屋子里的人都逗乐了。

容眠的注意力确实被很成功地分散了，他现在脑子里装着的全是五彩斑斓的、口味不同的冰激凌球。

而且钟熠这回确实没有再骗他，全程确实是一点痛感都没有，时间流逝得很快，医生的技术也到位。

最后容眠坐起来用水漱口的时候，只感到舌头有一些发麻，并没有很强的不适感。

钟熠去外面交了费，又顺路拿了药，回来就看见容眠乖乖地坐在沙发上，正呆呆地看着手里的一份注意事项。

车还有一会儿才到，钟熠坐在了他的旁边。

"你刚才说，你要答应我一件事情的。"容眠突然小声地说。

钟熠寻思这人的记性可真是不错。

"你可不可以，把你卧室里的那个抱枕送给我啊？"

容眠给他比画了一下，因为麻药劲儿还没过，他的语速有一点慢："就是那个黑白的……上面有一个穗儿的那个……"

钟熠看着他，却没有说话。

容眠也意识到了自己说话好像有一点大舌头。

他有些不好意思地低下头，缓了一会儿，半晌才抬起眼，含含混混地说："如果……很贵的话，我也可以花钱买的……"

钟熠停顿了一下。

"容眠。"钟熠喊他的名字。

容眠有一些没反应过来，因为钟熠很少这么直接地喊自己的全名，他平时一直都是叫自己"小孩儿"或者"小朋友"，这让容眠感觉钟熠好像要开始说一些很重要的事情。

"我最后问你一遍。"钟熠说，"你是不是……非要接客不可？"

这句话和他们前面聊天的内容毫无关联，钟熠脸上的神情却很严肃，容眠停顿了一下，垂下眼帘，又开始感到有一些难过。

他轻轻地"嗯"了一声，说："我、我周末就会搬走的——"

"行。"钟熠打断了他，"我明白了。"

"我这个人吧，没有什么不良作息，不抽烟也不喝酒。"钟熠想了想，又说，"我演戏也还算凑合，拿了几个小奖。然后房子也挺多的，你也见过其中一套。我做饭的水平说不上好吧，但也勉强能入口。"

"凡尔赛"点到即止，钟熠感觉自己该说点正事了。

"缺点的话，我也清楚，我嘴巴有点毒，然后我压力大的时候喜欢玩会儿游戏什么的，不过也不怎么上瘾。"

钟熠笑了一下，说："就看你接不接受得了。"

容眠茫然地眨了眨眼。

他不知道是因为麻药的作用，还是单纯地因为自己的脑子跟不上，完全不明白钟熠突然对自己说这段话的用意是什么。

"你不是想要抱枕吗？只不过我家里的抱枕都是成双成对的，没办法单拆出来一只送给你。"

钟熠很平静地说："我这两天想了想，我也确实需要个能陪我说说话的人。"

"所以我想到了一个两全其美的法子。"他说。

容眠愣愣地看着他。

"如果你不介意的话，我想私下里约你的老板聊一下。"

钟熠说："当然，我也知道你一直惦记着你欠下的那些恩情，总想着回报你老板。我能理解，我也有信心可以帮你处理妥当，你不用担心你的老板不会松口。

"不过你的意愿是最重要的，我觉得我还是要先问问你。这一年之内，你只能来陪我一个人。"

钟熠问："你愿意吗？"

当遇到无法抉择的事情时，容眠通常会选择两种方法：去问孔三豆的意见,或者去问云敏的意见。

当不知道该吃什么,不知道该穿什么颜色的衣服,或者玩《时尚美甲店》不知道该选什么颜色指甲油时,容眠通常都会向孔三豆寻求帮助。

但是此时此刻容眠并不知道,自己应不应该答应钟熠。

他只知道自己很喜欢钟熠家里的带穗儿的抱枕,喜欢钟熠给自己做的香肠和丸子,也喜欢和钟熠待在一起的时光。

但是容眠不知道自己可不可以这样做,因为猫咖里有很多惦记着自己的客人,有云叔,自己不能够就这么自私地答应下来。

容眠没有办法直接答应钟熠,于是他把这件事情告诉了云敏。

当时正在铲屎的云敏沉吟半晌,直接关了店。

他把店里所有正在睡觉的、正在拉屎的、正在"干饭"的猫都叫了过来,在猫咖大厅的桌子前展开了一次严肃的圆桌会议。

上一次开这种阵仗的会议,还是去年为了决定猫咖冬季上新的饮品名单。当时孔三豆和容眠把票投给了丝袜奶茶,虽然最后这款饮品的销量并不是非常乐观。

"我们的同伴容眠最近遇到了一些苦恼的事情。"云敏说,"他无法抉择,所以想问一下大家的意见。"

桌子上的猫咪都摇了摇尾巴,依旧在被罚拖地的郭氏布偶猫兄弟也都放下了手里的拖把。

"第一件事,"云敏说,"他想要拔掉他的智齿。"

桌子上的猫咪面面相觑,有一两只摇着尾巴"喵"了几声表示反对,然后孔三豆一拍桌子,也坚决地投了反对票。

"不可以!"

孔三豆很生气地说:"身为肉食动物,我们怎么可以少一颗牙齿?少一颗牙意味着吃饭的速度就要慢很多,这会让我们在自然界处于非常大的劣势……"

"可是我们以人形吃饭的时候,也用不上后面的那颗牙啊。"郭四瓜慢悠悠地打断了她,"而且咱们现在又不用天天和别人抢饭,又有什么劣势可言啊?"

孔三豆吭哧吭哧地说不出话。

"而且牙真的很痛的话,会睡不着觉的。"容眠小声地说,"不过拔牙也很痛就是了。"

"我个人也倾向于长痛不如短痛,毕竟牙痛真的会很严重地影响到生活质量。"

云敏点了点头,说:"看来第一个问题的答案已经出现了,我们现在来看第二件事。"

"第二件事,"云敏说,"依旧是我们的员工容眠,他在剧组里遇到了一位对他青眼有加的顾客,而这位顾客现在提出来,想要做员工容眠的专属客人。"

孔三豆睁大了眼睛,猛地转过脸看了容眠一眼,似乎已经猜到了这个客人是谁。

然而猫咖里其他的猫都对容眠投来了艳羡的目光。

"真好啊,可以只陪一个客人,会轻松很多啊。"

郭五葵酸得不行:"有这种专属客人的话,就再也不会被人抱来抱去,而且想睡觉的时候就可以睡觉,想拉屎的时候就可以拉屎……"

容眠也有些骄傲。

他想了想,用钟熠那天对自己说的话纠正道:"这叫作VIP客人。"

孔三豆是整个猫咖里最舍不得容眠离开的人,她急得在一旁直搓手,最后还是没有忍住,开始泼冷水,试图让容眠回心转意。

孔三豆:"这可是足足一年啊,这就意味着你要陪这个人一整年,根本没有休息日……"

容眠说:"可是我拍戏的时候本来就没有休息日。"

孔三豆顿了一下:"再也没有人陪你玩了,你的身边只有他一个人,没有别的小伙伴陪你一起吃饭……"

容眠说:"他家里有电视机,而且他做饭很好吃。"

孔三豆急了:"那、那他必须要加很多的钱,他把你一个人霸占了,那些其他喜欢你的客人要怎么办……"

容眠说:"他说了,他愿意出我所有客人花的钱总和的十倍。"

孔三豆不说话了。

"所以从目前来看,没有坏处。"

云敏笑眯眯地说:"而且容眠在剧组拍戏,如果要回来接客的话,确实有一些不方便。"

"而且如果是包年,我们也可以用'容眠找到了主人'为理由通知别的顾客,顾客们应该也就会宽心了。"郭五葵补充道。

孔三豆一时间想不出来反驳的理由。

她只能别过脸,很难过地大声吸了一下鼻子。

郭氏兄弟开始噼里啪啦地敲击计算器。

猫咖的入场费是每位五十元,除去并不会接客的云敏,一共有十五只猫咪和孔三豆。

猫咖的入场费包含一杯饮品,价格大约在二十元,这位 VIP 客人并不会到店,这种情况没有办法给饮品,那么就算三十块钱三个小时,也就是十块钱一个小时。

容眠每天拍戏的时间是六到十个小时,除去睡觉的时间,就是说一天要陪客五到六个小时……

大家开始热热闹闹地争论到底收多少钱才合适,有人说 VIP 客人就应该加价,有人说既然人家包年了,就要给一些折扣表示感谢。

云敏却笑着对容眠说:"眠子,过来一下。"

容眠跟着云敏走到了猫咖后的房间里。

容眠看到云敏手里拿着一个小书包,里面装着容眠最爱吃的冻干、猫条、化毛膏,平时给他梳毛用的小梳子,还有他最喜欢用的小黄鸭饭盆。

"南瓜窝还是不给你带了，得给三豆留个念想。"云敏说，"你爱吃的零食，云叔都给你收拾好了，人形的时候呢，还是要少吃这些，但是如果你想家了，或者拍戏压力大的时候还是可以吃一些猫条……"

"云叔，"容眠看着云敏，说，"我可以不去的。"

云敏说："他对你很好，你也很喜欢他，为什么不去？"

容眠抿了抿嘴。

"他很奇怪，我明明很早之前就愿意免费给他撸，但是那个时候他并不愿意摸我。

"云叔，我不明白。"

云敏若有所思。

"朋友之间也是会有占有欲的。"云敏笑眯眯地把书包的拉链拉好，交到了容眠的手里，说，"就像三豆舍不得你离开猫咖一样，也许身为你的朋友，钟熠也并不希望你去接待别的客人。

"不过，这种占有欲也是有一定范围的。"

容眠感觉自己并没有听懂云敏说的话。

"钟熠不算是我的朋友吗？"容眠呆呆地问，"那他算什么，客人吗？"

云敏弯了弯眼睛，温和地对他说："这就需要你自己去体会了。"

"不过看在他对你很好，而且想要直接包年的情况下，"云敏微笑着说，"我们就给他打个折，先收这位客人一个月的体验费好了。"

"先生，已经打扫得差不多了。"阿姨拿着吸尘器从客房里走了出来，对钟熠说，"尘也都吸了，就是最近从家里吸出来了不少毛，我看不出是什么，您要不去看一眼……"

钟熠坐在客厅翻着手里的剧本，闻言愣了一下，抬起了头。

"春天来了，应该是外面飘进来的柳絮吧。"

钟熠并没怎么放在心上，只是说："麻烦您帮忙多扫扫，然后把窗户都关严一些吧。"

阿姨应了一声,又有些迟疑地看了一眼脚下的吸尘器。

这真的是柳絮吗?阿姨有些困惑地想,难道是因为最近环境污染太严重,柳絮都变成这种黑色的了?

钟熠有点心不在焉。

那天容眠虽然很明显地露出了松动的表情,却没有直接一口答应下来,钟熠知道,这人的心里肯定还是挂念着他的那位恩人老板。

刘圆丰给了容眠一天假,钟熠今天又正好一下午都没戏,容眠说他要回去问问他的老板,钟熠答应了,但是一颗心又控制不住地悬了起来。

钟熠怕这孩子耳根子软,被公司洗脑几句就又被带着跑了,于是在容眠出门前,钟熠很有心机地来了一句:"你要吃我说的那家冰激凌吗?"

钟熠看到容眠的眼睛亮了一下。

容眠仔细地回忆了一下那天钟熠提到的口味,明确点了几个:"我要吃牛奶的、花生的、杬果的。

"还有你说的那个腊肉味儿的。"

容眠很憧憬地问:"可不可以麻烦你问一下你的朋友,能不能稍微多加一点肉啊?"

钟熠寻思,这人是真的一点也不见外。

后来连冰激凌外卖都送到了,容眠还没有回来。

冰激凌店确实是钟熠的一个从事餐饮行业的朋友开的,只是那天钟熠为了在诊室里分散容眠的注意力,无中生有出不少奇怪的口味。

钟熠点了牛奶味儿和花生味儿的,又买了几个杬果,自己在厨房里亲手制作了一份杬果口味的。腊肉味儿的钟熠实在整不出来,决定一会儿干脆告诉容眠卖没了。

忙活完的钟熠坐在了沙发上,开始思考自己这回做得究竟是对是错。

他一直都认为自己没有过多的想法，只是单纯的心善，想帮这个孩子，当时也铁了心地想和容眠保持距离。

结果一步一步走到了现在，钟熠万万没想到造成这样局面的"小丑"竟是他自己。

门铃响了，阿姨把门打开，钟熠就看见容眠背着一个小书包，乖乖地在门口站着。

容眠一眼就看到了桌子上的冰激凌。

钟熠咳了一声，别过脸说："过来吃吧。"

容眠第一口吃得有一些急。

他一时间被冰得嘴巴都合不上，捂住嘴缓了好一会儿才咽下去，随即睁圆了眼睛。

钟熠确实没有骗自己，牛奶味儿的真的很香，很好吃。

云叔曾经叮嘱过，猫咪形态的他们是不可以吃牛奶制品的，因为小猫咪的肠胃比较脆弱，而且会乳糖不耐受。

这么一看，人形时虽然要吃很多蔬菜，但是也可以吃很多猫形时不可以吃的食物。容眠感到有些高兴。

容眠害怕冰激凌化掉，一勺接一勺地吃得很快，吃得唇上都沾了奶渍。钟熠盯着他的脸看了一会儿，突然状似漫不经心地开了口："你老板……他怎么说？"

容眠"嗯"了一声，心情很好地放下勺子，对钟熠说："云叔答应了。"

钟熠很明显地愣了一下。

"没有别的条件？"钟熠迟疑道。

容眠摇了摇头，咬着勺子说："价钱的话，云叔说，你先给我五百就可以了。"

钟熠愣了一下："多少？"

容眠给他比画了一个"五"的手势，重复道："五百。"

容眠并没有注意到钟熠的表情，因为他满心满眼都是桌子上的冰激凌球。

他低下了头，放下了手里已经吃干净的纸碗，犹豫了一下，又开始兴致勃勃地去挖手边的花生味儿冰激凌球。

钟熠半天没说话。

五百万啊。

钟熠沉吟着，真是一个很聪明、很狡猾的数字。这是一个明显高于这孩子此刻的身价，但自己现在又确实可以掏出来的价位。

看得出来，这人的老板确实是个能够拿捏人心，而且有备而来的人。

"我会叫徐柚柚转过去的。"钟熠说。

与此同时，钟熠不动声色地抬起了眼皮观察了一下容眠的表情，却发现对面这人的情绪波动并没有很大。

男孩儿好像完全没有被自己的爽快震惊到，只是"嗯嗯"了一声，又兴致勃勃地挖了一勺花生味儿的冰激凌塞进嘴巴里。

钟熠："你不高兴吗？"

容眠抬起头看着他，想了想，说："我很高兴啊。"

容眠很高兴，但并不是因为那五百块钱。

他高兴是因为钟熠愿意做自己的VIP客人，虽然钟熠之前不愿意看自己的猫形，但是就像云敏之前对自己说的，这反而说明了钟熠看中和欣赏的，是属于自己人类身份的灵魂和性格。

"所以你现在，是我的VIP客人了。"容眠向钟熠确定道。

钟熠一时间还没有习惯自己的新身份，很明显地停顿了一下，有些含混地应了一声。

"所以现在作为你的VIP客人，"钟熠说，"我也要提出来自我客人身份的一些要求。"

容眠脸上的笑意淡下去了一点儿。

他看着钟熠,最后很轻很轻地说了一声"好"。

钟熠清了一下嗓子。

"首先,我这人……更喜欢一点一点地,细水长流地相处。"钟熠停顿了一下,说,"所以,你呢,就先在这里住着,咱们俩就……相处着看看,慢慢地来。"

然后钟熠就看见容眠的表情以肉眼可见的速度变得沉重起来。

"你真的需要我来陪你吗?"容眠迟疑地问,"可是我感觉,你好像并不是很需要我的样子。"

钟熠顿了一下,深吸了一口气,有些痛苦地说:"倒也不是这个意思。"

钟熠也是第一次做这种事,他还完全没适应自己这个金主的新身份,也知道自己现在在容眠的眼里可能有那么点奇怪。

容眠看着钟熠难得有些局促不安的表情,歪了一下脑袋。

他突然回想起来,有一小部分性格比较内向的顾客第一次光顾猫咖,也会出现一些放不开,扭扭捏捏局促不安,不知道该如何对小猫咪下手开撸的情况。

这时候就需要一些比较主动的小猫咪——像郭四瓜和郭五葵这种黏人的员工——主动出击,撒撒娇,揽揽客,那些客人不一会儿就抵挡不住诱惑,逐渐熟练地撸起来。

容眠是从来不会主动出来揽客的,他基本上是那种会躲着客人走,然后被云敏拎着后颈出来强行接客的问题员工。

但是容眠愿意为了钟熠做出一些改变。

虽然钟熠好像不是很愿意看到自己的猫形,但是容眠觉得用人形应该也不会有什么本质上的区别,而且还可以进行一些语言上的沟通。

于是容眠想了想,主动地拉起了钟熠的手。

"不要着急。"容眠说,"你可以先摸摸我。"

钟熠僵硬了一下。

钟熠很确定,自己从来就不是一个会被别人的皮相迷了心窍的人。

然而此时此刻,对上男孩儿那双干净的眼睛,钟熠却莫名地紧张。

他顿了顿,将自己的手抽开,别过脸说:"你不用这么讨好我的。"

容眠看着他,回答得很快:"你对我很好,我很喜欢你。"

钟熠是一个很好的人,不论是容貌、性格、教养,还是身上的气味,都属于容眠很喜欢的那一类。

钟熠愣了一下,定定地盯着容眠的脸看了一会儿。

这男孩儿太特别了。钟熠心想,他就像是从来不会掩饰自己的心思一样,饿的时候会很大声地说自己想要吃肉、吃冰激凌,打针疼的时候会直接哭着叫钟熠"骗子"。

现在,他就这么单纯而真挚地看着自己,对自己说"你可以先摸摸我"。

"我知道。"

钟熠又清了一下嗓子,说:"但是那个啥,咱还是明天再说吧,行吗?你、你先去睡吧。"

容眠愣愣地问:"是我哪里做得不好吗?"

钟熠哽了一下。

"不是……你别瞎想,你哪儿都挺好的。"钟熠苦着脸,又怕他不信,补充了一句,"真的。"

容眠呆呆地盯着钟熠看了一会儿,半晌,垂下眼睫,小声地"哦"了一声。

钟熠感到有点心烦意乱。

这孩子估计也是第一次遇见像自己这样什么都不需要的客人,现在可能开始怀疑是不是自己哪里做得不够好了。

钟熠本意并非如此,但他是真的不知道现在自己该做什么。

他知道自己现在束手束脚的样子看起来很蠢,但与此同时,对于这个漂亮男孩儿的亲近,钟熠并没有感到哪怕一点的不适。

钟熠愿意掏这五百万,不仅仅是想把这小孩儿从火场里救出来。他说不上来原因,只知道自己对这孩子应该还是存了点说不上来的、复杂难言的情愫。

这场闹剧的本质也不过是一场交易而已,容眠看得比自己清楚得多,所以他表现得落落大方、坦荡自若。

钟熠感觉自己现在这么犹豫不决,扭扭捏捏,和人家的坦荡主动相比,反倒不像个爽快人,硬生生地把局面整得尴尬起来了。

他深吸了口气。

"这样吧,咱今天就先进行那么一小步,行吧?"

钟熠犹豫了一下,说:"你、你过来一下。"

容眠抬起头盯着钟熠看了一会儿,最后慢吞吞地向他那边挪动了一下。

钟熠又吸了一口气,就像是做了一个很重要的决定。

他对容眠说:"你再坐过来一点儿。"

容眠懵懵懂懂地眨了一下眼,但还是很听话地又坐过来了一点儿。

钟熠说:"我、我可开始了啊。"

容眠的眼睛倏地亮了一下。

他以为钟熠终于愿意撸自己了,于是便很高兴地说:"好啊。"

猫形态的时候,容眠的肚子是他的禁区,客人们只可以摸他的头顶、耳朵,偶尔可以轻轻地碰一碰他的尾巴。

容眠这还是第一次以人的形态接客,他在想,自己现在要不要把尾巴变出给他摸呢?算了,还是等下次问问他愿不愿意再说吧……

钟熠顿了顿,又重复了一遍,也不知道是在对容眠还是对自己说:"我可真开始了啊?"

容眠仰起脸看着他,安静地点了点头。

然而钟熠并没有像容眠预料之中那样伸出手。

相反地,他微倾下身,把脸凑了过来。

容眠可以感觉到钟熠和自己之间的距离越来越近,他闻到了钟熠身上熟悉的柑橘气息,突然钟熠微微偏过了头,伸出了手。

这感觉就像是此时钟熠面对的不是人形的自己,而是猫形的自己——容眠感觉到他掐住了自己的脸颊肉,轻轻地捏了一下。

容眠微微睁大了眼睛。

然后他就看见钟熠松开手,猛地直起身,停顿了一下,随即有些仓皇站起了身。

他别过了脸,没有直视容眠的眼睛。

"满意了吧。"

钟熠的背影看起来很镇定,但语速却有一些不太自然的快,他背对着容眠,说:"快……快去睡吧,记得吃药后刷牙。"

容眠从来没有遇到过像钟熠这样的客人。

他不去摸自己的尾巴和脑袋,也好像并不需要自己的陪伴,哪怕成了自己专属的VIP客人之后,也只是很轻地捏了一下自己的脸颊。

容眠愣愣地看着钟熠上了楼,坐在沙发上发了一会儿呆,半晌,抬起手,轻轻地碰了一下自己的脸颊。

然后容眠又慢吞吞地把手挪到了自己的后腰,一摸,才发现自己的尾巴不知道在什么时候,又无声无息地冒了出来。

容眠跑到厕所里对着镜子折腾了好久,最后只能把尾巴一点一点塞回了裤子里,选择了放弃。

每次都是和钟熠待在一起的时候才会出现这种情况。容眠不知道为什么,但是他已经逐渐习惯了这种现象。

第二天孔三豆听完他的描述,也陷入了沉思。

"为什么会不想摸你呢?钟熠是不是在害羞啊?不过我以为他会是那种和小动物玩得很好的个性呢。"

孔三豆想了想,又说:"或者……钟熠不是那种喜欢和小动物亲密接触的客人，他也许只是想要有一只猫咪陪着自己而已呢。"

容眠低下头思考了一下。

"可是我感觉他后来看起来还是挺高兴的。"容眠说。

于是孔三豆又陷入了沉思。

在两只小动物的眼里，捏脸和抚摸并没有什么本质上的区别，都是客人们平时表达喜爱的一种方式而已。

不过在猫咖营业的时候，容眠很少会被客人捏到脸。

正常的抚摸，容眠偶尔是可以接受的，但是捏的话就不一样了。当一小部分比较狂热的顾客试图将恶之手伸向自己的脸颊时，容眠就会拼命地从他们的怀里挣脱，根本就不会让他们的手碰到自己。

所以钟熠可以说是第一个获得了容眠准许的客人。

容眠感觉自己变得有一些奇怪。

比如小猫咪们向来都很讨厌橙子、橘子之类的气味，但是每当钟熠靠近自己的时候，容眠却觉得钟熠身上的柑橘味儿有一点好闻。

容眠在搞不明白钟熠想法同时，也开始有一点看不清自己了。

于是容眠对孔三豆说："我想给云叔打个电话。"

"哦哦，云叔昨天晚上说他银行账户好像出了一些问题。"

孔三豆回想了一下，又说："他说他今天要去银行查一查，现在应该比较忙，你晚点再给他打过去吧。"

然而这通电话还没来得及打出去，当晚收工之后，容眠就被钟熠强行领到了牙科诊所，把智齿拔了。

有了上次清理发炎脓肿的经验，容眠已经有了大致的心理准备。钟熠依旧拉了一把凳子在他的旁边，一屁股坐下，把他的视线挡住，然后开始讲自己之前在农村拍戏时遇到大公鸡的事情。

医生拔得很快，最后容眠晕晕忽忽地端着水杯，盯着盘子里的那颗牙齿发蒙。钟熠根本就没让他再看，直接把人带回了车上。

坐在车上，容眠捂着腮帮子安静了一会儿，扭过头对钟熠说：

"嘴巴好麻。"

钟熠说:"正常。"

容眠又皱着脸缓了一会儿,慢吞吞地继续说:"嘴唇也有一点热。"

钟熠这才抬起眼,盯着他的嘴看了一会儿,最后也没发现有什么不对,就说:"麻药劲儿没过,这也正常。"

容眠沉默了一会儿,突然问:"今晚,可以给我做小香肠吃吗?"

钟熠:"不可以,医生说你今天不能嚼东西。"

容眠顿了顿,又问:"那鱼片粥呢?"

钟熠:"可以。"

容眠:"我还想吃花生冰激凌。"

钟熠:"可以。"

容眠眨了一下眼,安静地盯着钟熠的侧脸看了一会儿,想了想,又问:"我今天晚上可以陪你吗?"

钟熠深吸了一口气,尽量让自己的语气听起来心平气和。

"我都说过多少次了,我不用你陪。"

容眠眨了眨眼。

钟熠硬邦邦地说:"而且我是你的客人,你有意见?"

容眠顿了顿,缓慢地"哦"了一声。

"不是的。"容眠小声地说,"只是你和我之前的客人都不一样,他们很少像你这样……如果你喜欢这样的话,就都听你的好了。"

钟熠的表情突然像冻结了一瞬。

钟熠心尖儿又拧巴得慌。

他深吸一口气,别过脸,半响才很轻地说了一句说:"我不会像他们那样。"

史澄的戏份马上就要杀青了,所以这几天他脸上的笑容就没掉下去过,走路几乎都是飘着的。

这一阵子他和容眠的关系熟了不少，演技也没刚进组的时候那么"辣"眼睛了，他经常抱着剧本来找容眠求助，给容眠讲他喜欢的潮牌球鞋，或者聊一聊自己的圈外小女友。

"她这人吧，看起来比较内向，是个安静的小妹妹。"史澄嘚瑟道，"但其实私底下吧，又特别喜欢和我接吻，比较黏我，哎呀怎么说呢……"

容眠听得若有所思。

"真羡慕你。"他由衷地说。

史澄一愣，他听容眠这话里的意思，以为容眠也交了个女朋友，便兴致勃勃地凑了过来八卦道："哎哟，看不出来啊，你们家那位是个什么样的性格啊？"

"他是一个很好的、很温柔的人。"容眠小声地说，"不过他更喜欢捏脸颊，不是很喜欢做别的事情。"

史澄听着也有点郁闷。

"我懂了，你们俩是不是刚在一起啊？"半晌史澄恍然大悟，一脸"我明白了"的表情，"那正常，人家性格比较内敛害羞的话，一开始肯定还是比较保守纯情的。嘻，咱们主动一点儿就行。"

容眠看向史澄。

"来来来，我和你讲……"

钟熠在和沈妍嗑瓜子。

钟熠揣着一手的瓜子坐在轮椅上，一边嗑着，一边哼着歌，看着剧本。

沈妍看得出来他心情不错，就问："这两天我看你又当回了移动食堂，你和人家小朋友这是……和好了？"

"压根儿不是你想的那样。"

钟熠懒洋洋地把瓜子皮丢在餐巾纸上，兜住，扔到了身旁的垃圾桶里。

沈妍一时间欲言又止。

钟熠全当没看见，铺了张新的餐巾纸，继续抓了一大把瓜子在手里。

沈妍正想再多揶揄两句，就看见容眠站在休息室的门口，他手里攥着一把小雏菊，小心翼翼地往里面探了一下头。

他站在门口看了看钟熠，又看了看沈妍，最后目光落回在钟熠的脸上，俨然一副怯生生的、不敢说话的样子。

钟熠明白容眠在想什么。

他放下瓜子，说："进来说吧，你妍妍姐不是外人，也不吃小孩儿。"

沈妍笑眯眯地冲容眠挥了挥手，容眠似乎是松了口气，脚步很轻地走进了屋子里。

"我和史澄在围墙旁边看到了这些很好看的花。"容眠说，"它们再过两天就会死掉，所以我就摘了下来，只不过被史澄拿走了一朵。"

六朵小雏菊，现在还剩下五朵，容眠本来是想都送给钟熠的。

但是因为沈妍是女孩子，所以容眠想了想，还是分了三朵给沈妍，把剩下两朵给了钟熠，并对他很认真地保证道："下次我会多给你摘一点儿的。"

沈妍一时间笑得合不拢嘴，拿出手机拍照。

钟熠盯着自己手里的那两朵小白花沉吟半响，只是说："记得洗手。"

容眠"嗯"了一声，又对钟熠说："我收工了。"

"我今天有夜戏，家钥匙在徐柚柚那里放着。"钟熠说，"你自己先回去。"

容眠点了点头。

"今晚我可以自己煎一点小香肠吃吗？"容眠想了想，憧憬地问道，"我不会吃很多的，也会把碗都洗干净。"

容眠拔智齿已经是三天前的事了，这三天，钟熠只是来回给他做鱼肉粥、鸡肉粥和蘑菇粥。

每次钟熠打开冰箱放食材的时候，容眠都会站在他旁边直勾勾地盯着顶层的那包玉米肠。虽然容眠没说过什么，但是钟熠估计他早就馋疯了。

于是钟熠颔首，嘱咐道："少吃一点儿，记得切成段，慢慢嚼着吃。"

容眠高兴地"嗯"了一声。

沈妍在一旁捂着嘴，盯着他们俩，不错眼珠地看，眼底的笑意快要溢出来了。

钟熠也有点不太自在，咳嗽了一声，又嘱咐道："花生冰激凌在冰箱的第二层，你自己挖着吃，也别吃太多。记得把药吃了再睡。"

容眠又很乖地点了点头。

他继续安静地盯着钟熠，还是没动。

钟熠："还有事儿吗？"

容眠垂下眼帘，顿了顿，半响，很轻很轻地"嗯"了一声。

"因为我今天拍戏很累了，也有些困。"容眠说，"所以我想早一点睡。"

钟熠愣了一下，说"行"。

容眠抿了抿嘴："等到你回家的时候，我应该已经睡着了，到时候你就看不到我了。"

钟熠一时间没明白过来他话里的意思，于是又"嗯"了一声，然后有些迟疑地问："怎么了？"

容眠抬起眼看着钟熠，他的眼睛很亮。

钟熠就听见男孩儿很认真地问自己："所以你现在，可以提前摸摸我吗？"

钟熠直接把容眠从屋子里拉了出来。

"不是，咱能不能稍微看一眼场合再说话？"钟熠深吸了口气，半响才开口，"你就这么直接说出来了，这沈妍还在旁边看着……"

容眠蒙蒙地看着他说："是你说沈妍不是外人的。"

钟熠被他说得一哽，半响，叹了口气，说："算了，来吧。"

这孩子没啥坏心眼儿，沈妍也确实不是什么外人，钟熠感觉自己倒也没必要这么计较。

于是就在钟熠微微俯下身的时候，容眠却突然小声地在他的耳边问："这回可以换作我来吗？"

保守的钟熠钟老师迟疑了那么一下。

不过钟熠转念一想，这人应该也要不出什么花招，便犹豫了一下，说："行。"

容眠仔细回忆了一下刚才史澄是如何教自己的。

"轻轻地碰上去，用你的温柔细腻去感化她的心灵。"史澄是这么说的。

于是容眠低下头，然后又抬起眼，看着钟熠的眼睛，将自己的脸颊贴在钟熠微热的掌心里，幅度很小地蹭了两下。

这一招在猫咖里叫作"蹭脸杀"，是郭五葵发明的独家绝活。

小猫咪主动把毛茸茸的小脑袋放在你的手心里蹭一蹭，然后再歪着头对你"喵"一声，基本没有哪个客人顶得住。郭五葵说这一招如果能够完整地发挥下来，至少是可以收获两根猫条的。

容眠努力回忆着，学着当时郭五葵的样子，又有些小心地抬起眼，看向了钟熠的眼睛。

钟熠的瞳孔微微缩了一下。

容眠随即松开手，向后退了一步。他的表情很恬静，眼睫轻轻地扇动了一下，看着钟熠脸上的表情若有所思。

要老命了，钟熠心想。

他清了清嗓子，掩饰了一下自己的情绪，说："那个啥，差不多得了啊，别得寸进尺，今天的份额就先到这里……"

钟熠的下半句话还没说完，容眠就突然重新凑了过来。

就像是钟熠之前对待自己那样，容眠试探着抬起手，将自己的手掌覆在了钟熠的脸上，停住，小心地抚摸了一下。

然后他狠狠地一掐——

容眠和孔三豆坐在机场的候机大厅里。

史澄的戏份在上周就已经杀青了，于是整个剧组转到下一个城市去取海景。

容眠拍上一部网剧时积累了一小撮粉丝，像他这种新人演员，粉丝们也都非常"佛系"，天天在超话里和谐地聊天发图。他们在机场的时候也都安安静静地跟在容眠身后，和他轻松随意地聊几句。

容眠背着小书包，一边走，一边很乖地回复她们。

有粉丝问他最近有什么高兴的事情，容眠认真地说他在片场的厕所里看到了很多飞虫和老鼠。

有粉丝问他为什么从来不更新网络动态，容眠沉默了一会儿，说自己拍戏太忙，没有时间。

但只有孔三豆知道，容眠连《时尚美甲店》这种简单的小游戏都玩不明白，更不可能愿意学着用那些复杂的社交软件。

容眠给她们认认真真地签了名，拒绝了她们送的比较贵重的礼物，但还是没忍住，收下了两包看起来很好吃的小零食。

还有一些从他在小视频网站走红时就开始喜欢他的老粉丝，她们甚至认识一直跟着容眠的孔三豆，并且送给了她一个大号的运动水壶。

孔三豆高兴得不行，爱不释手地抱着水壶看了好久好久，郑重其事地对容眠说："你一定要变得更红。"

其实钟熠是和容眠一起坐车来的。

只不过在车库时，钟熠叫容眠先下车，因为钟熠的机场之路会走得漫长、复杂一些。

钟熠的粉丝名叫"汤药",对应他名字的谐音"中医"。因此别家艺人都是收花,钟熠每次都是收一整筐装着当归、黄芪、枸杞之类的草药。

和容眠那边祥和宁静的情况不同,钟熠这边的情况可以算得上是腥风血雨。他每一次走机场基本被挤得路都走不动,因此每次都是保镖和徐柚柚杀在前面,钟熠在中间艰难前行,粉丝们举着手机疯狂拍照。

孔三豆远远地看着安检口乌泱泱的一群人,明显也吓了一跳。她犹豫了一下,转过头对容眠说:"我觉得你还是不要这么红了。"

虽然人群拥挤,平时钟熠也都会随和地和粉丝搭两句话,但是今天的他很少见地严严实实地戴着口罩和墨镜,而且走得很快。

这令钟熠的粉丝感到有点郁闷。

过了安检之后,钟熠的路就好走了一些,容眠以为他会直接去走VIP通道,却没想到他站在原地扫视了一下四周,随即径直朝自己走了过来。

"过来,"钟熠说,"我给你们俩升舱。"

于是容眠晕晕忽忽地抱着自己的两袋子零食登了机,钟熠在他旁边落了座,随手摘下了口罩。

钟熠喘了一口气,感觉自己总算活了过来。

钟熠的那张脸依旧是俊逸而有攻击性的,只不过细细观察的话,会发现他的左脸颊处,有一个浅淡的红印。

钟熠是真的无语,大春天的,他戴着口罩憋了一路也不敢摘,都是因为自己身旁的这位给他脸上来的手劲儿十足的一"捏"。

容眠坐在钟熠旁边,先是把零食认认真真地塞进了自己的小书包,再回过头时,却发现身侧的钟熠脸色看起来不是很好。

于是容眠想了想,对钟熠说:"谢谢你帮我和三豆升舱。"

钟熠顿了顿,"嗯"了一声。

容眠坐着安静了一会儿,又问:"商务舱什么时候会给饭吃啊?"

钟熠:"不知道。"

容眠感觉钟熠似乎不是很愿意展开对话的样子,愣了一下,垂下眼帘,打开手机,开始玩《时尚美甲店》。

飞机起飞的时候钟熠刚好把手里的杂志翻到最后一页,他转过头,就发现自己身边的男孩儿已经放下了手机,正捂着耳朵,皱着一张脸,看起来有一些难受。

钟熠愣了一下,问:"你怎么了?"

容眠有些艰难地说:"我耳朵痛。"

起飞时确实容易耳鸣,只不过这人应该是不常坐飞机,所以可能会感觉更难受。

钟熠说:"你深呼吸,然后把水都喝了。"

容眠照做了,埋头把水一点一点地喝掉,然后又缓了一会儿,随即有些高兴地看着钟熠说:"好了很多。"

钟熠"嗯"了一声,没再接话,只是翻开了一本新的杂志。

容眠愣了一下,半晌,低下了头,慢吞吞地继续用手指在屏幕上滑动。

钟熠刚翻过一页自己年初代言的香水品牌的广告,就感觉自己的胳膊肘被戳了一下。

他转过头,就看见容眠捧着手机,很认真地询问自己:"你觉得我要贴哪一个?"

钟熠光是看着屏幕上的一堆珍珠、水钻、蝴蝶结就头疼,实在是想不明白怎么会有人喜欢玩这种游戏,说:"随便。"

容眠"哦"了一声,有些失落地垂下眼帘,收回了手机。

钟熠嘴上虽然拒绝得利落,但还是忍不住往容眠的手机上瞥。顾客要求贴的是蝴蝶结,然后钟熠眼睁睁看着容眠严肃地选了一会儿,郑重其事地在客人的小拇指上贴上了一颗哪儿都不对哪儿的珍珠。

眼看着屏幕上顾客的脸就要变绿,钟熠实在忍不住了,给他指了一下:"你要贴这个。"

容眠说:"我知道啊。"

钟熠:"……"

"可是我觉得珍珠配紫色看起来更好。"容眠说,"玩游戏是为了我自己高兴,所以我要贴我喜欢的,不可以吗?"

钟熠:"……"

容眠对着钟熠的脸看了一会儿,突然说:"你不要生气了。"

钟熠顿了顿,半晌说:"没生气。"

容眠又"哦"了一声。

两人又安静了一会儿,空姐推着餐车过来,开始分配餐食。

容眠这两天吃到了钟熠给自己的小香肠、冰激凌和鱼肉粥,还有他亲手包的鲜肉馅馄饨,并且是没有加胡萝卜末的。

但是钟熠的话明显少了很多。

"可我感觉你还是在生气。"容眠安静了一会儿后,突然开口,"那天之后,你就一直在生我的气,也不怎么愿意和我说话了。"

钟熠寻思:您这哪里是捏啊,您这劲儿是想把我腮帮子上的肉拧下来炒盘菜啊。

其实钟熠是真的没生气,这小孩儿当时下手的时候虽说有点没轻没重,但是那副懵懂模样确叫人心尖儿一颤,尤其他仰着脸看向自己的时候,眼睛总是亮晶晶的,也看得出来是真的关心自己。

"我不说话,是因为我现在一说话嘴巴就像要裂开。"

钟熠叹气:"我嘴疼啊,我总得让这口子愈合吧?我得拍戏吧?"

容眠茫然地眨了一下眼。

他没有主动捏过人类的脸,毕竟小猫咪都更擅长挠人。当时容眠并不知道该怎么拿捏力度,只用了平时抓逗猫棒的一半力度,自以为很轻地捏了一下钟熠的脸。

"我只是想让你开心，我以为你会喜欢的。"容眠轻轻地说，"是我当时没有控制好力度，对不起。"

他垂下眼睫，半响又闷闷地补充道："我以后不会再这样了。"

钟熠愣了一下。

钟熠："倒也不是……"

"如果你不喜欢这样的话，我以后再也不会捏你了。"

容眠又抬起了眼，很认真地看着钟熠，说："我向你保证。"

钟熠："……"

钟熠愣是半天说不出来一句完整的话。

容眠等了很久都没有等到钟熠的回答，于是别过了头，继续盯着餐盘上的食物发呆。

商务舱里的小牛排和土豆泥很好吃，比之前坐经济舱吃的怪味儿盒饭要好吃得多，容眠把里面的酱汁吃得干干净净，但是因为给的分量有一些少，他还是感到有一些饿。

于是容眠把沙拉碗上的保鲜膜掀开，用叉子一点一点地挑起上面的三文鱼碎塞进嘴巴里，咽掉。他还是感到饿。

最后他犹豫了一下，把沾到三文鱼碎的青菜叶片也都挑起来，慢吞吞地咽了下去。

容眠放下了叉子，胃里有一些凉，但是他又感到有一点气馁、难过。他意识到自己好像把事情搞砸了。虽然钟熠说没有生气，但是容眠就是知道自己搞砸了。

身侧的钟熠突然说了一句："没有。"

容眠愣愣地抬起了眼。

他还没有反应过来钟熠话里的意思，就看钟熠平静地把他自己面前装着完整小牛排的盘子端起来，和容眠面前已经空掉的盘子换了个位置。

然后钟熠有些不太自在地别过了脸。

"我说，我没有不喜欢。"他重复道。

这是容眠第一次看到真正的海。

之前在猫咖的时候，容眠会经常和孔三豆挤在收银台前的小电视机前看电视剧。他们俩在电视里第一次知道海的存在，还是在一个三流偶像剧里。

大结局时，剧里面的女主角跳海了，孔三豆号啕大哭了整整一个月。

以容眠的视角，海滩就像是一个巨大的猫砂盆，整个海洋就是一个装着很多好吃的鱼的巨大蓝色容器。

猫咪虽然有一点怕水，但其实它们更怕的是海水把毛弄湿，因此人形时候的容眠便无所畏惧。他蹲在海滩上，盯着被海水冲散的沙砾看了一会儿，又将目光放远，认真地思考海底的鱼够不够自己吃上一辈子。

孔三豆看起来要比容眠更兴奋，恨不得直接一头扎进水里。

不过在外人面前孔三豆还是知道分寸的，她老老实实地先陪在容眠身边，陪着他拍完了一整天的戏。虽然容眠感觉她的心已经跟着海风飞向远方了。

这部剧其实设定在一个沿海小城，钟熠和容眠饰演的角色就是在海边逐渐对彼此敞开心扉，讨论案件线索，最后携手破案的。

戏收工的时候接近黄昏，钟熠今天在海滩上摇了一整天的轮椅，手臂酸麻到快要抬不起来。

他起了身，呼吸了几口带着海水气息的空气，感觉心情难得地畅快。

转过头，他就看见容眠乖乖地抱着膝盖蹲在沙滩上，正盯着不断翻搅着冲上来的海浪看。

容眠还穿着戏里的衣服，露出的胳膊清瘦而白皙，钟熠就看这人用手扒拉了一下海水，放在鼻子前，有些好奇地嗅了一下。

钟熠的心跟着柔软了一瞬，顿了顿，问："干什么呢？"

"有鱼。"

容眠有些遗憾地伸回手，说："有很多的鱼，但是都好小。"

"你可不可以帮我拍几张照片？我想发给云叔看看。"容眠又看向了钟熠，他的眼睛亮晶晶的，"记得要把海和沙滩都拍上，还有椰子树。"

容眠一提这个"云叔"，钟熠就又想起来徐柚柚前两天和自己说，好像是对方没想到钟熠转五百万转得这么利落爽快，假惺惺地说不用给这么多，要把钱给钟熠退回来一部分。

钟熠看多了这种伎俩，叫徐柚柚一口回绝了，说多给的部分就当是自己对容眠的欣赏价。

但钟熠还是可以感觉到，这个云叔在容眠的人生中扮演的，应该不仅是一个公司老板的角色。因为容眠从言语中表现出来的对这个人的依赖和眷恋，从来都是不加掩饰的。

这让钟熠感到有一点不舒服。

于是他顿了顿，接过容眠的手机，有些敷衍地拍了两三张照片。

钟熠把手机还给容眠的时候，又有些突兀地问了一句："你和这个老板……就这么亲？"

容眠翻看着照片，说："对啊。"

"我当时在饿肚子，每天都很饿很饿。"容眠说，"是云叔给了我吃的，也给了我一个家。"

容眠的眼睛像是盛着一汪澄澈的海水，他的睫毛柔软，脸颊被夕阳染上了暗橘色光影。

海风的气息咸湿清冷，男孩儿的侧脸恬静，就连耳郭都透着柔和的粉色。

"你对我也很好，也给了我很多好吃的。"

容眠仰起脸，对钟熠说："你和云叔都是我想报答的人。"

钟熠没有说话。

"不过你比云叔要麻烦多了。"容眠补充道。

钟熠："……"

"报答云叔的话，我只需要努力给他赚钱就可以了。"容眠认真地说，"可是你这个人真的好麻烦，你好挑剔。"

钟熠："不是，你先把话给我说清……"

"我今天就一直在想，你是我的 VIP 客人，可是我一直都不知道你想要些什么。"

容眠说："你不要我陪你，还对我很好，却又好像什么都不需要。"

"你也不是很喜欢我碰你。"容眠很苦恼地说，"所以我实在是没有什么别的可以给你的了。"

钟熠说："不是……"

容眠自顾自地又想了一会儿，突然有些高兴地说："那我今天就先送你一个礼物吧。"

钟熠还没明白过来这一出究竟是怎么回事，就看着容眠重新低下了头，聚精会神地盯着海水，并且没有再开口说话。

"我不是挑剔，我是有我自己的节奏。"

钟熠清了清嗓子，又开始了一番他的经典发言："我这人就喜欢慢慢来，而且我从来就没说过我讨厌——"

他话说到半截，就看见容眠突然眨了一下眼，随即猛地向面前的海水伸出了手，并将手飞快地攥成拳头。

容眠将手抬起来，缓慢地摊开手，钟熠就看到在他的掌心里，有一条很小的、近乎透明的小鱼。

容眠这一套伸手抓鱼的动作可以说是行云流水，并且没有借助任何道具，就这么直接命中，敏捷利落，徒手把这条小到几乎看不见的鱼抓了上来。

钟熠半天说不出话来。

"上次你给沈妍抓那只蝴蝶的时候也是这样。"

钟熠深吸了一口气,他是真情实感地感到郁闷:"你这到底是怎么做到的……"

容眠疑惑地抬眼看着他。

"这很厉害吗?"他说,"可是我们都可以这样啊。"

钟熠开始认真地思考起他嘴里这个"我们"究竟指的是什么群体,吃了恶魔果实的蜘蛛侠吗?

钟熠又盯着容眠手心里的那条小鱼看了一会儿,感觉自己的喉咙有点发涩。

钟熠想向容眠再次解释一遍自己并不讨厌他的触摸,可又觉得这话现在说出来似乎又太引人误解,可是不说出来,钟熠自己又别扭。于是钟熠就这样重新陷入了纠结的死循环之中。

容眠不知道钟熠心里的想法,他捧着手心里的鱼看了一会儿,又兴奋地催促道:"你快伸手啊。"

于是钟熠鬼使神差地伸出了手,容眠便微微倾斜了一下掌心,小鱼就顺着手里的那一汪水流到了钟熠的手心里,抖了一下尾巴。

他们之间的距离又一下子缩得很近。

容眠又抬起眼,眼睛一眨不眨地盯着钟熠的脸看了一会儿。他盯的时间很久,久到钟熠心里有点莫名地发毛。

于是钟熠顿了一下,也犹豫着微微倾身,想问他怎么了。结果钟熠刚凑近了一些,就看见容眠颤了一下眼睫,突然别过了脸。

钟熠:"……"

"今天的服务就是为你抓小鱼,所以你明天可不可以提前告诉我,你需要我具体为你做些什么?"

容眠轻快地站起了身,对钟熠说:"这样我就不用再去自己想一整天了。"

容眠最后说:"晚安。"

钟熠愣在了原地。

然后他就看着容眠搓了搓被海水冻得有些发红的手,径自转过身,喊了在椰子树下正和云敏视频通话的孔三豆的名字。

"是大海啊!"孔三豆挂了电话,蹦蹦跶跶地追上来,跟在容眠身后很兴奋地说,"咱们都快点儿变回原形吧,我要跑步,我要游泳。我憋了一天,实在是忍不住了……"

"可是海水好冷啊,三豆。"

容眠小声地说:"我要先把戏服换掉,还要卸妆,你先自己去玩吧,我明天可以来陪你。"

孔三豆有些失落地"哦"了一声,但紧接着又乐呵呵地说:"那我今天先自己玩一会儿,咱们明天可以一起去吃椰子……"

孔三豆开始手舞足蹈地给容眠描述自己怎么徒手把椰子劈开。

容眠回过头,又看了一眼在海滩上坐着的钟熠的背影。

不知道是不是容眠的错觉,他总觉得刚才自己把那条小鱼送给钟熠的时候,钟熠的表情看起来好像有点复杂。

就好像他在等着什么,但这件事最后没有发生一样。

是因为鱼太小了吗?容眠心想。

钟熠像个傻子一样坐在海滩上,双手捧着那条鱼愣了会儿神。

眼看着掌心里的那点海水就要漏没了,钟熠还是撒了手,把那条鱼放生了。

那条鱼真的很小,在海水中留下的涟漪细微到几乎看不见,钟熠莫名地感到有点堵心,又说不上来为什么。

他又想起那人刚才眼巴巴盯着大海看的模样,心想,要不等这戏杀青之后,看看能不能在这附近包个游艇什么的,带着容眠出海捞点鲜鱼……

天色有一些暗了，钟熠有些心烦意乱地站起了身，往周边的海滩上随意一瞥，正准备往回走的时候，却突然愣在了原地。

因为钟熠看到了一只狗子。

看品种应该是黑柴犬，壮壮圆圆的一只，憨头憨脑地围着沙滩疯狂打着转，跑着步，兴奋得脚步都有点乱。

估计是附近度假的旅客带出来的，放出来在海滩上散步。

这只黑柴犬看起来乐颠颠、傻乎乎的，钟熠看着有点想笑。

钟熠就看这狗子很兴奋地摇着尾巴跑了一会儿，然后直接跑去海里游了一会儿泳，只露出个毛茸茸的脑袋顶，游得还挺熟练。钟熠觉得挺新奇。

然后钟熠就莫名地又想起了自家后花园的那只很能吃的流浪小黑猫。

钟熠感觉自己有一阵子没见到那个小家伙了，不过他这次出门之前还是在厨房阳台上留了几片火腿，但他这次离开的时间起码小半个月。

也不知道它会不会饿肚子，钟熠心想。

等到钟熠再回过神看向海边的时候，却发现海里那只正在游泳的狗子已经不见了。

海面风平浪静，浪花交叠着拍打在海滩上，钟熠愣了一下，寻思刚才的风挺大的，那黑柴犬总不会是被浪卷走了吧？

他仔细一想又觉得不太可能。还是说刚才在他走神的时候，这狗子已经被它的主人带走了？可是这速度又好像太快了吧……

钟熠迟疑地转过头在海滩上看了一圈。剧组工作人员早就都收工走人了，他只看到了零零星星的几个旅客，没有看到那只黑柴犬的踪影。

这么大的一只狗子眨眼间就消失了，钟熠感到有些茫然。

然而等到他再转过头的时候，就看见距离自己不远处的一棵椰子树底下,不知道什么时候突然多了一个人。

——是个浑身上下都湿漉漉的、身形高挑的短发少女。她乐呵呵地甩了甩头发上的水,又大大咧咧地整理了一下身上宽大的 T 恤。

在这个女生转过身的那一刻,钟熠认出来了她的脸——

孔三豆。

YINGYANE GUO LIANG

我很喜欢

第5章

钟熠突然有点发怵。

风小了一些,海面逐渐变得平静,海水被夕阳晕染成浅淡的灰橙色,钟熠却莫名地感到有些后脊发凉。

因为在钟熠的印象里,刚刚那棵椰子树下分明是没有人的。

自己走神也不过七八分钟的工夫,那只黑柴犬突然就不见了踪影,然后树下突然出现了头发湿透,就像是刚刚游完泳的孔三豆。

钟熠一瞬间开始怀疑是不是自己的眼睛出了什么问题,转念一想,又觉得也许是自己走神的时间太久了。

狗子的话……可能是被主人在这期间带走了,他可能也没注意到身后的动静。也许孔三豆下海游泳的时候他没看到。

钟熠总觉得哪里不对,但他又说不上来到底哪里不对。

这个叫孔三豆的姑娘好像今天一天都在和容眠说她想游泳,估计人家早就在这附近游了一会儿,只是他刚才没发现而已。

但不知道为什么,钟熠的心里还是有点发毛。他回头又看了一眼,就看见孔三豆高高兴兴地拎着自己的运动水壶,转身往回走。

钟熠深吸了口气,觉得可能真的是自己想多了。

现在让他更烦心的事还是关于容眠。

容眠就好像是铁了心要为钟熠提供一点服务,这就导致现在的局面变得有那么一点微妙。

果不其然,第二天在片场里,容眠又是一副欲言又止的模样。

他的戏份少，收工得比钟熠早，他换完了衣服又坐在场外乖乖地等着，安静地盯着片场里正在拍戏的钟熠。

沈妍怜爱他，又从妍妍大礼包里掏出了三个果冻给他吃，两人聊了一会儿天之后，沈妍走了。

容眠继续坐在场外等钟熠，他感到无聊，而自己的手机又放在孔三豆那里，玩不了《时尚美甲店》。于是他只能低下头，慢吞吞地一连吃掉了三个菠萝味儿的小果冻。

钟熠收工后，就看见容眠正试图把吃空了的果冻碗垒成一座小山，结果最后山顶的小碗没有放稳，间接导致整座果冻山顷刻间倒塌。

钟熠："……"

容眠抬起头看到了钟熠，眼睛倏地亮了一下。

他张嘴问钟熠的第一句话就是："你想好今天需要什么服务了吗？"

容眠一脸期待，钟熠戴着"痛苦面具"。

在海边站了一天，拍了一天的戏，钟熠感觉自己现在喝水都带着点咸味儿，脑子也被海风吹得嗡嗡响。

"你等一下哈……"钟熠说，"我先和刘园丰聊一下明天的戏。"

容眠温顺地"哦"了一声，钟熠就看到他把那些果冻碗一个一个地捡起来，扔到了垃圾桶里，然后慢吞吞地转过身。

他走到海边，继续蹲下盯着海水。

钟熠这才放下了心，转过身和刘园丰简单地沟通完了明天的戏。

然而再回头的时候，他却发现沙滩上并没有容眠的踪影。

钟熠愣了一下。

他有点头皮发麻，寻思这海水不会吃人吧。昨天那只狗子也是几分钟就没了踪影，可今天的这位是个大活人啊。

好在钟熠把视线放远之后，又一次看到了容眠的身影。

——只不过容眠不知道什么时候走到了海的深处，海水将将到他的腰际。他背对着钟熠，大部分衣服都被海水打湿，衬得身形清瘦。

而他本人正低着头,像是在对着脚下的海水发呆。

然后钟熠就看着容眠又往海的深处艰难地走了几步。

钟熠感觉自己马上就要心脏骤停了。

钟熠大声喊了容眠的名字,然而风浪声太大,瞬间淹没了钟熠的声音,他就眼睁睁地看着容眠继续低着头,往大海的深处越走越远。

钟熠头晕目眩,只能把剧本搁在原地,跑到海滩边上再喊了一次容眠的名字。

容眠终于转过了身,他的眼睛很亮。

他看起来很兴奋,张开嘴对钟熠说了什么,然而风声太大,钟熠没有听到。钟熠就看着容眠又转过了身子,微微俯下身,像是在海水里掏着什么。

深处的海浪翻搅着涌了过来,眼看着就要把容眠整个人都没过了。

然后容眠又转过了身。

"我刚刚看到了一条比较大的鱼。"

他一边喊着,一边冲钟熠比画,声音乘着海风,有些缥缈地跟着传了过来:"但是我找不到它了。"

初春时节,海风还有一些凉,容眠的脸颊冻得有一点红,眼睛里的光很亮。

钟熠感觉自己的心脏在这一刹那跳得很快。

容眠的身后又有一道海浪翻搅着冲了过来,钟熠顿时有点慌神儿,连忙又喊了一嗓子:"别找了,你先回来!"

容眠呆呆地看着钟熠,似乎并不明白他为什么会这么紧张。

容眠低下头,垂下眼帘又盯着海水看了一会儿,半晌,还是有些遗憾地转过身,然后慢吞吞地向钟熠的方向往回走。

钟熠这才感觉自己悬着的一颗心渐渐地放了下来。

身后的风浪似乎又大了一点儿,沙砾松软,容眠的脚步有些不稳,钟熠又赶紧冲他号了一嗓子:"你慢点走!"

容眠迟疑地抬头看了钟熠一眼，听话地放慢脚步，有些艰难地继续往回走。

在距离钟熠还有十几步的时候，一波浪还是落在了容眠后背上，容眠一下重心不稳，歪歪斜斜地往前一栽，钟熠赶紧小跑了几步，把人拽住了。

"你有没有点常识和安全意识？"

钟熠是真感觉自己快断气了："祖宗，这是大海，这不是游泳池。你刚才压根儿不是在抓鱼，你这是等着被鱼吞了，明白吗……"

容眠愣了一下，半响，缓慢地抬起手，揉了揉眼睛。

"因为你一直没有告诉我你今天需要什么啊。"容眠说，"而且我感觉，你好像不是很喜欢我昨天送给你的那条小鱼。"

"所以我就想再去给你抓一条大一点的鱼。"他说。

钟熠愣了一下。

容眠突然皱了一下脸，打了一个喷嚏。

钟熠回过了神，赶紧拉着人往酒店走，剧组下榻的酒店就在海滩后面，钟熠直接把容眠带回了自己的房间，叫他先去洗了个热水澡。

然后钟熠烧了热水，自己坐在床上，陷入了沉思。

钟熠真的纳闷。

在对容眠铁了心非要给自己提供点什么服务感到纳闷的同时，钟熠也对自己感到纳闷，他感觉自己把容眠逼到无路可走，只能靠抓鱼来讨好他。

浴室的门开了。

容眠穿着浴袍，赤着脚，拎着自己的鞋子站在门口。他的脸颊被蒸汽熏得有一些红，很难过地对钟熠说："鞋子湿了。"

钟熠叹气，拿了双酒店的一次性拖鞋让他换上。

容眠认真地低头把鞋子穿上，然后对钟熠说："这个拖鞋的质量好差。"

"以后别这么莽，鱼多的是，你的小命只有一条。"

钟熠语重心长地说："你要是喜欢养鱼，等回去，我带你去花鸟市场转一转。真不用这么拼，明白吗？"

容眠盯着钟熠的脸看了一会儿。

容眠说："我是很喜欢鱼，但是我更想把鱼送给你。"

钟熠沉默了一会儿。

输得彻底。钟熠有些痛苦地想，这种一脸纯真地狂打直球的性格，真的有哪种生物顶得住吗？

"你别折腾了，今天的话，我就还是老样子。"

钟熠叹息着坐在容眠的身侧，指了指自己的脸："来，你捏吧。"

容眠却顿时面露难色。

"他们说这个是需要用力的。"容眠说，"我怕我又把你的脸捏疼了，你又不高兴了。"

钟熠："不是——"

"我可以再回海滩看一眼吗？"容眠有些高兴地提议道，"我不会走远的，我刚才还在海滩上看到了好多扇贝，还有很多海草，只不过好多都已经腐烂了……"

钟熠寻思，自己把话都已经说到这份儿上了，这人怎么就偏偏和鱼较上劲了呢？

他又细细琢磨了一番，突然抓住了话里的另外一个重点。

"不是，"钟熠迟疑地问，"是谁告诉你……一定要用力了？"

容眠茫然："是史澄告诉我的。"

钟熠也愣了："这和史澄有什么关系？"

容眠把那天史澄给自己说的话一字不落地给钟熠重复了一遍。

"不是，"钟熠听完血压直线飙升，"史澄这人说的话你也敢信？信他不如信我吧？"

容眠想了想，"嗯"了一声，赞同道："你演戏确实要比他厉害很多。"

"除了他爸拿的奖比我的多一点以外，我可以说是哪儿哪儿都比他厉害。"

钟熠努力让自己心平气和地开口："你以后不用问他，我什么都可以教你，懂？"

"那应该怎么做啊？"他有些好奇地问。

男孩儿的发丝湿漉漉地垂在前额，眸子很亮，眼底氤氲着漂亮的雾气。

钟熠别过脸："回头再教你。"

容眠没有回复他。

钟熠僵了一会儿，又回过了头，就看见容眠正若有所思地垂下眼帘，似乎在思考着什么，沉默着没有说话。

钟熠感觉自己真的是一秒都坐不下去了。他干脆起身，准备去厕所喘口气，却突然被人伸手拉住了衣角。

钟熠有些诧异地愣了一下，转过了身。

容眠仰着脸，对上钟熠的眼睛，很真诚地说："我感觉我好像什么都不懂。"

钟熠愣住："什么……"

容眠歪着头，小声地问："所以你可不可以，现在教我啊？"

钟熠有的时候会忍不住思考，这人到底是真的纯，还是真的"茶"？

他总是顶着一张纯真的脸语出惊人，可是每当钟熠回视的时候，他又永远都会那样恬静而坦荡地直视着自己，半点心虚的样子都没有。

不太像是装的。钟熠迟疑了那么一瞬。

"你是真想学？"钟熠问。

容眠："嗯嗯。"

容眠又盯着钟熠看了一会儿，似乎察觉到了他的犹豫，便收回了拽着钟熠衣角的手,轻轻地说:"如果你不想教,也没关系的。"

钟熠咳嗽了一声:"倒也不是。"

钟熠总感觉和容眠说话时,自己的判断力似乎要比平时弱了那么一点儿,也许是因为这人的这张脸长得太有迷惑性。总之钟熠犹豫了那么一下,还是缓慢地坐回了床边。

他正准备开口说些什么的时候,放在床头的手机响了。

两个人都顿了一下,钟熠深吸了一口气,又怕这人一会儿和自己闹,于是伸出手揉了揉他的头发,然后转过身去拿手机。

容眠盯着钟熠的侧脸看了一会儿,半晌,他抬起手,摸了一下自己的头发。

来电话的不是别人,是沈妍。

钟熠和她搭了这么多年的戏,两人也是戏外的好朋友。沈妍这人性格爽快,人也大方,唯独有个毛病,就是在生活上有点大手大脚。

她的习惯就是买个昂贵的巨大托特包,化妆品、防晒墨镜,以及各种各样的零食都一股脑儿地往里面装。"妍妍大礼包"这个名也是钟熠赐的,钟熠每次看她来来回回地在那个大包里翻找东西,脑仁儿就跟着疼。

沈妍的小助理是个矮矮瘦瘦的小姑娘,每天气喘吁吁地拎着那个大包在片场里来来回回地跑,钟熠看着都揪心。

在片场丢东西是沈妍的个人特色之一。

找不着手机呀,或者是丢了个防晒霜,都是再平常不过的事情。只不过沈妍今天丢的,是她新买的一条项链。

是件贵重东西,所以他们几个人在酒店的一楼碰了面。

"是条玫瑰金色的项链,中间有个带钻的水滴形吊坠,我今天上妆前给摘了,结果刚才在包里找了半天没找到。"沈妍指了指自己手里的包,苦着脸说,"你们今天有谁记得我放哪儿了吗?或者有人看到过吗?"

容眠对沈妍说的项链并没有任何印象,但是今天沈妍就是从这个包里掏出了三颗果冻送给了自己,还有之前的牛肉干,所以容眠对她的印象一直很好。

钟熠明显也愣了一下,但他还是叫沈妍先坐下来冷静,然后叫她回忆一下今天的行动轨迹。

容眠感觉自己好像帮不上什么忙,于是愣了一会儿,发了条信息,叫正在健身房跑步的孔三豆过来帮忙一起找。

钟熠和沈妍对了几个地方,休息室、酒店房间、化妆间,这些地方沈妍说她自己都找过了,唯一剩下的地方就是拍戏时剧组搭棚的海滩。

真要是落在海滩上就有些棘手了。首先,外面天快要黑了;其次,海滩的范围太广,人来人往走动的话,沙砾还很有可能把项链埋住。

"要老命了。"

沈妍一脸萎靡:"这款我预订了小半年,虽然不是很贵吧,但是个限量款。我感觉不会再快乐了。"

听到项链不太贵,在场的所有人都替她松了一口气,不过一旁的孔三豆还是没忍住,好奇地多问了一嘴:"大概多少钱啊?"

沈妍幽幽叹气:"七八万元吧。"

空气静谧了那么一瞬间。

"还是再找找看吧。"钟熠叹息,"海滩现在不太方便去,先去你说的其他几个地方再确认一遍。"

于是所有人顺着沈妍刚才说的那几个地方帮着找了一圈儿。小饰品这种东西实在是不好找,而且沈妍自己都没有印象是在哪里丢的,这么搜无疑就是大海捞针。

找到天都黑了,沈妍自己也有点不好意思了。

"算了算了。"

富婆的心胸永远都比正常人的要宽阔那么一些,沈妍想得也开:

"没事,旧的不去新的不来,我再预订个同款不同色的吧,今天麻烦你们了……"

一旁安静了很久的容眠突然来了一句:"你今天给我的果冻很好吃,我可以再要一个吗?"

这话乍一听实在有点突兀,钟熠寻思,这人的想法怎么能这么跳跃。

沈妍也愣了一下,随即笑着说"可以啊",从托特包里翻了半天才把一整袋果冻掏出来,并且很慷慨地都送给容眠。

容眠说了一声"谢谢"。

沈妍和钟熠又聊了两句,然后就上楼回房了。钟熠回过头,就看见容眠抱着那袋果冻,和孔三豆说了些什么。

孔三豆跟着点了点头。

容眠没有吃那包果冻,相反地,他直接把那一整袋果冻递给了孔三豆。

孔三豆接了过来,把包装袋放在鼻子底下嗅了嗅,点了点头,信誓旦旦地和容眠说了两句,便拿着那袋果冻转头走了。

钟熠看得云里雾里。

他迟疑地走上前去,刚想问这是在干什么,就看见容眠低着头,伸手捂住了肚子,然后若有所思地转过头,对上了钟熠的视线。

"我刚才在电梯里看到了一张海报。"

钟熠还没反应过来,容眠很快地把话题岔了过去:"这里三楼的餐厅有螃蟹可以吃。"

钟熠:"……"

容眠:"而且那个螃蟹看起来很大,我看上面画着的,好像是已经帮你剥好了的样子。"

钟熠:"……"

容眠抿了抿嘴:"我不是说我想吃,我是说如果你想吃,我愿意陪你一起去。"

钟熠:"我谢谢你。"

螃蟹确实挺大只,只不过并没有服务员帮忙剥好。

容眠和面前橙红色的熟螃蟹大眼瞪小眼地对视了十秒,半晌,迟疑地伸出手,戳了戳这甲壳类动物坚硬的外壳。

然后容眠露出了非常不高兴的表情。

"我突然不想吃了,"容眠小声地说,"都送给你吃。"

钟熠头痛欲裂:"三秒之内拿到我面前。"

于是容眠高高兴兴地端着碟子坐到了钟熠旁边。

剥螃蟹的器具给得倒是挺全,钟熠面无表情地剥了半个小时,坐在旁边的容眠开心地抱着钟熠给他剥好的蟹钳,小口小口地吃了半个小时。

后来不知道是吃饱了还是良心发现了,容眠把钟熠剥好的蟹肉蘸了姜醋,举回到钟熠的嘴边,殷勤地说:"你吃。"

钟熠顿了一下,接过咬了一口。

容眠若有所思地盯着钟熠的侧脸看了一会儿,像是发现了新大陆,又赶紧夹了一筷子青菜放在钟熠的盘子里,小声地说:"你吃。"

钟熠确实有点饿了,偏过头,又吃了一口。

容眠眼睛亮了一下,又夹了好几筷子,钟熠都吃了。

给钟熠喂食让容眠成就感满满。

容眠用勺子好奇地戳了戳面前的海胆鸡蛋羹,因为他从来没吃过这种奇怪的东西,便干脆举着整只带刺的海胆送到了钟熠的嘴边。

钟熠:"差不多得了。"

整顿饭,钟熠光顾着忙活了,容眠给他夹的几口菜压根儿不可能吃饱,但他就是莫名觉得心口有点发热。

容眠"哦"了一声,慢吞吞地将海胆放回桌子上,就在开始思考要如何下口的时候,他的手机响了。

容眠接了电话,钟熠就听见他"嗯"了几声。

他很快放下了手机，起了身，很高兴地对钟熠说："三豆说她找到了沈妍的项链，就在海滩上，我先去找她。"

钟熠看着容眠消失在餐厅门口的身影，愣了一会儿。

这人今天下午刚刚跑到海里疯了一阵，当时还打了喷嚏，现在又穿了件薄衣就往外面跑。海边下午的风就已经有点冻人了，现在大晚上的，估计气温还要低一点儿。

钟熠顿了顿，还是用湿毛巾擦了手，叹着气起身结了账，跟着走出了餐厅。

酒店就在海滩后边，只不过因为是夜晚，再加上灯光昏暗，景象也都变得朦胧，只有海风微凉而咸湿的气息萦绕在鼻尖。

好在天色暗了之后，沙滩上几乎没有什么旅客了，而容眠又恰好穿着白色的衬衣，钟熠一眼就看到了他。

钟熠突然停下了脚步。

因为钟熠同时又看见了那只狗子。那只在他前天走神间突然消失在海水里的黑柴犬，此时此刻正站在容眠的面前。

黑柴犬的嘴里叼着什么东西，钟熠看不太清，他就看着这只黑柴犬冲容眠欢快快地摇着尾巴，一副在邀功的样子。

容眠伸出手，很熟稔亲昵地摸了摸这只黑柴犬的脑袋。

钟熠一刹那感觉自己的脑子有一些转不过来。

太多的信息碎片漂浮在他的脑海里，但是始终无法拼在一起，钟熠开始感到后脊发凉。

首先，这只黑柴犬确确实实是自己之前在海边看到的那只狗子，主要是这副憨憨圆圆的模样，钟熠根本不可能记错，绝对是同一只。

而容眠刚才说的原话是"三豆说她找到了沈妍的项链，就在海滩上，我先去找她"，可是此时此刻的海滩上除了容眠和钟熠，没有第三个人。

除了这只乐颠颠的狗子。

与此同时,这只黑柴犬又兴高采烈地绕着容眠跑了一圈,而它嘴里叼着的东西,同时也跟着微不可察地反了一下光。

钟熠终于看清了那是什么。

玫瑰金色的项链,上面吊着一个镶钻的水滴形吊坠。

钟熠感觉自己的大脑有点蒙,他无法理顺,想不明白。

他又想起那天,这只黑柴犬在海里消失之后,自己又很巧合地在不远处的椰子树下看到了浑身湿漉漉的,像是刚刚游完泳的孔三豆。

然而唯一可以解释现在这种情况的可能,实在是太过荒谬可笑,导致钟熠连想都不敢想。

假的吧,钟熠颤抖着深吸了一口气。

他在心底牵强地说服自己:也许容眠就像那天的自己一样,只不过刚好碰到了这只狗子,然后这只狗子又刚好找到了沈妍的项链。所以这一切绝对只是巧合……

然而下一秒,钟熠就看到容眠低下头,揉了揉这只黑柴犬的脑袋。

"三豆,"钟熠听到容眠说,"松口吧,我感觉咱们可能需要把项链洗一洗再还回去。"

容眠找酒店的前台要了湿纸巾,把沈妍的项链仔仔细细地擦拭了一下。

正好孔三豆也换好衣服跟了过来,于是他们小心翼翼地护着这条价值七八万块钱的项链,一起去敲了沈妍的房门。

宝贝失而复得的沈妍高兴地不停道谢,直接从"妍妍大礼包"里扒拉出了所有的零食,送给了他们。

容眠晚上吃螃蟹吃得很饱,于是就叫孔三豆拿走了。

孔三豆高高兴兴地抱着零食回房开餐了,容眠这才想起来,自己刚刚好像把钟熠一个人留在了餐厅里。

容眠回到了餐厅，发现钟熠已经离开了。

容眠和钟熠的房间是对门，容眠推测钟熠应该已经回了房，于是他坐电梯回到自己房间所在的楼层，果然在走廊的另一头看见了钟熠。

容眠走到钟熠的身边，问："你忘记带房卡了吗？"

钟熠似乎是顿了一下，半晌才抬起眼："我有话想对你说。"

容眠感觉钟熠的情绪好像有些不太对，但是他"哦"了一声，还是很乖地把自己的房门打开，让钟熠进来。

"你想喝饮料吗？"容眠问，"这个酒店很大方，饮料都是免费的，虽然我不爱喝汽水。"

钟熠说："不用。"

容眠抿了抿嘴。

容眠转过身，盯着钟熠的脸思考了一会儿，半晌，走到了他的身侧，又仰起脸看着他。

钟熠顿了一下，却还是一直没有说话，容眠感到有一些无措。

"下回我可以剥螃蟹给你吃。"

容眠犹豫了一下，又说："虽然我不是很会，但是我可以学。"

钟熠摇了摇头。

他像是下了很大的决心，深吸了一口气，抬起头，对上了容眠的眼睛。

"我刚才，其实在海滩上看到你了。"

钟熠有些咬牙切齿地说："我听到你管那条黑柴犬，叫、叫……"

容眠安静了一瞬间，然后轻轻地"啊"了一声。

他说："还是被你发现了啊。"

容眠的这句话一说出口，钟熠是真的感觉自己从头到脚的血液都跟着凉了下来。

"不过如果是被你发现的，其实也没关系。"

容眠说："就是你看见的那样，三豆是黑柴犬，她的嗅觉很灵敏，沈妍身上有很重的香水味儿,所以她找得也很快。"

刚才孔三豆先是记住了果冻包装袋上残留的沈妍的香水味儿,然后在海滩上遛了一圈,将气味大致锁定在一个区域。

她打了电话给容眠,然后在椰子树下偷偷地变回狗形,用狗鼻子精准地定位搜索了一会儿,就成功在沙滩里将那条项链刨了出来。

虽然钟熠已经知道了自己是猫,但是容眠并不知道孔三豆愿不愿意暴露她的真实身份,所以当时他还是选择了向钟熠隐瞒,自己一个人去找孔三豆。

没想到还是被钟熠发现了。

屋内只开了一盏吧台灯,光线有一点昏暗,钟熠半天没说话,他的表情空白。

于是容眠小声地问:"你还好吗?"

钟熠感觉要么是自己疯了,要么是这世界疯了。

他人"麻"了。

"不是,这么大一个人……"

钟熠感到荒谬,他觉得自己的呼吸都开始发凉,用手比画了一下:"怎么、怎么能一下变成这么大的一只狗子?"

容眠有些郁闷地看着钟熠的侧脸,小声地说:"她想变的时候就可以变啊。"

钟熠又很痛苦地深吸了一口气。

钟熠:"那、那她天天吃什么?"

容眠:"三豆不挑食的,她就连蔬菜也可以吃很多,她最爱吃的可能是排骨,不过她也很喜欢喝水。"

钟熠:"那她……现在用两条腿走路不别扭?"

容眠茫然地盯着钟熠的脸。

钟熠也意识到自己说话已经有些语无伦次了,他别过脸,半晌,又大大喘了一口气,说:"我需要一些时间。"

容眠没有想到钟熠会接受得这么困难,他感到无措。

钟熠双手捂额,痛苦地继续沉思了一会儿,突然又抬头问了一句:"那你知道这事儿,有多久了?"

容眠想了想,说:"我和三豆认识三年了。"

钟熠停顿了一下,又问了一句:"那你算是……她的主人?"

容眠愣了一下:"当然不是,我们是朋友。"

"主人"这个头衔对于小动物而言真的很重,意味着一辈子的责任和照顾,况且容眠本身也是小动物。

他觉得钟熠问出这样的话真的很奇怪,也很反常。

钟熠的表情实在是太古怪了,容眠认真地思考了一下,以为钟熠可能是怕像孔三豆这种体形稍微大一点的狗,顿时心下了然。

"三豆性格很好的,她平时很少会变回狗形,而且她已经完全习惯了人形的生活,并不会咬人。"容眠对钟熠说,"你不要怕。"

钟熠顿了顿,说:"我知道。"

钟熠看得出来孔三豆这姑娘做事踏实,对容眠也好,天天都是一副憨憨的乐呵呵的样子,肯定是不会存什么坏心思的。

只不过这种超自然的事,如果不是那天和今天被自己亲眼见着了,钟熠一时间确实是很难接受的。

钟熠有一种自己前半辈子白活了的感觉,实在需要一些时间来消化。

钟熠感觉自己现在看什么都不对劲了,他甚至开始怀疑自己床头的台灯会不会也在某天变成个肌肉猛男,然后对自己说"早上好,天亮了,你可以把我关掉了"。

钟熠抬眼对上了容眠的眸子,心这才跟着渐渐静了下来。

只是时间问题。钟熠心想,估计容眠当时比自己还难以接受,现在不也适应得好好的。自己也需要一段时间好好消化一下罢了。

容眠很耐心地等待着钟熠缓过劲儿,只不过拍了一整天戏的他难免有些疲倦，于是他捂住嘴，偷偷打了个哈欠。

钟熠这才哑着嗓子说："你去睡吧，我先走了。"

容眠轻轻地"嗯"了一声。

但他还是站着没动，很耐心地盯着钟熠的脸，像是在等待着什么。

钟熠顿了一下，低下头，揉了揉容眠的头发。

容眠的眼睛亮晶晶的，他这才对钟熠挥了挥手，小声地说了一句"晚安"。

钟熠缓慢地走出屋子，拉上了门。

他感觉这个男孩儿给自己带来的治愈力好像还真的不小，钟熠冰凉的手脚也渐渐地有了些热度，整个人总算慢慢地缓过了劲儿。

这一天发生了太多事，钟熠还是有些头皮发麻。而且不知道为什么，钟熠总是觉得好像有哪里不对。

钟熠现在的脑子实在是乱了套了，他一时间说不出哪里不对，也想不到究竟是哪里不对，他知道自己需要赶紧去睡一觉。

钟熠皱着眉，又看了一眼容眠的房门。

他喃喃地自言自语："哪儿不对呢？"

沈妍饰演的角色其实是这部剧的幕后大反派，今天钟熠在拍一场和她对质的重头戏。

这场戏根本没有容眠的事，于是孔三豆带着容眠高高兴兴地找了一棵挂满椰子的椰子树，心痒难耐地想摘一颗椰子尝尝看。

但是树太高了，以人形爬树又很困难，于是他们俩原地坐下，退而求其次地玩起了沙滩上的沙子。

孔三豆费了老大劲儿堆了一个表面崎岖的半球体出来，叫容眠猜是什么。

容眠努力辨认了一会儿，说："是篮球。"

孔三豆很沮丧："我明明堆的是云叔的脸。"

他们俩意识到彼此可能都缺了一点艺术天赋,于是选择了坐在树荫底下,看钟熠和沈妍拍戏。

容眠想了想,还是把昨天钟熠发现孔三豆是黑柴犬的事情告诉了她,孔三豆大大咧咧地挥了挥手,表示没有关系。

然而容眠想起钟熠昨晚不太对劲儿的状态,还是感到有一些茫然,以及一种说不上来的不安感。

钟熠的这场戏刚好拍完,他隔着老远对上了容眠的视线,正准备朝容眠走过来的时候,一个工作人员突然半路拦住了他,对他说了些什么。

容眠就见钟熠停顿了一下,点了点头,跟着工作人员走远了。

容眠还没有反应过来发生了什么,沈妍就偷偷摸摸地把容眠拉到了自己的身边。

还有组里其他工作人员在场,除了钟熠以外,其他所有的人都聚集在了一起。

沈妍开始说话,容眠这才知道钟熠刚才是被故意支走的,因为明天就是钟熠的生日。

大家决定明天收工的时候给钟熠唱个生日歌,沈妍已经把蛋糕买好了,计划着全剧组的人一起给他一个惊喜。

容眠晕乎乎地听他们讲了半天鲜花、蛋糕还有礼物,这才后知后觉地意识到,明天对于钟熠而言,会是一个很重要的日子。

小动物其实是没有"过生日"这个概念的,在猫咖里的时候,大家的生日都是按照被云叔带回来的那一天过的。

"寿星公"当天拥有不用"营业"的特权,可以睡一天平日里只有云叔才可以睡的小吊床——出于体重的缘故,孔三豆除外,但是她会额外获得一次去公园玩球的机会——并且会在晚餐的时候获得一个插着彩色小蜡烛的顶级罐头。

不过容眠知道人类过生日的时候,别人是需要送上一份礼物的,但是他完全没有给钟熠准备,也不知道自己应该送什么。

于是容眠回到了房间里,给云敏打了一个视频电话。

容眠先是给云敏看了窗外的海和椰子树,还有酒店迷你吧里免费送的饮料。

"云叔,钟熠要过生日了,"容眠说,"可是我不知道要送他些什么。"

屏幕那端的云敏微不可察地愣了一下。

容眠自顾自地又说了很多:"这里的海里有很多鱼,我可以捉一些送给他,可是他好像不是很喜欢鱼。或者我可以叫三豆给他摘一颗椰子,可是这就不是来自我的礼物了……"

"眠子。"云敏犹豫了一下,还是打断了容眠,"我想先和你确定一件事。"

容眠愣了一下,说"好"。

云敏犹豫着开了口:"你当时和钟熠说的,VIP客人的价格是多少来着?"

"你告诉我可以给他打折,所以是五百一个月。"

容眠似乎没想到话题会突然转到这里,他有些茫然地看着云敏,问:"他当时和我说会给你转过去的,是给少了吗?"

云敏的表情又变得复杂起来。

"不是少了。"云敏深吸了一口气,"是多了。"

"哦。"容眠想了想,有些高兴地说,"也许他想提前支付几个月的……"

"不。"云敏摇头,"他给了五百万。"

容眠愣住了。

"五百万啊,宝贝,云叔这几天一个踏实觉都没睡过。"

云敏叹息着说:"我联系不上钟熠本人,前两天打电话问过他的助理,但是怎么和她解释都没用,那姑娘就是说没有转错。

"我说钟熠绝对绝对转多了,叫她去和钟熠本人确认一下,结果她和我说是因为钟熠欣赏你、喜欢你,所以他愿意给你这么多。"

云敏顿了顿:"可是这钱……实在是多太多了。

"你在云叔心里确实是无价的。"

云敏又叹了一口气,说:"我不知道他这是什么意思,但这是五百万元,咱真的不能收。"

容眠发呆了很久。

五百万元是什么概念?五百万元可以买很多顶级的猫罐头,可以给猫咖里的所有窗户都换上云叔最喜欢的高档窗帘,可以多开好几家猫咖分店,还可以给孔三豆买一台她一直很想要的跑步机。

甚至可以买几十条沈妍今天丢了的项链。

容眠不是很会算术,但是当时他和钟熠说的价钱是五百元一个月,五百万元的话,就是一万个月。

那就是一辈子的意思。

"云叔,"半晌容眠轻轻地说,"我知道了,我会和他说的。"

钟熠在容眠心里是一个很特殊的存在,他知道钟熠是自己的 VIP 客人,但事实上,钟熠在容眠心里的分量远远要比那些普通的客人重得多。

同样是重要的人,云敏在容眠的眼中就像是一个长辈,但是钟熠在容眠的心里,又是截然不同的角色。

钟熠是一个别别扭扭,却又很温柔善良的人。

容眠不知道这究竟是一种什么情愫,只知道,他很喜欢钟熠给自己剥的螃蟹钳,喜欢钟熠给自己做的馄饨和小香肠,也喜欢钟熠摸摸自己的头。

他就是很喜欢和钟熠待在一起。

流浪猫天性敏感警惕,很难驯服,也很难认主。但是如果钟熠希望自己陪他一辈子的话,容眠感觉自己是愿意答应他的。

容眠知道自己要送钟熠什么东西了。

"云叔,你还记得你之前给我买的那个铃铛项圈吗?就是……我一直不愿意戴的那一个。"

容眠小声地问:"你可以……给我加急寄过来吗?"

钟熠这两天还有点活在梦里的感觉,他只觉得自己脑子还是转不过来,而且每天都忍不住在片场里多看孔三豆几眼。

这姑娘确实和普通人没什么区别,只是格外地憨头憨脑,而且不知道是不是先入为主的缘故,钟熠真觉得这姑娘确实越看越像一只圆圆的狗子。

钟熠感觉自己好像已经逐渐接受了这个荒谬到极点的事实。

只是那股子心底的怪异感总是频繁地涌上心头,钟熠还是觉得自己漏了点什么,而且是一件挺重要的事,只是他实在想不到是什么。

早晨起床一查手机,看到满屏的生日祝福,钟熠才意识到今天是自己的生日。

社交账号有团队管理着,钟熠本人对过生日这种事,其实是没什么概念的。

钟熠几乎每年的生日都有行程,三十岁的这一次,他也打算平平淡淡地过,该拍戏拍戏。钟熠挺庆幸今天是拍摄海边戏份的最后一天。

钟熠的角色也有个扮猪吃老虎的设定,到大结局的时候有个小小的反转,就是他的腿其实并没有瘸。

今天拍的就是缉拿沈妍的一场枪战戏,钟熠总算是不用继续坐在"黄金战车"上,可以真正地双腿站立起来拍。

最后一天拍海边的戏了,吹了四五天的风,他心想:可算是熬到头了。

收工的时候钟熠还没有任何的预感,他寻思,要不看看附近有没有更地道的做海鲜的本土餐厅,带着容眠去吃一顿。

再一抬头,钟熠就看着剧组的人推着巨大的生日蛋糕,唱着生日歌向自己走来。

是个很豪华的双层冰激凌蛋糕,底下铺的干冰还冒着"仙气",裱花看起来精致而昂贵。钟熠看一眼就知道,肯定是沈妍挑的。

剧组的人一起分了蛋糕,又一起合了影,钟熠收到了鲜花和礼物。

蛋糕的话,钟熠分到了很大的一角,只不过他吃了两口就放下了叉子,只感觉嗓子眼儿被齁得发腻。

然后钟熠又莫名地想起容眠上次拔完智齿之后,连吞三个大冰激凌球的场景。他的嘴角忍不住微微上扬,寻思这人的胃可真是个黑洞。

钟熠抬起头,在人群中搜索了一轮,并没有发现容眠的身影。

他顿了顿,正准备起身去找人,一旁的沈妍却把他拉了过来,说自己准备发张九宫格照片给钟熠庆生,于是又拉着他拍了半个小时自拍。

钟熠硬着头皮配合着她拍完,正准备继续找人的时候,沈妍又赶紧切了一大块蛋糕塞进钟熠手里。

沈妍说:"我给你提前一个月定的,你得给我再吃一块吧?不能剩下。"

钟熠只能又闷头吃了会儿蛋糕。

沈妍正偷偷摸摸地又切一块准备放在钟熠盘子里的时候,钟熠叹息着问:"别装了,他人在哪儿?"

沈妍讪讪一笑,看了一眼表上的时间,这才长舒了一口气:"任务完成。"

沈妍笑眯眯地拍了拍手,说:"容眠让我告诉你,他在自己房间给你准备了生日惊喜。蛋糕还给我,您可以走了。"

容眠和孔三豆在房间里手忙脚乱。

项圈的设计很可爱,中间有一颗圆圆的小铃铛,是小猫咪戴的款式，当然也是容眠平日里绝对不会戴的款式。

虽然项圈有可以调节的按扣，但是人形的时候戴起来还是有些艰难。好在容眠比较瘦，孔三豆帮容眠仔细地把长度调节好，戴在了脖子上。

"三豆，快一点儿。"容眠小声地催促道，"他应该快来了。"

"快啦快啦，等一下。"

孔三豆手忙脚乱地调整好，最后摆正了一下，端详片刻，满意地说："好啦！"

容眠转过身，看着镜子里的自己。

容眠本来是想变成猫形，戴着项圈来见钟熠的。

可是变成猫之后就没有办法用语言沟通了，就没有办法亲口和钟熠说"生日快乐"，于是容眠还是决定先以人类的形态戴着项圈。

容眠还是感到有一些忐忑。

因为钟熠并不知道那只花园里的小黑猫就是自己，而且之前钟熠表现出来的态度，似乎不是很愿意看到自己猫咪的形态。

但是想起云叔说的那五百万，容眠感觉钟熠应该也是很喜欢自己的，所以他决定鼓起勇气试一试。

项圈的快递下午五点才会送到，所以容眠早晨的时候叫沈妍帮自己拖住钟熠到晚上七点半，沈妍很爽快地答应了。现在时间差不多到了。

于是孔三豆走了，同时把门留了一条缝。

容眠坐在床上，垂眼看着自己的脚尖，有一些紧张。

钟熠难得感到有点紧张。

礼物什么的，他从来都不是很在乎。这么多年了，尤其是成名之后，朋友和品牌方没少送名贵的礼物，每年生日的时候粉丝在应援上也都很用心。

礼物的话，钟熠每一件都会珍藏，但是他的内心很难真的有太大的波澜。

然而刚才听到沈妍说容眠给自己准备了生日惊喜的那一刻，钟熠第一次，心里莫名地涌起了一点真正期待着什么的情绪。

容眠的房门虚掩着，钟熠顿了一下，推开房门，走了进去。

屋内只开了一盏暖橘色小灯，屋内整体光线很暗，窗帘也拉着。

容眠端正地坐在床头，垂着眼帘，正在入神地思考着什么，看见钟熠进来，便露出了很惊喜的神情。

钟熠清了一下嗓子，说："你……不去吃蛋糕吗？"

容眠说："沈妍说她会给我留一块的。"

容眠又想了想，仰起脸对钟熠说："生日快乐。"

就在男孩儿抬起脸的那一刻，钟熠看到他衬衫的领口解开了两颗扣子，露出一小片光洁的皮肤，还有漂亮而清瘦的锁骨。

而他的脖子上戴着一个项圈，项圈中间吊着一个圆圆的、银色的小铃铛。

钟熠无声无息地倒吸了一口气。

很可爱，真的很可爱。

漂亮的年轻男孩儿戴着项圈，下巴尖，睫毛长，一副懵懂茫然的样子。

钟熠有点恍惚。

容眠注意到了钟熠的目光，抬起手碰了碰脖子上的项圈，感觉自己的脸颊也有一些烫。

容眠原本是准备说"生日快乐，我可以允许你当我的主人"这句话的，可是觉得好像有点不太礼貌。于是容眠想了想，又换了一种说法。

"钟熠。"容眠说，有一些不好意思地看着脚尖，"我有东西想送给你，当作你的生日礼物，你愿意吗？"

如果钟熠说"愿意"的话，容眠就会立刻变回小猫咪，然后去蹭蹭钟熠的手心。

最后他会把小铃铛项圈解下来送给钟熠，并且会叫云叔把那些钱都还给钟熠，然后免费陪钟熠一辈子。

钟熠愣了半天，才反应过来容眠这话里的意思。

如果是一个月前的钟熠，那么他会义正词严地拒绝容眠，并且附加半个小时的思想教育。但是经过这一阵子点点滴滴的相处，钟熠知道自己的心境已经大不相同了。

因为容眠在自己心里的角色已经不一样了。

于是刚刚三十岁的钟熠钟老师这回选择哑着嗓子说："愿意。"

他顿了顿，又没忍住磕磕巴巴地问了一句："你是今、今天就送吗？"

容眠轻轻地"嗯"了一声。

钟熠别过脸，先是很大声地咳嗽了一声，半响又说："那、那也行……"

容眠看起来很高兴。

他雀跃地抿了抿嘴，对钟熠说："你等我一下哦。"

钟熠说他愿意，容眠兴奋到连手脚都有一些冰凉，准备直接变回猫形，然后跳进钟熠的怀里。

容眠实在是太高兴了，其实和钟熠在一起的每一分每一秒他都很开心，只不过现在这一刻的喜悦，要比之前所有加起来的总和还要多一些。

然后容眠感觉好像有哪里不对。

后腰微痒，然后容眠蒙蒙地低下头，发现自己的尾巴果然又蹿出来了。

钟熠的动作也跟着停了，他直勾勾盯着那条尾巴。

一刹那，有很多东西浮现在了钟熠脑海里：那张容眠发给自己的图片，还有之前在卫生间被自己撞到的那次，好像都是这条尾巴。

钟熠完全没想到这一出，愣住了。

容眠也注意到了钟熠的视线，他抿了抿嘴，伸出手捂住了自己的尾巴，有些不好意思地垂下了眼帘，说："我……"

钟熠虽然也吓了一跳，但容眠此刻的表情带着一丝难堪，于是他咳嗽了一声，故作镇定地夸道："没事儿，其实还挺……挺可爱的。"

——钟熠在夸自己的尾巴好看。

容眠猛地抬起眼，呆呆地盯着钟熠看了一会儿，然后很轻很轻地"嗯"了一声。

钟熠就看着容眠愣愣地发了一会儿呆，脸颊似乎又红了一些，然后他身后的那条尾巴抖动的幅度更大了，就这么直接蹭到了钟熠的手背。

然后钟熠诡异地僵住了。

因为这条尾巴是有温度的。

——这条尾巴的毛可以看上去很逼真，它可以是电动的，但它唯独不应该有着和人类相似的，像是有着真实血肉般的温度。

钟熠的表情突然变得空白。

他就这么直接僵在了原地，容眠不知道发生了什么，小声地喊了一声钟熠的名字。

钟熠半天没有说话。

这条尾巴的根部是长在容眠的尾椎上的。

所以这是一条真真实实地长在容眠后腰下方、有血有肉的尾巴。

钟熠终于知道到底哪里不对了。

他木然地看着容眠，一时间甚至连一句完整的话都拼凑不出来："这、这是……"

容眠有些困惑地看着钟熠，说："是我的尾巴啊。"

然后钟熠就眼睁睁地看着这条尾巴的尖端幅度很小地晃了一下。

"而且我也不知道为什么，"容眠有些不好意思地垂下了眼帘，对钟熠说，"好像每次一激动，我的尾巴就收不回去了。"

钟熠只感到天旋地转。

在那一瞬间，他开始茫然地思考究竟是什么样的动物会长着这样的尾巴，是类似孔三豆那样的狗子，是猴子，是狐狸，还是树懒……

不对，钟熠恍惚地想，都不对。

他回想起和容眠第一次见面的时候，这人拿了把勺子去厕所里埋头吃饭，而他当时吃的是一罐……猫罐头。

钟熠宛若被冷水浇头。

他缓慢地抬起了头，半响，有些虚弱地开了口："所以你是……猫？"

容眠很奇怪地看着钟熠，似乎没想到他会突然问出这样的问题。

"是啊。"容眠说，"你不是一直都知道吗？"

钟熠半天说不出话来。

钟熠的表情让容眠感到有一些不安，容眠抿了抿嘴，拉住他的衣角，幅度很小地晃了一下。

容眠的动作很轻，钟熠却依旧感觉自己的大脑一片空白，他甚至不敢再多看那条尾巴一眼，只是下意识地摇头："等一下、等一下……"

钟熠"麻"得彻底。

容眠不知道钟熠究竟是怎么了，他就看着钟熠突然站起了身，似乎有些狼狈地转头跑到了卫生间里，关上了门。

容眠隐隐约约地意识到，好像是自己的尾巴惹了祸。

可是每一次钟熠和自己接触的时候，容眠都没有办法控制住自己的尾巴。容眠感到有些难过，不明白钟熠为什么会反应这么大，明明就在前一秒，他还在夸自己的尾巴可爱。

容眠也不知道钟熠刚才说的话到底还作不作数，毕竟自己还没有把项圈送给他。

他抬起手,摸了摸脖子上的项圈,感到有些茫然和难过。

洗手间的水声突然停了下来。

然后就传出了门被拉开的声音。容眠抬起眼,看到钟熠站在厕所的门口,正沉默地盯着自己。

"容眠。"钟熠喊他的名字。

容眠眼里的钟熠,是一个永远不紧不慢,做什么事情好像都很有把握的人。

但是此刻钟熠的发丝有一些湿,他像是刚刚冲了一个澡,就这么站在门口,远远地看着容眠,脸上罕见地出现了一丝茫然。

钟熠似乎是痛苦地深吸了一口气,他说:"我要……和你聊一些事情。"

容眠直勾勾地盯着钟熠的脸,突然问:"你是不是想要反悔?"

"可是你刚才亲口说了愿意的。"容眠又说。

"不是。"钟熠顿了一下,半晌,苦笑着摇头,"我想我们之间,可能有一些误会。"

容眠还没有反应过来,就看着钟熠又顿了顿,看着自己,很轻地说:"其实我……在今天之前,一直都不知道你是猫。"

容眠愣住了,钟熠就看到他身后那条尾巴的尖端很轻地晃了一下,然后尾巴缓慢地,一点一点地耷拉了下来。

"不可能。"半晌,容眠很小声地说,"你知道的。"

钟熠露出了一个比哭还难看的笑。

他只感觉自己的喉咙像是被什么东西哽住了,脑子也连带着昏昏沉沉的,他半天都说不出来一句话。

"你……怎么会不知道?咱们第一次见面的时候,在那家餐厅的厕所里……"

容眠茫然地问:"你当时明明说,你知道我的情况,你还说……你还说有很多朋友和我吃的是一个牌子的罐头……"

钟熠知道，这就是整件事情最荒谬的开端。

从一个普通人的角度来看，遇到在厕所里拿着把勺子吃猫罐头的人，八成都会以为这人是脑袋或者精神方面有点问题，是肯定不会往"啊，这个人一定是猫变的"这个方向想的。

钟熠当时也是以为容眠得了什么饮食代谢方面的疾病，因为当时氛围窘迫，加上为了保护容眠的自尊心，于是他无中生"友"，举了个例子，只是想着不让容眠那么难堪。

但同时，从容眠小猫咪的角度来看，他在偷偷吃猫罐头的时候遇到一个人类，这个人对他说"我知道你是什么情况"，又好巧不巧地来了一句"我朋友也爱吃这个牌子"，那么这个人无疑是在表达"我知道你是猫，而且我好多朋友也是猫"。

所以从一开始就是阴差阳错、鸡同鸭讲罢了。

"所以你当时说要给我表演才艺的时候……把裤子拉链拉开了。"钟熠艰难地问，"你是为了……"

容眠愣了一下，说："我不会唱歌，也不会跳舞，所以我想给你看我的尾巴。"

"可是你当时拒绝了。"他补充道。

钟熠只感到头痛欲裂。

他感到庆幸，幸亏孔三豆前两天先表演了一出"大变活狗"，给自己来了一个心理缓冲，不然就照刚才的情况，他可能真的会被当场吓出心理问题。

与此同时，之前很多不合理的事情，似乎也一下就说得通了。

躲在厕所里吃猫罐头，厌恶蔬菜、喜欢吃肉的挑食毛病，喜欢玩抱枕上的穗儿和桌子上的笔帽，还有抓蝴蝶和小鱼时异于常人的手速，以及那格外懵懂的心智——如果这些微妙的现象不是出现在一个人，而是出现在一只猫咪的身上，似乎就再正常不过了。

但钟熠意识到，还有最最重要的一点他没有问。

"关于你之前说的接客……"钟熠感觉自己的手在抖,"所以你究竟是怎么接客,又是在哪里接客的……"

"就是在云叔开的猫咖里啊。"

容眠看着钟熠,呆呆地说:"我会变回猫形,会有客人交了入场费进来,然后他们就可以来摸我、抱我。"

钟熠在听到"猫咖"两个字的一刻,感觉自己的大脑内部仿佛炸开了一片灿烂而绚丽的烟花。

他突然轻轻地笑了一声,然后用手捂住了脸,深吸了一口气。

半响,钟熠缓慢地吐出了这口气,又抬起头,问:"那你、那你之前说,要和我……"

容眠蒙蒙地看着他。

"我是说,我可以变回猫形,陪着你,就像我在猫咖里和别的客人做的那样。"容眠说,"可是你当时好像很生气,所以我……后面就没有再提了。"

钟熠算是彻底明白过来了。

所以从来没有什么举止轻浮放浪,更没有什么黑暗泥沼,这从头到尾的一部戏,全都是钟熠自己脑补出来的。

钟熠感到恍然而无措。

钟熠感觉自己就像是一块千疮百孔的冰,碎完之后又融化,融化之后再凝固,刚凝固到一半的时候又碎个彻底。

"我确实瞒了你一件事。"容眠说,"花园里的那只小黑猫是我。我以为你不想看到我的猫形,所以我才没有告诉你。

"可是我以为你一直都知道我是猫的。"

容眠喃喃道:"你当时还说你要当我的VIP客人,你怎么可能……怎么可能不知道我是猫呢?"

钟熠是真的连一个字都说不出来了,只是摇了摇头。

容眠的脸色也跟着变白了。

"钟熠,"容眠喊他的名字,问道,"你是不是不喜欢我的尾巴?"

还没等钟熠反应过来,容眠就小声地说:"我下次会把尾巴藏好的。如果你不想看我原形的话,我也可以一直用人形陪着你……"

"不是。"钟熠打断了他,"不是你的错。"

容眠的表情变得空白。

"你很好,你……你哪里都很好,从来都不是你的错。"

钟熠别过脸,他的思绪混沌,语序也有些颠倒混乱:"一直以来都是我的问题,我实在是……需要一些时间。"

钟熠说:"对不起。"

容眠不说话了。

钟熠感到头晕目眩。

钟熠想起自己之前误会容眠举止轻浮放浪,而给他上的那些思想品德教育课;到后来以为他深陷苦海,于是提出来要做他的包年VIP客人;还有以为他贪嘴挑食,所以特意往馄饨馅里塞的胡萝卜末……

钟熠每多回想一秒,就觉得自己的脑壳像是跟着龟裂一分。

所以在他说这些话、做这些事情的时候,在容眠眼里的他,又是什么样子的呢?

钟熠茫然地抬起眼,就看容眠正直勾勾地盯着自己,他没有说话,但是眼睛很红,钟熠感觉他好像快要哭了。

钟熠自己的心里也绞得慌,他感觉自己真的不能在这个房间里多待一秒,他需要一个安静的地方理顺一切。

容眠看着他,安静地眨了一下眼睛,轻轻地喊了一声他的名字。

不知道从什么时候开始,每当容眠仰起脸这么看着他的时候,他总是下意识地想去摸一下容眠的头发。

钟熠抬起了手,动作最后却又在半空停住了,因为他不知道现在的自己还有没有资格和理由来这么做。

他也不知道在容眠的心里,自己一直究竟扮演什么样的角色。一个总是说着莫名其妙的话,付了很多钱的人类客人吗?

钟熠感觉自己胸口发闷。

容眠身后的尾巴耷拉着,毛蓬松而漂亮,钟熠回想起那只花园里的小黑猫,好像确实是一模一样的尾巴。

那只小黑猫很漂亮乖巧,吃得也很多,可以一口气吞掉比自己脑袋还大的三片火腿,这行为确实和容眠本人一模一样。

钟熠别过脸,他似乎想要再说些什么,但是嘴唇翕动了一下,还是没有说出口。

"早些睡吧。"最后钟熠只是深吸了一口气,扯出一个牵强的笑说,"晚安。"

容眠其实很想问问钟熠,愿不愿意收下项圈再走。

可是钟熠的状态看上去很不好,容眠感觉自己每多说一句话,钟熠的脸色就会变得更难看一分,他意识到自己不应该再问了。

容眠感到难过,但是他不知道该怎么办。

于是他愣了一下,看着钟熠,呆呆地对他说:"晚安。"

孔三豆进屋的时候,看到容眠脖颈上的项圈已经不见了。

她便以为是容眠已经成功地把项圈送给了钟熠,于是蹦蹦跳跳地进了屋,把手里举着的那块生日蛋糕放在了床头柜上。

"沈妍叫我留给你的,超级好吃,我已经吃了一大块!"

孔三豆高高兴兴地对他说:"快要化了,你快点吃。下次我过生日,我也要云叔给我订这家的蛋糕。可是看起来真的好贵哦……"

容眠拿起叉子,缓慢地吃了一小口。

孔三豆:"好吃吗?"

容眠低着头,把蛋糕塞到嘴里,没有说话,只是慢吞吞地点头。

孔三豆安静了一会儿,突然感觉好像哪里不对。

她迟疑地凑近了一些,就看见容眠垂着眼,往嘴巴里一口接一口地塞着蛋糕，与此同时，他的眼泪也跟着"吧嗒吧嗒"地往下掉。

孔三豆吓傻了。

她魂飞魄散，急得在房间里来回踱步，过了一会儿，她"呜呜呜"地抱着容眠，语无伦次地不知道该说些什么。

容眠擦了擦眼泪，小声地对孔三豆说："三豆，我不喜欢吃樱桃酱。"

孔三豆还是有些慌神，但是她"哦"了两声，主动把蛋糕从容眠的手里接过来，很耐心地用小叉子帮他把沾到樱桃酱的地方一点一点地刮掉。

然后容眠继续低着头，一点一点地把蛋糕吃完了。

他没有告诉孔三豆发生了什么，孔三豆虽然很担心他，但是好像也明白了什么，并没有再多问一句。

容眠这一晚上没有睡好。

他很难过，一直控制不住想关于钟熠的事。

流浪的时候，容眠的脑子里装的全都是食物。可是自从不需要再为温饱问题而担心之后，他感觉自己好像变得有些贪心。

不知道从什么时候起，他的脑子里装的全是关于钟熠的事。

钟熠给他做的小香肠，钟熠在他剧本上写的台词，钟熠家里带穗儿的抱枕和自动洗碗机，还有钟熠本人。

可是就在刚刚，钟熠对他说，并不知道他是猫。

容眠回想起昨晚钟熠看见自己尾巴时茫然而空白的神色，以及他走出房间时仓皇的背影——他会不会因为自己是猫，以后都不愿意再见到自己了？

容眠很难过，又偷偷地哭了一小会儿。

他缩在被窝里昏昏沉沉地睡了过去，醒来的时候发现自己的眼睛变得很红很肿。他对着镜子愣了一会儿，换了衣服，准备出门去找孔三豆要一些眼药水。

他推开门，却看到钟熠就站在自己的房间门口。

——钟熠似乎没想到容眠会突然出门，打开门的那一刻，容眠看到钟熠似乎正在对着墙自言自语，像是在和自己排练。

钟熠几乎是在容眠开门的瞬间闭上了嘴，他转过了身子，两人四目相对，面面相觑。

容眠注意到钟熠的手里拎着一个很大的塑料袋，上面印着一家超市的名字。

钟熠咳嗽了一声，似乎有些尴尬地说："早安。"

容眠沉默了一会儿，小声地说："你可以按门铃的。"

钟熠顿了一下："我以为你还在睡。"

容眠没有再说话。

空气变得静谧，钟熠看起来有些局促不安，他又僵了一下，把手里的袋子递到了容眠的面前。

容眠下意识接了过来，却没想到这个袋子沉到离谱，他甚至整个人都被带着微微前倾了一下，差一点点没有拿住。

容眠茫然地低下了头。

袋子里面装着很多圆滚滚而且沉甸甸的铝制罐——确切地说，是很多不同品牌、不同口味的猫罐头。

"我没养过猫，也不是……很懂这些，不知道你最喜欢吃哪一种。"

钟熠说："我看上面的图片都挺好看的，就把超市有的口味各买了两盒，有一盒银鱼混吞拿鱼的我没拿，因为好像快要过期了。"

容眠呆呆地抬起了眼。

"容眠。"像是酝酿了很久，钟熠抬起眼看向容眠，终于憋出了一句，"你愿意……和我一起吃个早饭吗？"

钟熠想了很多。

一开始肯定是会感到震惊和茫然的，毕竟没有哪个普通人能在三秒内从这等冲击之中缓过劲儿来,只不过有了前两天孔三豆事件的缓冲,钟熠接受得远比自己想象中的快。

真正让钟熠感到手脚蜷缩的,是自己曾经对容眠说过的那些话。

钟熠是真没想到所谓的陪客,会是猫咖里的陪客。

所以在容眠的眼里,陪客只是小猫被人类摸一摸、抱一抱而已,然而钟熠理解的陪客,那就完完全全是另一个意思了。

他也没想到如此驴唇不对马嘴地聊着,两人竟然还莫名其妙地聊对路了。

钟熠回想起自己曾经说的"自重自爱""我当你的VIP客人""我的节奏很慢",就感到阵阵晕眩。

也许容眠是真的从来没有听懂自己说的是什么,或许他从来都没有把这些话放在心里,他只是每天很高兴地问钟熠晚上可不可以做肉菜吃,或者能不能多被自己撸几下。

他看起来晕晕忽忽,没头没脑。

钟熠完全不敢想,如果那天在厕所里撞见容眠吃猫罐头的是另一个人,那这个故事又会有什么样的发展。

更让钟熠感到好笑的是,也许以容眠小猫咪的视角,捏捏脸、摸摸头,只是来自自己这位VIP客人的特殊爱好。

钟熠缓过了劲儿,又后知后觉地意识到,自己昨天人"麻"了,当时走得也匆忙,却好像忽略了容眠的感受。

钟熠想起当时容眠的眼睛好像有一些红,顿时又感到不妙。

他知道自己得马上做些什么。

他也睡不着了,干脆大清早就去了附近的进口超市,对着货架上的猫罐头发愣,筛选半天也不知道哪个最好。

挑个罐头愣是挑出了买礼物的感觉,最后钟熠干脆每款都拿了两盒。

他回到酒店,正站在门口"排练"一会儿要和容眠说些什么的时候,容眠刚好把门打开了。

可能是因为罐头买得真的很多,也有可能只是因为容眠很少会对钟熠说"不"。

总之,容眠愣了一会儿,就拎着塑料袋慢慢地后退了一步,让钟熠进了屋。

酒店房间不大,除了床,就没有什么可以坐的地方了,好在阳台有木质的观景桌椅。容眠走到阳台,把袋子放在桌子上。

钟熠跟着他走了过来,也坐了下来。

外面是海,天色还早,天空从粉橙色渐变成浅淡的蓝色,浪声清晰,好像万事万物的节奏都跟着放慢了下来。

晨光柔和地打在了容眠的侧脸上,钟熠就看着容眠慢吞吞地打开了塑料袋,盯着里面各色各样的罐头,眼睫轻轻地颤了一下。

钟熠感觉自己的心都跟着柔软了。

钟熠说:"吃吧。"

容眠抬起眼,沉默地盯着钟熠看了一会儿,突然问:"那你吃什么?"

钟熠愣住了。

容眠顿了一下,把塑料袋往钟熠那边推了一下,小声地说:"我不吃。"

钟熠傻了:"为什么?"

容眠别过脸,干巴巴地说:"不喜欢吃。"

容眠刚才看到了袋子里的几盒罐头,大部分都是他爱吃的口味。

他昨天晚上一直在难过,只吃了孔三豆给的那一块生日蛋糕,其实现在肚子是很饿的。

钟熠给他买了罐头,说明钟熠是想对他好的,他也感到高兴,但他还是不想当着钟熠的面吃。

因为容眠不想让钟熠觉得他有哪里和人类不一样,昨天钟熠明显被他尾巴惊到的表情,还是让容眠有些耿耿于怀。

他不想让自己在钟熠的眼里变得很奇怪，也不想让钟熠觉得他是个很特殊的存在，不想让钟熠这么麻烦、刻意地对他好。

钟熠愣了一下，也隐隐约约猜到了什么。

容眠低下头，半天没有说话，半晌，就听到塑料袋子窸窸窣窣的声音在自己的身旁响起，像是钟熠从塑料袋里掏出了什么。

"鲣鱼混鸡肉啊。"容眠听到身旁的钟熠慢悠悠地念着什么，又像是在自言自语，"鸡肉好啊，可以减脂增肌。你不吃，我先吃了。"

容眠的耳朵"咻"的一下子就竖了起来。

然后容眠又听到了一声很轻的声响，他睁大了眼睛，因为那是他最熟悉不过的，掀开罐头的声音。

容眠实在是没忍住，转头猛地看向了钟熠。

钟熠举着一盒开了封的罐头，喝饮料似的仰起脖子来了一口，表情很自然地咀嚼了一会儿，然后看向了容眠："这鱼肉肉质挺软的啊。"

容眠呆呆地说不出话。

半晌，容眠终于反应过来了，有些着急地对钟熠摆了摆手，说："你先不要吃这个。"

钟熠刚以为这人这是心软了，结果就看到容眠顿了顿，紧接着又补充了一句："这个口味不好吃，你换一盒，吞拿鱼才是最好吃的。"

钟熠："……"

钟熠的脸僵了一下，好在他反应很快，立刻狂飙演技，故作茫然地问："啊……我看这上面有的是英文，哪个是吞拿鱼的啊？"

容眠抿了抿嘴。

他把塑料袋重新拉到自己跟前，抱在怀里，然后把里面的罐头一盒一盒地掏出来，按照口味认认真真地排好了序。

"你可以看图片。"

容眠指给钟熠看，认真地说："吞拿鱼和金枪鱼是一种鱼，但是鲣鱼长得很丑，短短的，和吞拿鱼看起来就不一样。"

钟熠"哦"了一声，看起来听得很认真，容眠有些雀跃地抿了抿嘴。

"我最喜欢的是这个口味，这个是明虾混吞拿鱼的，有的也会混蟹肉，但另一个牌子的更好吃。不过云叔说那个里面有诱食剂，所以不会给我们买。"

容眠指着眼前的罐头，继续很细心地给钟熠挨个讲解："这个口味也很好吃，但是这个里面没有虾肉……"

容眠意识到自己好像一下子很突兀地说了太多，停顿了一下，看了钟熠一眼，又不说话了。

气氛似乎又冷了下来，钟熠赶紧又手疾眼快地挑了两盒吞拿鱼的罐头，给容眠面前放了一盒，自己手里也拿了一盒，然后掀开。

钟熠硬着头皮，仰起头，又吃了一口。

事实上，钟熠已经被腥得头皮发麻，他只能没嚼完就直接往下咽，不然完全咽不下去。

容眠好奇地侧过脸盯着他。

钟熠好像并不觉得吃罐头是一件很奇怪的事情，容眠慢慢地高兴起来。

"你等一下。"

于是容眠很认真地对钟熠说："有些场合会没有勺子，但是如果你又很想吃罐头的话，你可以这样做。"

钟熠就看着容眠钩住拉环，掀开了罐头，然后将盖子的金属片很熟练地对折，当作勺子，挖起罐头里的鱼肉，塞进了嘴巴里。

他转过脸，看向钟熠的神色喜悦，带着一点骄傲。

钟熠莫名看得有些出神，他在想，如果容眠的尾巴在的话，会不会也跟着主人此刻的心情，很高兴地轻轻晃一下？

钟熠回过了神。

他应了一声，也学着容眠的样子折叠，挖了一口，艰难咽下。

钟熠："好吃……"

容眠看着钟熠,没有说话,但是钟熠知道他应该是很高兴的。

两人好像意外地都变得腼腆起来。

钟熠顿了顿,问:"你的尾巴呢?"

容眠小声地说:"收回去了。"

钟熠停顿一下,又咳嗽了一声:"我记得,当时你在花园里,那时候的眼睛好像是……琥珀色的?"

容眠"嗯"了一声,解释道:"猫形的时候会更明显一些,只不过因为瞳孔的颜色是黑色的,所以人形的时候,眼睛整体看起来更像是棕黑色。"

钟熠"哦"了一声。

他其实还有很多话想问,比如"你是怎么学的演戏",又比如,"既然你的尾巴可以变出来,那你的耳朵是不是也可以变得毛茸茸的"……

可他又觉得自己好像话太多了,像是电视里的那种很缠人的极品角色,于是一时间又不知道该说些什么。

"咱海边的戏份不是拍完了嘛,但我还要多留在这里两天。"钟熠犹豫着开了口,"我有个杂志封面要拍,已经和刘园丰打好招呼了。你也可以留下,我收工之后可以带你去坐船,然后我们一起去捞那种活鱼吃。"

"很大的鱼。"钟熠补充道。

容眠顿时露出了很心动的表情。

但是他最后还是看着钟熠,摇了摇头,说:"我要先回去。"

现在的情况实在是太复杂,所以容眠还是决定回去找云叔聊一聊。

钟熠很明显地僵了一下。

"还有,之前说的包年VIP客人的价格,"容眠像是想起来了什么,说,"你可能误会了什么。猫咖的入场费是很便宜的,我说的是五百元钱,你不用给我那么多的。"

容眠顿了顿,又说:"我回去后,会立刻退给你的。"

钟熠哽住了。

当时钟熠以为自己是一位豪掷千金的慷慨"金主",根本就没想到竟然真的会是五百元钱。况且他平时谈事聊到钱的时候,也都习惯了把"万"字抹掉。

钟熠深吸了一口气,半天才消化过来这件无比荒谬的事。他又觉得容眠提这件事提得有些突然,顿时有了种不好的预感。

于是钟熠顿了顿,含混地说:"这事儿等我回去再说。"

容眠愣愣地抬眼看着他。

"家里的冰箱里还有香肠和培根没有吃完,我记得好像都快要过期了。"

钟熠又犹豫了一下,试探性地问道:"你回去之后……"

容眠很好骗,他想了想,蒙蒙地"哦"了一声,说:"那我可以回去先把它们都吃掉,再买一些新的。"

钟熠这才放下心来,至少他确定了,容眠还是会在自己家住着的。

容眠不知道钟熠此时此刻的想法,他又低下头吃了一小口罐头,同时还不忘记抬头偷偷地瞥了一眼身侧的钟熠。

这东西可比之前的生鱼片难下口得多,但容眠目光灼灼,钟熠只能硬着头皮继续吃了一口,面上装作享受佳肴,其实还是被腥得有些难熬。

钟熠只能偷偷发了条信息给徐柚柚,叫她买两瓶柠檬水放在他的房间里,准备一会儿漱口用。

他听到容眠突然问了一句:"你不害怕我吗?"

钟熠这边还没有反应过来,就听到容眠继续硬邦邦地开了口:"我会咬人的,牙齿也很锋利,我还有尾巴,春天的时候,我还会掉很多很多的毛。"

钟熠总算知道,前些天家里阿姨扫出来的那些黑色"柳絮"是什么东西了。

钟熠沉吟了一会儿，回答道："你这个问题真的很蠢。"

容眠已经预料到了这样的答案，但是听到钟熠亲口说出来，他难免还是会感到一些失落。

他捏着罐头盒的边缘，垂下了眼帘，很轻很轻地"嗯"了一声。

"首先，我觉得你并不会咬我。"钟熠看起来很纳闷地说，"沈妍前一阵子啃排骨的时候还把门牙啃了个缺口，所以牙口锋利点儿的话，也没有什么不好的吧？

"至于掉毛，我家里又不是没有吸尘器。"

容眠愣愣地抬起眼看着钟熠。

他轻轻地"嗯"了一声，然后就听见钟熠也同时说了一句："尾巴也挺可爱的。"

容眠一刹那甚至怀疑是自己没有听清，愣愣地问了一句："什么？"

"我说，你的尾巴很可爱。"于是钟熠耐心地重复了一遍，"因为你昨天用手挡住了，所以我看得不是很清楚，但是我记得是挺蓬松的那种感觉，毛看起来也很软，尾巴尖好像……带一点白色吧？"

钟熠说："总之毛茸茸的，很漂亮。"

容眠倏地睁大了眼睛，而钟熠平静地对上了他的视线。

"反正我觉得很可爱。"钟熠说。

YINGYANE GUO LIANG

上头　　　　　第6章

YINGYANE GUO LIANG

容眠和孔三豆在飞机上的小电视上看了一会儿《猫和老鼠》。

"奇怪。"孔三豆说,"非常奇怪。

"明明都已经是动物的形态了,为什么他们还要继续用两条腿走呢?"

孔三豆指着屏幕上正在用双腿飞速跑路的汤姆猫,很疑惑地问:"他们这样不会累吗?"

容眠没有说话,但是点了点头,表示同意。

容眠每次坐飞机起飞的时候都会耳鸣,这次他照着上次钟熠说的那样,在起飞之后找空乘要了一大杯水。一口气全喝下去之后,果然缓解了很多。

然后容眠和孔三豆又看了一会儿《猫和老鼠》。

孔三豆继续义愤填膺地吐槽了很久很久,再后来,容眠就坐在她的身侧睡着了,等到他醒来的时候,飞机已经落地了。

下了飞机,容眠原本是要和孔三豆一起回猫咖住一晚上的。

但是想起钟熠说家里的香肠和培根快要过期了,容眠很担心,于是他和孔三豆说了一下,还是先回了钟熠家。

到家的时候已经是凌晨了,但是容眠还是先把钟熠给他买的那一袋子罐头从行李箱里掏出来,按照口味分类,仔仔细细地在餐桌上码好。

随即,容眠打开了冰箱,在上层找到了钟熠说的那几袋香肠和培根。

然而容眠检查了一下生产日期,发现所有的香肠和培根都还有两三个月的时间才会过期。

容眠没有多想,只以为是钟熠记错了。

他回到卧室里又睡了一会儿。

醒来的时候,容眠对着厕所的镜子发了一会儿呆,想了想,又把自己的尾巴变了出来,发现顶部的一小撮毛有一些爹开。

于是容眠用小梳子蘸了一些水,把尾巴上的毛仔细理顺了一下,又对着镜子照了一会儿,然后才将尾巴收了回去。

容眠不知道钟熠什么时候回来,他很想见钟熠。

在卧室里看了一会儿剧本,容眠感觉有一些饿,犹豫到底是煎一些香肠和培根,还是去开一盒罐头吃。

后来想了想,他觉得香肠还是留给钟熠,让钟熠给自己煎会更好吃一些。于是他下楼,吃掉了一盒罐头。

容眠读剧本理解的时间会久一点儿,他需要比普通人做更久的功课。

读累了的时候,他休闲娱乐的方式也很简单,先是玩一会儿抱枕上的穗儿,玩腻了之后,又打开手机,玩了一会儿《时尚美甲店》。

然后容眠发现自己卡关了。

容眠发信息向孔三豆求助,孔三豆也很快地回复了他,说这一关一定要把广告看了才能获得那个特殊颜色的指甲油,不然会永久卡关。

于是容眠很生气地退出了游戏。

容眠感觉自己又有一些想见钟熠了。

每当容眠感到自己开始想见钟熠的时候,就会直接跑下楼,开一盒钟熠给他买的罐头,吃得肚子饱饱后再上楼继续读剧本。

晚上八点的时候容眠又吃掉了一盒味道不是很好的鲣鱼罐头,然后发现厨房的垃圾桶里已经堆了七八个空掉的罐头盒。

钟熠已经两天没有和他见面了。

虽然钟熠对他还是很好,给他买了很多罐头,那天又亲口夸他的尾巴好看,但是容眠总感觉好像有哪里不一样了。

钟熠的状态变得很奇怪,一副明明想和他亲近,却又迟疑着不敢去做的样子。

容眠觉得自己需要和云敏聊一聊。

剧组放了两天状态调整假,正巧猫咖也准备推出第一款堂食茶点,事关重大,云敏决定开一次严肃的圆桌会议。

容眠便在第二天回到了猫咖。

因为点心要堂食的话只能装在盘子里,不像饮料可以装在密封性好一点的塑料杯中,猫毛很有可能会造成麻烦,所以云敏一直都没有在菜单里加上甜点这一选项。

但是不少客人提出了相关的建议,云敏也是最近才下定决心将甜点加入菜单,就当作一次试水。

云敏筛选了很久,最后决定在一款顶部用咖啡粉撒成猫咪形状的慕斯蛋糕,以及一款猫爪形状的芝士蛋糕之间进行二选一。

为了不冷落孔三豆,云敏把这款甜点的命名权交给了她,孔三豆非常高兴。

然后就到了投票环节。

"芝士口味好像并不是所有人都可以接受,所以我投咖啡慕斯。"

郭五葵想了想,又很萎靡地说:"其实好像怎么样都无所谓,反正盘子肯定还是我端。"

容眠说:"可是我闻到咖啡粉会想打喷嚏。"

孔三豆在一旁很心急地提议道:"咱们为什么不卖烤红薯啊?明明烤红薯也很好吃,我要投给烤红薯!"

在最后的投票环节中,芝士蛋糕以三票的微弱优势胜过了咖啡慕斯,孔三豆的那一票视为弃权,会议圆满结束。

孔三豆很生气，决定把这款芝士蛋糕命名为"烤红薯"，郭氏兄弟只能很头痛地给她做心理工作。

孔三豆的脾气来得快，去得也快，不一会儿她就又乐颠颠地和大家分享自己在机场买的特产鱿鱼丝。鱿鱼丝很有嚼劲，很鲜很香，获得了大家的一致好评。

"是不是快六点了？我赶紧藏好吧，那个男大学生估计快来了。"

郭五葵往嘴巴里又塞了一大坨鱿鱼丝，含含混混地说："他昨天一进门就抱着我一个劲儿地亲，我呼吸不了，我害怕极了。"

孔三豆又把那包鱿鱼丝递给了容眠，容眠抽出了两根，然后将它们一点一点地撕成更细的丝，方便咀嚼。

郭四瓜泼郭五葵冷水："明明是你前一阵太想冲业绩，殷勤献过头了，又是蹭又是舔人家的。马屁拍过头了吧，人家现在不亲你亲谁？"

容眠手中的动作停顿了一下。

半晌，他突然抬起头，看着郭五葵，若有所思地眨了一下眼。

钟熠以为自己熬到头了，没想到杂志封面也是在海滩取景，于是他又木然地吹了一整天的海风。

摄影师叫任蕾，是钟熠的老朋友。

任蕾家里养了三条大型犬，吃饭用的盆都是名牌。她自己有工作去外地的时候，还会特地雇用专业人士上门给狗子喂饭、遛狗。

她的朋友圈里经常会发狗子的三餐，有水果，有蔬菜，有动物肝脏，还有各种奇奇怪怪的粉，狗子吃得比人都好。

任蕾每次和钟熠见面的时候，都喜欢拉着他给他看家里狗子的照片，这次钟熠也没逃过一劫。

不知道是不是前一阵子那些事的后遗症，钟熠看着照片里三条咧着嘴傻笑的狗子，总觉得它们下一秒就会原地起立变成三个大汉。

"狗子是我人生中不可分割的一部分。"

任蕾收回了手机，叹息着说："有了它们之后，我的心也跟着被净化了，每天工作再苦再累，回家后摸摸这三个脑袋瓜儿，吸吸耳朵，我就感觉自己还能多活几百年。"

钟熠听乐了，说："不至于吧？"

"算了，和你说你也不懂，"任蕾说，"你又没养过小动物。"

于是什么都不懂的钟老师又有些心不在焉。

他那天吃了三口猫罐头，一整天都有点反胃，好在让容眠彻底消除了那点自卑敏感的小情绪。

那天容眠没选择陪自己留下，钟熠这两天一直有点提心吊胆。

他说不上来两人现在的关系究竟算什么，也不知道要怎么开口和容眠聊这件事。但不聊的话，现在两人之间其实是一种僵持的状态。

拍摄收工后，钟熠一早就飞了回去。他是下午到的家，打开家门，发现玄关的灯是开着的那一刻，他松了口气。

然而钟熠喊了一声容眠的名字，却并没有立刻得到回应。

钟熠停顿了一下。

他转过身，准备立刻换鞋上楼看看的时候，却不经意间瞥到了客厅的一角，然后整个人突然僵在了原地。

钟熠看到了那只曾经在花园里出现的黑猫。其实应该说是……猫咪形态的容眠。

只不过这次它没有站在厨房的阳台上，而是睡在了客厅窗台绿植旁的一小片温暖的阳光里。

它窝成了小小的、毛茸茸的一团，四肢都蜷缩着藏在身下，只露出一对尖尖的耳朵。耳朵很薄很软，在阳光下看起来，是一种近乎透明的质感。

那条蓬松的尾巴则盘在了身侧。随着呼吸的起伏，尾巴尖的那一点白色也会跟着轻轻地颤那么一小下。

钟熠感觉自己的心尖儿也跟着抖了一下。

小黑猫很警惕，有一点动静就微微睁开了眼，看到是钟熠，它便慢吞吞地站起了身，歪着头看着他。

然后它很轻地对着钟熠"喵"了一声。

一模一样。钟熠深吸了一口气，尤其是这个歪着脑袋、安安静静地打量人的姿态，和容眠简直是……一模一样。

钟熠感觉自己的手有些发抖，他轻轻地喊了一下容眠的名字。

钟熠："你、你怎么……"

小黑猫没有办法用人类的语言回答钟熠，于是它"喵"了一声，敏捷地跳到了沙发上，然后仰起脸，嗅了嗅钟熠的指尖。

钟熠还没反应过来，就看着它低下了头，用自己的脑袋很温顺地蹭了蹭钟熠的手心。

它的毛发很软，可能是被太阳晒过的缘故，体温要比钟熠手的温度高一些，钟熠感到自己的手心有一些瘙痒。那是一种很特别的触感。

小黑猫仰起脸，恬静地盯着钟熠。

它的圆眼是透亮干净的琥珀色的。明明没有说话，但是钟熠总感觉，它好像是在等待自己来主动摸一摸它。

钟熠变得有些手忙脚乱起来。

之前以为这猫是只普通的流浪猫，钟熠可以说是无畏无惧，直接单手抓住它的后脖颈，然后对着屁股蛋儿津津有味地看上好半天。

然而现在不一样了——钟熠光是看着这小东西，呼吸都不由自主地跟着放轻了，碰也不敢主动碰，摸一下都怕给摸化了。

小黑猫也好像看出了钟熠的窘迫。

它似乎是犹豫了一下，半晌，继续走近了一些，靠近了钟熠悬在半空中的那只手。

——然后钟熠眼睁睁地看着它低下头，伸出舌头，亲昵而温柔地舔了一下自己的指尖。

猫科动物的舌头上长着细小的倒刺。

小黑猫并不知道钟熠在想什么，它只是讨好似的低下了头，又舔了舔钟熠的手心。

半晌，它似乎是有些期待地仰起了脸，看着钟熠，就像是在等待他来做些什么一样。

钟熠没明白过来，只能迟疑着伸出手，又摸了摸它的头。

见钟熠始终没有明白自己的意思，黑猫歪着头盯着钟熠看了一会儿，半晌，只能低了下头，有些失落地、小声地"喵"了一声。

然后钟熠就看着它尾巴抖了一下，它跳下了沙发，向楼上跑去。

钟熠好像有些明白过来，为什么容眠做事说话一向如此大胆了。

之前那些看似"茶言茶语"、狂打直球的行为，可能是因为小动物的本性天真，处事没有人类那样圆滑得体罢了。

比如，容眠第一次在厕所对着自己准备脱裤子"才艺展示"，再到后面兴高采烈地提议一起睡觉，最后到今天的舔手指。他只是做了小动物为了表达友好而经常会做的事情。

钟熠吐出一口气，低下头，捻了一下自己的指尖。

五分钟后，容眠慢吞吞地走下了楼。

他换上了宽大的睡衣，头发有一些凌乱，就这么站在楼梯口，远远地盯着钟熠，却没有说话。

半晌，容眠才对钟熠说："香肠和培根没有过期，你记错了，所以我这两天并没有吃。"

钟熠当然知道它们没过期，因为这本来就是他当时为了试探容眠是否会继续在家里住，而随口扯的一个谎罢了。

钟熠停顿了一下，说："那今晚多煎一点给你吃。"

容眠看着他，很轻地"嗯"了一声。

于是他们俩在厨房里忙碌起来。

容眠发现钟熠煎的香肠之所以会比自己煎得好吃，是因为钟熠会用刀先在香肠上划一些平行的小切口,然后再下锅去煎。

容眠问他为什么要这么做,他说这样煎得会更焦、更入味,而且看起来也会更有食欲。

容眠觉得钟熠真的很厉害。

虽然容眠每次在厨房里帮倒忙的可能性更大一些,但是钟熠知道这人肯定是不愿意闲着的,于是便给他分配了制作柠檬水的任务。

容眠认真地挑选了一颗香气浓郁的柠檬,花费十五分钟将它切成了厚度均匀的圆片,然后用热水沏,柠檬片便在杯中翻滚起来。

容眠嗅了嗅自己沾满柠檬汁水的手指,皱起了脸,然后洗了很久的手。

晚饭在寂静中开始了。

容眠低下头,拿起筷子,闷声不吭地疯狂吞下小香肠,几乎是一口一个。钟熠看得出来,这人这两天确实是馋疯了。

钟熠这回确实不会拦着容眠吃肉了,但是他总觉得照这个进食速度继续下去,这人被噎住的风险有点大。

于是钟熠开了个话题,问容眠这两天都干了些什么,间接地让这人吃饭的速度放慢那么一点儿。

容眠咽下食物,放下了筷子,认真地想了一会儿。

"我回了一趟猫咖,帮云叔选择了上新的甜点,有慕斯和芝士蛋糕。"

容眠顿了顿,又观察着钟熠的脸色,小声地补充了一句:"我没有接客,只是回去待了一天。"

"接客"这两个字让钟熠下意识地心脏一抽。半晌,他反应过来,顿时又感到哭笑不得,只是说:"慕斯听着很好吃。"

容眠点头:"我还看了很久的剧本,玩了一会儿游戏。

"我把我所有的关卡都通关到了三颗星。"

容眠拿出手机,把游戏界面打开,很骄傲地给钟熠展示起来:"但是要看很久的广告,而且不可以跳过。"

容眠又说了很多,把自己生活中发生的细小事情都和钟熠一点一点地分享,包括他在花园里看到的蒲公英,以及他发现浴室瓷砖上雕着的那些莲花花纹。

钟熠听着,嘴角也忍不住跟着向上跑。

说累了,容眠重新低下头,慢吞吞地夹起小香肠往嘴巴里塞。

钟熠是真的有些纳闷,他心想,这超市冷柜里卖的最普通不过的香肠,味道真就那么好吗?

于是他犹豫了一下,没忍住,拿起筷子夹了一个尝尝,又觉得味道也就那样,油可能还有点放多了。

与此同时,第二轮进食结束的容眠抬起了眼,看着钟熠,很认真地说:"钟熠,你已经三天没有理我了。"

钟熠刚准备把香肠咽下去,一口气顿时哽在喉咙里不上不下。他停顿三秒,然后剧烈地呛咳起来。

要命了。钟熠有些恍惚地想,真是要命了。

是世界上所有的小猫咪都是这种直言不讳的脾性,还是现在坐自己面前的这一只……要更特别一些?

钟熠只能先喝了一口柠檬水,把喉咙里呛着的东西先顺下去,半晌才说:"我这不是前两天都在外地嘛。"

容眠"哦"了一声。

容眠停顿了一下,也学着钟熠的样子,埋头喝了一会儿杯子里的柠檬水。

然后钟熠就看着这人皱了一下脸,盯着沾在杯壁上的柠檬片愣了一会儿,突然抬起头对他说:"那你可以现在补上。"

钟熠一时间没来得及反应,容眠就放下了手里的杯子,垂下眼帘,看起来有一些难过。

他小声地问:"钟熠,你为什么不愿意?"

钟熠半天说不出一句完整的话。

钟熠这两天也想了很久,他的原计划是回来之后先酝酿个两天,找个氛围好一点的时机再提这茬。

但容眠是个藏不住心事的性子,钟熠意识到,今天应该是非要把这件事聊清楚不可了。

"我……不是不愿意。"钟熠说。

钟熠叹息着说:"我当然想,可是我不清楚……我现在还能不能再这么做,因为我不知道……我现在是不是在单方面地打扰你。"

容眠茫然地看着钟熠的脸。

钟熠则是有些艰难地停顿了一下。

"首先,这不是你的问题。"钟熠斟酌着自己措辞,他先是对容眠又一次重复道,"你很好,哪里都很好,不论是人形……还是猫形的时候,都很可爱,也很好看。

"但是容眠,你是猫咪,而我是个活了三十年的人。"

钟熠说:"我知道你很聪明,但是我们对于事物和情感的理解,可能还是存在着一些差异。"

"我什么都可以理解的。"容眠看着钟熠,硬邦邦地说,"我只是理解剧本花费的时间要比你们久一点儿,但是这并不能代表我不懂。"

钟熠知道自己倔不过他。

于是他干脆放下杯子,直接问道:"那你说说,在你的眼里,我和你猫咖里面的那些客人,有什么区别?"

容眠看着钟熠,说:"有很大的区别。

"在猫咖里的时候,有的客人身上会有香水味儿,我不喜欢,但是有的客人会温柔一些,还会给我好吃的猫条。"

容眠笨拙地说了很多很多:"但是在我的心里,你比他们都要好,我只想和你待在一起,和你待在一起我会更开心。"

钟熠停顿了一下,"嗯"了一声。

他又问:"那么在你眼里,抚摸是什么概念?"

容眠很明显地愣了一下。

他看着钟熠，表情变得有些犹豫，声音也小了一些："就是……如果客人喜欢一只小猫咪的话，他们就会伸出手去摸它。"

"所以你肯定是喜欢我的。"容眠笃定地说。

半晌他又补充道："因为我也很喜欢你，所以你摸我的话，我就会感到很开心。"

钟熠只是很平静地点了一下头。

他又问："那你分辨得出来，那些给你好吃的猫条的客人和我对你的喜欢，有什么区别吗？"

容眠感觉今天的钟熠真的很奇怪。

他突然问了很多晦涩难懂的问题，然而容眠的脑子一时间根本就转不过来。

容眠今天下午玩《时尚美甲店》的时候，为了选一个合适的水钻款式都用了很久，他根本回答不上来这么难的问题。

"有区别的……"

但是容眠一时间却又说不出来具体有什么区别，于是他茫然地抬起眼看着钟熠，讷讷地说："你、你说过你很喜欢我的尾巴，但是我不知道……"

钟熠微不可察地叹了口气。

"第一种喜欢，就是客人对小动物的喜欢。"

钟熠很耐心地说："对于这些客人而言，换了任何一家猫咖里的小动物，只要它们长得足够毛茸茸，足够可爱，足够听话，他们都可以给出无数类似这样的喜欢和亲吻。

"可是我之所以之前会对你好，并不是因为我把自己当作了你的客人，也并不是因为你有一条多么漂亮的尾巴。"

钟熠深吸了口气："而是因为在我的眼里，你同时也是一个独立的人，你有你自己的性格和灵魂，而这些，才恰恰是我会对你好的原因。"

话都已经说到这地步了,钟熠感觉自己一下子轻松了很多,而那些藏在自己心底深处的想法,他也终于不会再避讳着说出口了。

"所以哪怕现在换了一只长了九条好看的尾巴的猫站在我的面前,我都不会对它有这样的感觉。"

钟熠说:"我也不可能刚下飞机到了家,就冒着让我这件衬衣沾上油点子的风险,来给它亲手煎这一碟速冻香肠。"

容眠呆呆地看着他,而钟熠只是看着容眠,很轻松地笑了一下。

他又问容眠:"那你知道在人类之间,这还可以意味着什么吗?"

"意味着我对你,不是小猫小狗和人类之间的那种玩玩闹闹的感情,而是我真真切切地,想和你一直互相支持。"

钟熠看着容眠的眼睛,问他:"你能明白吗?"

容眠茫然了一会儿,然后他开始感到高兴。

因为这是容眠第一次听到钟熠亲口对自己说,他也在乎自己,而这句话对容眠而言,就已经足够了。

至于钟熠后面说的那一大堆的话,容眠感觉自己好像懂了,又感觉自己好像没懂。

虽然他并不明白钟熠为什么看起来这么严肃,但容眠感觉自己也可以隐约理解钟熠话里的意思。

以容眠的视角,如果未来自己有了伴,可以一起给彼此舔毛,一起觅食,在冬天的时候缩在一起睡觉。

只不过容眠在流浪的时候,连自己的温饱都顾不上,后来变成人形之后,每天就是和孔三豆窝在一起看清宫剧。

再后来他开始学习演戏,然后试着接第一部戏,社交圈一点点缓慢地扩大,他的生活也变得充实起来。

容眠一直以为自己是很独立的,是不需要任何陪伴的,直到他遇见了钟熠。

钟熠是一个很出色的人类,他有着优越的外貌和身材,而且他很有能力,演戏很好,做饭好吃,对容眠也很温柔。

只要是钟熠,容眠就没有任何理由说出拒绝的话。

容眠想要一直陪着钟熠。

容眠这边已经开始设想他和钟熠的未来了,他想得沉迷而投入,所以低着头,一直没有说话。

然而钟熠以为容眠这是在犹豫。

钟熠深吸了一口气,也意识到自己刚才的那些话可能太直接了。

但钟熠知道,他只有把这些话说到最清楚、最明了的地步,容眠才能明白现在摆在两人面前的问题所在。

从容眠的角度来看,自己刚才说的那段话可能确实有些令人费解,钟熠也愿意给他时间消化。

于是钟熠沉默少时,对容眠说:"你先自己好好想一想,不用着急。

"等你想明白了,再来和我聊吧。"

容眠盯着钟熠的脸看了一会儿。

半晌,容眠很轻很轻地"嗯"了一声,低下头想了一会儿,然后抬眼看着钟熠,小声地说:"我知道了。"

容眠知道自己要做什么了。

下周猫咖就要第一次进行甜点上新了,云敏准备了一个很隆重的试吃会,收集大家对于新品咖啡慕斯口味上的意见。

除了是猫咖的拥有者,云敏也是他们共同的经纪人。

于是在试吃会结束之后,云敏宣布了所有人下个月的行程安排,然后根据每个人的想法再去进行调整。

云敏当年流浪的时候落下过病根,所以直到现在都需要吃药调理。但是除了猫咖老板这一身份,他对经纪人这一职务也很上心,方方面面做到了极致负责。

郭五葵和郭四瓜因为年龄还小,所以目前专职在店里扫地端水,其他的猫咪会在平时兼职模特。容眠则是店里出来的第一只演员猫。

云敏很疼容眠,容眠当时学习演戏,云敏给他找了很好的老师,又通过自己的人脉,尽力帮他挑到了好的资源。

容眠的第一部网剧上线的时候,店里的小电视机两个月都被云敏强制循环播放这一部剧,这导致每天在大厅扫地的郭氏兄弟都能把台词倒着背下。

于是每当容眠遇到了大事或者紧急的事情时,他都会选择和云敏先聊一聊。

今天也是一样,容眠在帮云敏洗甜点碟的时候,先是聊到了洗碗机,然后话题又落到了钟熠身上。

"云叔。"容眠抿了抿嘴,对云敏说,"其实我很喜欢和钟熠相处。"

云敏并不惊讶,只是微笑:"他确实是一个很有魅力的人类。"

容眠"嗯"了一声,又说:"钟熠说,他也很喜欢。"

云敏笑眯眯地点了点头:"那很好啊。"

容眠点了点头,继续说道:"而且钟熠还说,他对我好,不仅仅是因为我有尾巴,还因为我的灵魂和性格。"

云敏突然不说话了。

"我也很喜欢钟熠的灵魂和性格,所以我想让他明白我的想法。"容眠很高兴地放下了手里的盘子,说,"你一定要帮帮我,云叔。"

网剧的拍摄即将收尾,钟熠的戏也即将杀青,因此他这两天格外忙碌。

拍摄忙碌是一回事,钟熠这两天心里面,也一直都有点不是滋味。因为自从那天的对话过后,容眠就再也没有主动和钟熠聊过。

钟熠那天确实说了会给容眠思考的时间,所以他也不能上赶着去催,只能等容眠想明白了,然后再主动来找他聊。

但是等待真的很煎熬。

他们还是像之前一样相处，拍戏，讲剧本，在片场吃午饭，然后一起回家做晚饭，看鉴宝节目，然后对彼此说"晚安"。

和之前一模一样的相处模式。但钟熠知道，绝对有哪里变得不一样了。

钟熠这两天心里烦闷，只能用手机来分散自己的注意力，趁着每天在片场休息的时候，钟熠在网上偷偷地查看养猫攻略。

一天，看了会儿别人家的"主子"，放下手机之后，钟熠跟着愣一会儿神。

然后他就不由自主地打开购物软件，浏览各种样式的逗猫棒、猫薄荷、猫抓板，最后犹豫了一下，甚至把一个几千块钱的电动猫厕所加进了购物车。

加完购物车之后钟熠才想起来，容眠这种情况好像并不是很需要猫砂、猫厕所这种东西，但看图片，又觉得实在是可爱，于是他一同下了单。

钱花完了之后就是无尽的空虚。

于是钟熠又忍不住想再看看那些小猫撒娇、小猫打滚的视频。可是，理智又在心里一直劝说他千万别看，毕竟某只小黑猫未必以后就会是他的。

钟熠心里又开始拧巴，拧巴完又开始感到酸涩。

但是钟熠心里也清楚，现在的这一步无论如何都是要走的。

然而更糟糕的是，钟熠感觉容眠好像开始躲自己了。

某天收工之后，容眠说猫咖里有事情，并在承诺自己不会接客之后和孔三豆一起离开，一连三天，他都没有在晚上十点之前回来。

于是钟熠这几天也没了做饭的心思，每天晚上都点了外卖凑合。

打开冰箱放剩菜的时候看见放在上层的香肠、培根，钟熠就会感到心里堵得要命。

容眠到家的时候，看起来似乎真的很疲惫，然而神色里的疲惫又好像隐约带了一些说不清道不明的兴奋。钟熠想不明白究竟是怎么一回事。

第六天的时候，容眠又说晚上要回猫咖去帮忙，会晚一些回家，钟熠心中再郁结，也只能沉默后答应。

钟熠当晚又恰好有一场夜戏，到家的时候已经夜里十一点半了。

他站在门口，估摸着容眠今天应该比自己早到家，于是深吸了一口气，决定今天无论如何都要和这人好好地聊一聊。

钟熠打开了门，却发现客厅亮着灯，而容眠本人正窝在沙发上，合着眼睛，看样子是已经睡着了。

然而他身上穿着的不是平时那件松松垮垮的宽大睡衣，而是一套看起来有些正规的白色西装。

钟熠迟疑了一下，喊了一声他的名字。

穿着西装的男孩儿蜷缩在沙发里，幅度很小地动了一下，然后有些恹恹地睁开了眼。

愣了一小会儿之后，在看到站在自己面前的钟熠时，容眠的表情又在瞬间变得惊喜起来。

容眠对钟熠说："你回来了。"

钟熠"嗯"了一声。

钟熠说："我有话想和你……"

"钟熠。"容眠说，"我有话想和你说。"

容眠的脸颊有一些红，眼睛很亮。

为了这个晚上，容眠做了很多准备。

他洗了澡，特地用了托云叔买的甜橙味儿的香波，就为了让自己的味道和钟熠身上的柑橘气味接近，从而提高成功率。

他换上了只有试戏时才会穿上的西装，然后对着镜子，把头发仔细地梳好。

容眠想了想，又怕有一些不受自己控制的特殊情况发生，把尾巴变了出来，并把尾巴上的毛也认真地梳洗了一下。

容眠昨晚兴奋得没有睡着，钟熠今晚又迟迟没有回家，加上拍了一天的戏，容眠感到疲惫，便在等待的时候靠在沙发上睡着了。

但是计划好的流程和要说的话，容眠已经烂熟于心，所以此时他充满了信心。

容眠对钟熠说："你坐下。"

钟熠迟疑了那么一下，然而容眠的表情很坚定，于是钟熠停顿少时，还是缓慢地坐在了容眠身侧。

"你那天说，等我想明白了就可以找你聊。"容眠说，"我感觉我现在已经想明白了。"

钟熠一愣，半晌"嗯"了一声。

"我喜欢给我猫条吃的客人，也喜欢给我煎香肠的你。"

容眠很认真地说："但是我想了很久，我对你们的感觉，是不一样的。

"我很讨厌吃蔬菜，所以在认识你之前，三豆一直都很担心我以后会得奇怪的病，她说我这样会营养不良。

"可是自从遇到你之后，我可能反而有一些营养过良，因为只要是你做的东西，哪怕是加了胡萝卜末的馄饨，我也愿意全部吃掉。

"所以我想，我之所以会对那些客人有好感，是因为他们会给我猫条吃。"

容眠看着钟熠："但是我对你的感觉，是那种就算你以后不再做香肠培根和馄饨给我吃，也依旧不会变的。"

容眠又很认真地喊了一次他的名字。

"钟熠。"容眠说，"我没有刚出生时候的记忆了，但是云叔说，我的预估年龄换算成人类的年龄，应该是22岁左右。

"只不过我们在可以化形之后，寿命和衰老的速度就会变得跟人类一样。

"所以如果你愿意的话,我是可以陪你很久很久的。

"我很爱干净,人形的时候每天都会洗澡,猫形的时候也会把毛都梳理得很好。"

容眠想了想,又很认真地说:"我猫形的体重有七斤,虽然不是很强壮,但是我打架很厉害,我可以挠秃比我壮好几斤的公猫。

"所以我可以保护好你。

"我会抓鸟和鱼,还有飞虫和蝴蝶。"

容眠耐心地继续补充道:"虽然我赚的钱没有你多,但是我已经攒下一些了,如果有一天你不想拍戏了,我就把我一半的存款给云叔,剩下的全都给你,咱们可以一起去海边住。

"我已经会煎香肠、培根、鸡蛋,还会煮西蓝花了。馄饨我还不会包,但是我可以学。"

容眠说:"我还可以天天抓鱼给你吃,不会让你饿肚子的。"

然后钟熠就看到容眠呆滞了一瞬,那明显是一副突然忘词的神情。

"为了拍这部戏,我还特地去学了人类的化学和数学知识。"

容眠绞尽脑汁:"虽然化学对我而言有一些难,但是我会背元素周期表的前三行,还知道一些简单的化学反应式……"

容眠就这样笨拙地、一个一个地列举起自己身上的长处,像是孔雀开屏,对着钟熠炫耀自己身上每一根"漂亮的羽毛"。

钟熠一时间完全反应不过来他在干什么。

然后容眠又说:"云叔说,人类在一些比较重要的场合里,都很喜欢用鲜花来表示自己的心意。

"可是我不知道为什么,一闻到鲜花的气味,鼻子就会很痒,会一直打喷嚏。

"所以我想送你一些别的东西。"

没有鲜花可以送的容眠从口袋里掏出了一个环状的东西,他小心地捧在手心里,然后抬起了眼,安静地盯着钟熠的脸。

是项圈。

钟熠认得出这个铃铛项圈,就是在自己毕生难忘的三十岁生日那天,容眠坐在酒店的床上,戴在脖子上的那个项圈。

容眠当时想让钟熠来当自己的主人。

钟熠从来都是以平等的姿态来对待他的。

钟熠从来都不会要求或者命令他,会耐心地询问他的意见。钟熠温柔而别扭,却自始至终都在尊重并关怀他。

容眠觉得他和钟熠之间的关系,是对等的,羁绊更深的,而且更加亲密的。

"钟熠,"容眠说,"虽然在你生日的那天,我已经问过你一次类似的问题,但是我现在想再问你一遍。

"就算今天的这次也失败了,以后我也会继续问你很多很多遍。"

他低下头,看向了自己手里的项圈。

而这一次,容眠终于有勇气抬起了手,把项圈捧到了钟熠的面前。

他问:"钟熠,你愿意让我一直陪着你吗?"

容眠觉得五月是一个会令人感到幸福的月份。

首先他的掉毛情况不会再像刚入春的时候那么严重了,而且他找到了一处很舒适的睡觉的地方——在客厅窗台旁的一盆长势很好的绿萝旁边。

那里的阳光很好,可以将毛晒得蓬松而漂亮。

其次,猫咖上新的咖啡慕斯很受客人的欢迎,听说郭氏兄弟的工作量骤然增大。

最最重要的是,在这个好像格外温暖的春天,容眠收获了他人生中的第一个人类铲屎官。

"杀青快乐。"

容眠戏份杀青的当天，钟熠问他："晚上想吃什么？"

容眠怀抱着剧组工作人员刚刚送上来的花，想了想，回答道："想吃水煮鱼。"

钟熠"嗯"了一声。容眠有些受不了怀里鲜花的气味，皱着脸，别过头，打了几个连环喷嚏。

容眠想了想，还是小心翼翼地把花放在化妆间的一个角落里，然后又坐在了房间的另一个角落里。

"订了晚上八点半配送，会准时送到家。"

就在容眠落座的那一刻，他听到钟熠说："如果那时候我还没到家的话，你就自己先吃，能吃多少就吃多少，不用想着给我留。"

容眠愣了一下，点了点头。

他盯着钟熠的侧脸，感觉自己真的有了一个优秀的、很好看的，而且可以带自己吃很多好吃东西的人类铲屎官。

钟熠的戏还有两三天杀青，他晚上还有戏要拍，容眠则需要回猫咖一趟，所以他们应该要分别几个小时后才可以见面。

于是容眠突然说："钟熠，我现在已经是你的猫了，你可以摸摸我的。"

钟熠："……"

容眠很认真地解释道："我要离开你两个小时，所以我们需要在彼此的身上留下属于自己的气味。"

钟熠说："行。"

五分钟后，容眠站起身，高兴地对钟熠说："我先去卸妆了。"

钟熠顿了一下，点了点头。

目送容眠离开，钟熠这才有些缓慢地后退半步，深深地吸了一口气。

——哪怕已经知道了容眠这种直话直说的性子可能更多是源自他小动物的天性，但每当这人目光澄澈地看着自己，对自己说"你可以摸摸我吗"的时候，钟熠还是会被他在无意间"萌"得心脏狂跳。

这两天钟熠整个人陷入了一种类似于飘着的、没有实感的状态。

容眠那天大胆的剖白，给钟熠带来的震撼和冲击，可以说是一千级的。

那天钟熠直到半夜还在床上辗转难眠，第二天早晨起床以后，他看到床头柜上放着的铃铛项圈，才后知后觉地意识到——

他有猫了。

而且就在前天，钟熠在网上一时心血来潮买的那些猫咪用品送到了。

其中也包括那个巨大的电动猫厕所。钟熠盯着客厅里山一样高的快递，突然意识到此刻的场面似乎有些微妙的尴尬。

因为那些小玩意儿，钟熠当时看着觉得很可爱，想着这些东西用在容眠身上一定会加倍可爱。

可是钟熠抬起头，发现坐在自己对面的男孩儿正很好奇地盯着那些箱子看，他的心底又突然涌上了一股子说不清道不明的罪恶感。

于是在容眠殷切的注视下，钟熠沉吟片刻，扯了个谎，说是一些品牌方寄来的衣服。

好在箱子上大多都是英文，容眠也并没有多想。

钟熠晚上到家的时候，水煮鱼的外卖刚好送到。

容眠正在拆外卖的外包装，看到钟熠回家，他很高兴地告诉钟熠，因为菜点得很多，商家多送给了他们两瓶冰红茶。

水煮鱼对容眠而言有一些辣，但是他又被鲜嫩的鱼肉馋得不行，于是一边辣得哈气，一边不停地夹起鱼肉。

钟熠看着想笑。

容眠喝完了杯子里的最后一口冰红茶，抬起了头，叫他的名字："钟熠。"

每次容眠以这种郑重其事的语气喊钟熠的名字，钟熠就知道，他一定会马上说一些惊人的话。

于是钟熠这回学聪明了，赶紧放下筷子，提前把嘴里的东西咽下，确保喉咙在未来的十秒钟内不会有任何食物通过。

然后钟熠抬起头，冷静地开口："你说。"

果不其然，容眠直勾勾地盯着钟熠的脸，突然来了一句："今天晚上，我们可以一起睡觉吗？"

钟熠："……"

"我很听话的。"

容眠垂下了眼帘，小声地说："而且我不会占你很大的地方，我可以变回猫形。"

钟熠还没来得及说话，容眠又兴致勃勃地提出了第二种解决方案："而且前天家里不是送来很多快递吗？"

钟熠微不可察地僵了一下。

"或者你可以把那些快递箱子空出来一个，这么大的就可以。"

容眠比画了一下，又补充道："你可以把箱子放在你的床边，铺一个小抱枕就好，我也很喜欢睡在纸箱子里面。"

钟熠沉默着没有说话。

容眠盯着钟熠的脸看了一会儿，感到有些失落，然而紧接着就听到钟熠突然开口说："其实我的卧室很大。"

容眠愣了一下，然后他的眼睛倏地亮了起来。

他们把剩菜放在冰箱里，然后把用过的碗筷放进了洗碗机里，容眠虽然没有说话，但是钟熠可以感受到他的雀跃。

他们先是各自回了自己的屋子。钟熠在厕所刷牙的时候，听见自己的卧室里传来了动静。

钟熠出了厕所门，就看见容眠已经换上了睡衣，他一只手抱着那个带着穗儿的菱格抱枕，一只手拿着自己的刷牙杯和小梳子，站在门口，眼巴巴地盯着钟熠。

钟熠顿了一下，叼着牙刷，示意他进来。

不一会儿，容眠也走进了厕所里，他用自己的小杯子接了一些水，然后站在钟熠的身侧，也乖乖地刷起了牙。

钟熠洗漱得比他快，于是先一步回了卧室。

钟熠盯着床看了一会儿，先是从身旁的柜子里多拿了一个枕头，摆在了自己的枕头旁边。

他把两边床头柜上的暖光灯都打开。

他沉吟了一下，把电视机打开，调到了两人经常看的鉴宝节目，总算是把屋子调整到了一个舒适的，又带了那么点小温馨的氛围里。

钟熠故作镇定地看起了节目。

容眠从厕所里出来了，他先是把拖鞋脱掉，然后缓慢地坐下。

然后容眠又幅度很小地挪动了一下。

两人安静了得有五分钟，钟熠正犹豫着要说些什么，就看见容眠突然坐直了身子，然后恍然大悟地来了一句："我今天忘记洗澡了。"

钟熠一句话哽在喉咙里不上不下，然后容眠又向厕所走去。

钟熠只能继续盯着电视上的节目看。

钟熠突然觉得好像有哪里不对。

容眠刚才明明说的是他要去洗澡，可是已经过去七八分钟了，里面却没有传来应该有的水声。

钟熠有一种十分不妙的预感。

他头皮发麻，跳下了床，冲到了厕所门前。

厕所的门没有关上，容眠正站在一个很大的立柜前，柜门大开着，而容眠正若有所思地盯着里面的东西。

钟熠痛苦地倒吸了一口气。

因为柜子里中层装着的，正是自己在网上买的那些猫咪用品。

容眠盯着柜子里的东西看了好一会儿。

然后他缓慢地转过了身，看看钟熠的脸，又回头看了一眼柜子里的东西，很明显迟疑了那么一下。

容眠有些不太确定地问道:"这些……是给我买的吗?"

他这句话一出,钟熠直接傻了,只能下意识摇头,话却卡在嘴边半天说不出来:"不是,就是我……"

"钟熠,我已经是你的猫咪了……"

容眠看着他,很真诚地说:"如果你想摸我的话,是可以直接和我说的啊。"

钟熠愣了一下。

钟熠当然是想摸他的,自从上周被猫形的容眠舔了手心之后,他就感觉自己的灵魂被勾走了一半。

但是钟熠肯定不能直接和容眠说"你能变回去给我撸一会儿吗",因为钟熠觉得变不变回猫这种事,主要还是要看容眠自己的意愿。

只不过这猫现在是自己的了,而且还是只顶顶漂亮的长毛小黑猫,有猫却又迟迟撸不到实在是有那么点煎熬。

这些猫咪用品,钟熠当时买的时候没觉得花了很多钱,没想到寄过来的时候竟然有这么多,他又不好意思让容眠看见,只能全藏进了自己浴室的立柜里。

所以钟熠这两天每天睡觉前,都会打开柜子愣愣地看上那么一会儿,也算是某种意义上的望梅止渴。

没想到今晚容眠再次语出惊人之后,钟熠就紧张到直接把这茬忘了,结果就被去柜子里找毛巾的容眠看了个正着。

"不是的。"

钟熠咳嗽了一声,开始艰难地继续辩解道:"就是看着还挺可爱的,当时就买了,我没别的什么意思,你也别多想……"

容眠觉得钟熠好像在紧张。

"你是不是,之前没有去过猫咖这种地方啊?"容眠想了想,有些好奇地问道,"感觉你上次摸我的时候,好像就有些紧张。"

钟熠这边还在试图狡辩:"真不是……"

容眠盯着钟熠的脸看了一会儿,说:"我可以教你的啊。"

钟熠一下子就僵住不动了。

"我一会儿变回小猫咪的时候,你可以先抱抱我的。"

容眠轻轻地说:"但是你不需要抱得太紧,因为我是不会跳出你怀里的。

"我喜欢别人摸我的头和下巴。"

容眠仰起脸,继续很耐心地向钟熠讲解道:"别人是不可以碰我肚子的,但如果是你的话,一会儿是可以摸一摸的。

"慢慢地,一点一点地摸就可以。"

钟熠已经连一句完整的话都说不出来了。

容眠则在很认真地教钟熠如何撸自己的猫形。

教学结束,然后钟熠却一直没有说话,容眠感到有些失落,他以为钟熠还是没有动心。

于是容眠想了想,又看了一眼柜子里的那些东西,加大了筹码:"虽然我不是很喜欢这些,但是如果你想看,我也可以戴小蝴蝶结给你看。

"如果是你的话,尾巴也可以给你摸。

"你要试试吗?"他问。

钟熠坐在床上,搓了搓自己的手心。

就像是在等孩子出生的老父亲,此时此刻的钟熠,正在等待厕所里换衣服变回猫形来给自己摸的容眠。

钟熠有那么点紧张。

钟熠吐出一口气,又低下头搓了搓手,试图让自己掌心的温度提高一些。

可是仔细一想,猫咪形态的容眠身上会有柔软的毛,好像也不会感受到自己手心的温度。

于是就在钟熠思考自己一会儿要怎么下手抱，用什么姿势抱，怎么"吸"，又要"吸"哪里的时候，厕所那边传来了很轻微的动静。

钟熠看着小黑猫叼着蝴蝶结，从厕所里走了出来。它先是走到了床边，然后微俯下了身子，很轻盈地跳上了床。

容眠用自己的脑袋蹭了蹭钟熠的胳膊，把叼着的蝴蝶结放到了他的手里，然后安静地盯着他。

钟熠深吸了口气。

他停顿了一下，把蝴蝶结给容眠戴上并且摆正。于是戴上了蝴蝶结的小黑猫端端正正地站在钟熠的手边，很高兴地又蹭了蹭钟熠的手臂。

容眠示意钟熠可以摸摸自己了。

钟熠停顿了一下，先是伸出手，小心翼翼摸了摸容眠的脑袋，又停顿了一下，试探性地捏了捏两只尖尖的耳朵。

渐入佳境的钟熠又犹豫了一下，双手齐下，挠了挠容眠的下巴。

然后他就看着容眠微微眯起了眼睛，很舒服地把脸贴在自己的手心里，幅度很小地蹭了又蹭。

紧接着钟熠听到容眠的胸腔里发出了小动物在放松舒适时才会出现的"呼噜呼噜"声，这表示了它对钟熠的喜爱和信任。

钟熠是真的感觉自己整颗心都化开了。

而容眠也很喜欢来自钟熠的抚摸。

被钟熠摸摸的感觉和来自普通客人的抚摸是不一样的，它舒服到有些昏昏欲睡，尾巴也在床上晃来晃去，然后它就听到钟熠突然问了一句："现在可以摸肚子吗？"

容眠睁开了眼，小声地"喵"了一声，表示准许。

考虑到钟熠是撸猫新手，容眠想了一下，决定还是自己主动一些。于是它微微抖了一下尾巴，躺倒在床上，打了一个滚，把自己柔软的肚皮露给钟熠看。

不需要再去看任何小猫撒娇的视频了,这是自己的猫。钟熠感觉呼吸变得有些沉重。

容眠在流浪的时候形成了很强的警惕意识,很少会直接把肚皮这种地方露给别人看,所以当钟熠的手落在它肚子上的那一刻,容眠下意识地还是有些想躲。

但是钟熠的脸凑得很近,他看着它,似乎有些手足无措。

于是容眠顿了顿,又偏过头,用自己的脸颊讨好似的蹭了蹭钟熠的手腕。

然而下一秒,钟熠像是忍无可忍了一样,深吸了一口气,用双手捏住了小黑猫的两只前爪,然后低下了头,猛地"吸"了一下小黑猫的脑袋。

容眠愣了一下。

钟熠"吸"完之后,又盯着小黑猫的脸看了一会儿,然后重新低下了头。

钟熠会这么主动地"吸"自己,容眠感觉高兴,也感觉他学得真的很快,应该是已经体会到了撸猫的快乐和技巧所在了。

可是一分钟过后,容眠又觉得好像有哪里不对。

——因为钟熠"吸"的时间好像太久了。容眠"喵"了一声,示意钟熠可以停下了,然而钟熠却像是完全没有听见一样,继续自顾自地暴风蹭着容眠。

容眠开始挣扎。

然而下一秒,钟熠低下了头,竟然就这么直接把脸埋在了小黑猫的肚皮上,然后深深地吸了一大口气——

容眠的瞳孔一缩。

钟熠喜提了自己人生中的第一道抓伤,在他的左手手背上。钟熠只能说,容眠当时和自己说的那句"我可以把比我重好几斤的公猫挠秃",是真的一点都没有夸张。

早餐的时候，容眠还是感到非常愧疚，就连他最爱的煎培根也只吃了五片。

容眠说："对不起，我当时没有控制住。"

"但是你不可以这么吸我的肚子。"

容眠小声地解释道："我只说过可以让你摸摸，而且你都没有给我打招呼，怎么可以就直接……"

钟熠的心情也有点复杂。

"因为这是我第一次这么近距离地吸猫，一下子就上头了，没收住。"

钟熠叹息着道歉："下次我会注意分寸的，对不起。"

钟熠这么郑重地向自己道歉，容眠反而有一些不好意思了。

"下次还可以吸肚子的，没关系。"

然后钟熠就听到容眠说："我很喜欢。"

钟熠也不明白自己为什么昨天会跟失了理智一样停不下来，他只知道就在昨天碰到容眠柔软的肚子的那一刻，自己的灵魂似乎已经跟着飘远了。

这种香香软软的小猫咪，身体是那么小小的一团，却又像是一块磁力无比强大的磁铁，钟熠的脸不由自主地凑了上去，然后就再也收不住了。

"吸"了两口之后，钟熠就恨不得把自己的脸直接缝在容眠身上。

他甚至觉得被挠几下似乎也没什么大不了的，同时又感到有点可惜，因为昨天还没来得及碰容眠的尾巴。

那条毛茸茸的、漂亮而蓬松的……钟熠叹了口气。

而这边的容眠又偷偷地吃了一片培根。

"云叔这两天很忙，所以今晚我要回猫咖去帮他做一些事。"

容眠放下了叉子，想了想，向钟熠发出了邀请："你愿意和我一起去吗？我的朋友们都很好的，我也想让他们都见一见你。"

像钟熠这样优秀、温柔，而且还会给他煎小香肠的人类，容眠是一定要和他们炫耀一下的。

钟熠顿了一下。

"你们猫咖里所有的猫,都和你的情况一样吗?"

钟熠斟酌了一下自己的措辞:"就是,你们……是都可以变成人吗?"

容眠点了点头。

"三豆是柴犬,四瓜、五葵是布偶猫。"容眠说,"啤酒是加菲猫,豆角是美国短毛猫……"

容眠认认真真地向钟熠列举了十几只猫的名字,钟熠最后没忍住问了一嘴:"你们是……都住在一起吗?"

"对啊,店里有很多的南瓜窝和软垫可以睡,云叔还有自己的吊床。"

容眠认真地解释道:"在猫咖的时候,大家基本都会变回猫形睡觉,所以占的空间不会很大。

"只有一些比较淘气的,或者是偷别人粮吃的,才会被云叔关在小笼子里。"

虽然并没有任何的证据,但是钟熠总感觉容眠说的那只会偷吃别人饭的猫,很有可能就是他自己。

钟熠拍戏收工的时间有一些晚,他们俩是晚上九点多一起出发的,钟熠把车存了之后,容眠就在前面带路,然后带着钟熠走到了一条小巷子里。

他们在一家小店前停下了脚步,店里的灯亮着,门上挂着一个小木牌子,露出的是"暂停营业"的那一面。

容眠直接很熟练地推开了门,钟熠停顿了一下,也跟着他走了进去。

猫咖的装潢简洁而温馨,店面不小,门口有一块小黑板,上面贴着各种小猫咪的拍立得照片,而且还有模有样地进行了员工分类。

有一栏叫作"今日营业员工"，后面贴了一排小猫咪的照片，还有一栏叫作"今日餐点"，后面用粉笔画了咖啡和蛋糕的简笔画，并在旁边标注上了"春日限定"几个加粗的字。

还有一栏写着的是"员工长期休假中"，只不过后面只贴了一张拍立得照片。

钟熠定睛一看，发现是一只咧着嘴笑的憨憨黑柴犬和一只黑色小猫咪，并肩站在猫咖门口的合照。

他愣了一下，然后便很快反应过来，这应该就是容眠和孔三豆的合影。

容眠看钟熠对着那张合照看了很久，于是解释道："因为三豆和我的时间重合度比较高，所以云叔当时就给我们一起拍了合照。"

似乎是因为刚才开门的时候风铃碰撞发出了响声，猫咖里先是走出来了一只胖胖的加菲猫，看到容眠，它很高兴地对着容眠"喵"了几声。

钟熠还没反应过来，就看见自己身侧的容眠点了一下头，又问："云叔在吗？"

那只加菲猫又"喵"了一声，容眠"哦"了一声，说："好的，我一会儿就进去帮帮他。"

他转过身，对钟熠介绍道："这是啤酒，它在没有胖到十斤之前，抓飞虫和我一样厉害。"

钟熠犹豫了一下，正准备对着那只加菲猫说句"你好"，从里面的屋子又走出了两个银发蓝眼的小男孩儿。

他们的长相惊人地相似，只不过据钟熠目测，他们似乎正在斗嘴。

一个在说"不可能，今天下午我明明扫了厨房的地，你不要血口喷人"，另一个却说"你胡说，我明明看到你下午在门口偷偷看电视"。

他们看到门口的两人，很同步地沉默了一瞬，然后目光一致地缓慢偏移，一同直勾勾地落在了钟熠的脸上。

"这是郭四瓜和郭五葵,他们是双胞胎。"容眠介绍道,"他们总是会吵架捣乱,所以经常会被云叔关禁闭。"

钟熠:"看出来了。"

"我知道他!"其中一个小男孩儿突然反应过来,指着钟熠,很骄傲地说,"这是对面商场贴着的手表海报上那个人!"

他又想了想,继续补充道:"而且还是汽车广告里面,以及去年春节晚会里唱歌跑调的那个人。郭五葵,我就说吧,你的记性果然没有我好。"

两个人又开始新一回合的较量。容眠似乎对这样的场面已经习以为常,继续和脚边的啤酒进行"双语"对话。钟熠欲言又止,又半天插不上话。

另一个小男孩儿也不甘示弱,他转过头,盯着钟熠的脸又看了一分钟,然后露出恍然大悟的表情。

"我也想起来了!"

郭五葵很得意地拍了一下手,指着钟熠,很大声地问:"你就是云叔说的那个,不让容眠接客,给容眠花了五百万元的冤……VIP 客人吧?"

钟熠有那么一刻怀疑自己已经死了。

他好歹演了这么多年戏,拿了不少有分量的奖,观众缘也十分不错,绝对不是那种没有代表作的混子艺人。

却没想到他留给这俩人印象深刻的两个标签,会是"唱歌跑调"和"花了五百万元的冤大头"。

唱歌跑调这事,钟熠确实没辙,五音不全这事根本没得救。而且事实上,去年春晚上放的已经是预录后的版本了,就连百万元级别的调音师也无能为力,所以钟熠认了。

但钟熠万万没想到的是,面前这两个看似纯真的小朋友,张嘴闭嘴就是"接客"这种让人尴尬的词。

更要命的是,自己身侧的容眠同时很大方开朗地替自己承认道:"是他。"

郭五葵转过头高兴地对郭四瓜:"我就说吧!"

钟熠恨不得当场融化,顺着地缝和大地融为一体。

"不是,他们俩才多大?"钟熠深吸了一口气,近乎是咬牙切齿地在容眠耳边询问道,"怎么什么事都知道?而且你们平时能不能稍微委婉一些说话……"

"这不是很正常的事情吗?"

容眠很奇怪地说:"虽然你是我们店里的第一个VIP客人,但是郭四瓜、郭五葵用猫形工作的时候,也会有很多专门来'吸'他们俩的客人啊。

"况且之前是你亲口说的,你想要当我的VIP客人啊。"

钟熠感觉自己快不知道"接客"这两个字怎么读了。

他头痛欲裂,感觉和这一屋子的小动物解释不明白。也许在猫咖里,这是个再正常不过的词。毕竟在场的除了自己,其他所有人的表情都很自若。

钟熠痛苦地深吸了口气。

与此同时,孔三豆"呜呜呜"地从厨房里飞奔出来。

她一把抱住容眠蹭了又蹭,直到钟熠在旁边咳嗽了半天,容眠才反应过来,从孔三豆的怀抱里挣脱了出来。

"哦,忘了和你们说了。"

容眠指着钟熠,高高兴兴地对身边的猫介绍道:"钟熠他不仅是我之前的VIP客人,也是我现在专属的人类伙伴。"

郭五葵和郭四瓜顿时露出了艳羡而憧憬的神情,孔三豆的脸一下子就垮了下来,云敏也只是站在一旁笑着摇头。

云敏和钟熠简单寒暄了两句,他先是感谢了钟熠这一阵子对容眠的照顾，同时也隐晦地提了一下那尴尬的五百万元。

钟熠头皮发麻，他说回去之后会让徐柚柚主动联系云敏，云敏这才大大松了口气。

孔三豆拉着容眠蹦蹦跶跶地往厨房里走，说要给他看她做的咖啡慕斯有多么好吃。

"我可能要先回厨房一趟了。"云敏略带歉意地向钟熠开口，"因为三豆很有可能把明天的食材吃光。"

钟熠点头表示理解，看着云敏离开的背影，一时间又有些感慨。

三周前，这人在钟熠的心里还是一位剥削员工人身权利的黑心老板，现在看来，反倒像是个操碎了心的老父亲。

容眠被孔三豆"绑架"到了厨房，钟熠知道他们感情好，只能先随便找了个座位坐下。

他环顾四周，随即被猫咖墙上贴着的照片吸引了目光。

相片被细致地裱在了木质相框里，钟熠先是看到了一只咧嘴笑的黑柴犬和一盆绿植的合影，底下写着一行小字：三豆和她最爱的小辣椒盆栽。

紧接着，钟熠又看到了其他猫的照片和配文，甚至包括"第一次在豆腐猫砂里拉屎的郭五葵"。

钟熠站起了身，把整个猫咖都逛了一遍，才在收银台后面的那面墙上找到了自己心心念念想要看到的那张照片。

是一张背影照，黑色的小猫咪窝在南瓜窝里，毛漂亮而蓬松。它背对着镜头，只露出了尖尖的耳朵和蓬松的尾巴，但已经可爱得令人心尖儿一颤。

底下的备注是"尾巴选美大赛亚军——眠眠"。

钟熠盯着"眠眠"两个字看了半天，还没反应过来，自己的手臂就被人戳了一下。

钟熠回过头，发现是那对双胞胎中的一个，通过身高来看，应该是那个叫郭五葵的,而他的怀里正抱着一只蓝色眼睛的布偶猫。

"你好。"

郭五葵憧憬地看着钟熠,说:"请问,你可不可以,也给我们推荐一些潜在的 VIP 客人啊?

"我和四瓜也想每天只陪一个客人,又要扫地又要陪客真的太累了,而且我们的'营业'态度都很积极。"

郭五葵把怀里的亲哥哥三百六十度地展示给钟熠:"我们长得也很好看,郭四瓜的屁股比我的要大一点儿,你可以随便摸……"

容眠端着做好的咖啡慕斯走出了厨房。

慕斯的主体部分是孔三豆做的,因为容眠搞不懂各种糊糊搅拌的先后顺序,但是上面的咖啡粉是容眠最后撒的。

褐色的咖啡粉落在乳白色的奶香慕斯上,再将筛网和镂空的道具一起使用,就可以将咖啡粉撒出一个很可爱的猫爪形状。

容眠迫不及待地想展示给钟熠。

然而刚走出厨房的门,容眠就看郭五葵坐在钟熠的对面,兴致勃勃地在说些什么。

钟熠背对着容眠,容眠看不清他脸上的神情,但他同时看到了窝在钟熠手边的郭四瓜正活泼地晃着尾巴,把自己的脑袋往钟熠的手心里拱。

容眠脸上的笑容淡了下来。

走出猫咖的那一刻,钟熠感觉自己的整个世界都安静了下来。

在这短短的一个小时之内,钟熠听郭五葵讲述了他们这种心酸的"打工猫"每天如何"营业",附近大学城的男大学生如何每周末过来抱着他们狂"吸",以及他们以人形扫厕所的时候要用多少洁厕灵,甚至他们便秘的时候云叔会怎么用特殊措施让他们通便……

与此同时,钟熠手边的郭四瓜还会"喵喵"着附和。这兄弟俩一唱一和,一点都不消停。

钟熠开着车，感觉自己的耳根子总算是清静了一些，而他身旁的容眠很安静地坐着，没有说话。

钟熠以为他是累了，于是伸出手准备把收音机关掉，想让他睡一小会儿。

然而容眠侧过了脸，很突然地问了一句："你觉得四瓜和五葵怎么样？"

钟熠愣了一下，一时间摸不准容眠话里的意思。

这俩在钟熠眼里就是聒噪无比又没啥坏心眼儿的小屁孩儿，但钟熠琢磨了一下，又觉得是他们既然是容眠的朋友，他肯定还是要美化润色一下之后再评价的。

钟熠说："挺好的啊，挺可爱的一对双胞胎。"

容眠顿了顿，"哦"了一声。

他垂下眼帘，愣了一会儿，又问："你觉得它们好看吗？"

"还可以吧，眼睛挺蓝的，挺可爱的。"钟熠说。

其实在钟熠眼里，所有的布偶猫都长一个样，无非是白毛蓝眼，倒是容眠这种戴着"白手套"的小黑猫更有辨识度一些。

容眠又干巴巴地"哦"了一声。

半晌，他又很突然地问了一句："摸起来呢？"

钟熠半天没反应过来，因为他根本就没去主动摸这兄弟俩中的任何一个，好像为数不多的几次触碰，还是郭四瓜主动把脑袋凑过来蹭了蹭自己的手。

"就毛茸茸的感觉啊。"钟熠问，"怎么了？"

然而容眠没有再说话。

正好钟熠把车开到了地下室，他停了车，熄了火，正准备下车的时候，却发现身边的容眠依旧一动不动。

钟熠察觉到好像有哪里不对劲，还没来得及说些什么，容眠就缓慢地抬起了眼。

他轻轻地对钟熠说:"钟熠,你明明是我的人类伙伴啊。"

钟熠傻了。

"不是,我没有……"

钟熠简直是百口莫辩:"是它自己拱上来的,我推不开……"

"我现在还可以闻到你手上的气味。"

容眠垂下眼帘,喃喃道:"是很重的鸡肉冻干的味道,只有郭四瓜喜欢吃很多很多的冻干,你一定摸了它很久……"

容眠好像真的很难过。

钟熠解释了一路,然而容眠走得飞快,甚至鞋都没脱就直接上了楼。

钟熠正准备跟上去的时候,正巧徐柚柚来了个电话,和他核对下个月的行程。

他没办法,只能一边在玄关换拖鞋,一边先接电话。

挂了电话之后,钟熠就上楼找人,只在客卧的床上看到容眠刚才身上穿着的衣服,而他人却没了踪影。

钟熠楼上楼下地在家里转了一圈,厨房里、厕所里、花园里都找了,甚至连洗碗机里面都翻了一遍。

钟熠回到了自己的卧室,在床边高高的书架顶上找到了缩成一团,正用屁股对着自己的小黑猫。

书架本身就是暗褐色的,容眠的毛又是黑色的,整个身子几乎都淹没在了上方的阴影之中。

以钟熠的视角只能看到书架顶上卧着一坨毛茸茸的黑色,一条尖端带白的长尾巴,顺着书架垂了下来。

钟熠:"……"

钟熠又气又想笑。

"下来。"钟熠说。

没有任何反应。

钟熠停顿了一下,深吸了一口气,用遥控器把身旁的电视打开,调到了鉴宝节目，然后又调大了音量。

"今天是你最喜欢的那个鉴宝老师。"钟熠说，"下来看，不然一会儿节目就结束了。"

钟熠就看见小黑猫的耳朵似乎轻轻地动了一下，但是整个身子依旧是纹丝不动的状态。

"那俩小孩儿，人是挺热情的。"钟熠叹息着说，"就是太聒噪了，吵得我脑仁疼。摸也不是我主动摸的，真的是它自己往我手上蹭的。"

黑团子还是一动不动。

钟熠也跟着停顿了一下。

"不过说起来，我在你们的猫咖墙上贴的那些照片里，还看到了一只更可爱的猫咪。"像是突然想到了什么，钟熠变了个很轻松的语气，说，"我感觉它长得比郭五葵还俊。"

然后钟熠就看容眠的耳朵突然立了起来。

"我记得……是什么尾巴选美大赛的第二名，哎呀，叫什么来着？好像叫眠眠。"

钟熠不动声色地继续说："记不清了，总之真的很甜美。怎么说呢？反正我当时就被可爱到了。"

然后钟熠又看到容眠的尾巴幅度很小地抖了两下。

钟熠憋着笑，没再说话。果不其然，五秒钟后，容眠慢吞吞地转过了身子，对着钟熠"喵"了一声，然后很轻盈地跳下了书柜，看了钟熠一眼，往客房的方向跑去。

钟熠觉得小猫咪这种生物生起闷气是真的很可爱，也是真的很好哄。

五分钟后，换回了衣服的容眠重新站在了钟熠的房门口。

他先是低着头不说话，半响，没忍住，又偷偷地抬起眼看了钟熠一眼，对上钟熠的视线那一瞬间又垂下了眼帘。

"来啦。"钟熠很轻快地说，"眠……"

容眠低下了头，小声说："不要这么叫我。"

"我也没说你啊,别自作多情,我是在说眠眠。"

钟熠慢条斯理地说:"眠眠的眼睛是琥珀色的,尾巴也是最漂亮、最独特的,我们眠眠是最可爱的小猫咪。"

钟熠这一出"眠眠三连"让容眠不好意思了。

于是钟熠安静了一会儿,又问:"我现在想抱抱眠眠,可以吗?"

容眠抬起头,看着钟熠,然后很轻地"嗯"了一声。

他对钟熠说:"以后可不可以不要去摸别的猫咪?"

钟熠看着他的眼睛,说:"不摸。"

钟熠正想暗搓搓地提醒一下容眠今天自己还没有"吸"到猫猫头,容眠就像是突然想起了什么,猛地别过了头,看向钟熠的身后。

"鉴宝节目还没有看,"容眠说,"还有二十分钟就要结束了。"

自己刚才搬的石头砸了自己的脚,钟熠没辙,只能陪着他看起了节目。广告插入的时候,他们还很凑巧地看见了代言某品牌口红的沈妍。

然后容眠别过脸,突然喊了一声钟熠的名字。

"钟熠,我突然想起来,"容眠说,"在你的生日之前,你并不知道我是猫,也并不知道猫咖的存在,对吗?"

钟熠愣了一下,迟疑着点了点头。

容眠"哦"了一声,低下头思考了一会儿,又抬起头看着钟熠的眼睛,有些蒙蒙地问:"那你当时以为我说的那些话是什么意思啊?"

钟熠的表情突然凝固了一瞬。

而容眠又有些好奇地接着问道:"那你当时为什么想要成为我的客人啊?"

YINGYANE GUO LIANG

有猫♪

第7章

YINGYANE GUO LIANG

钟熠是真的痛苦。

他自然是可以扯谎,可他同时心里又清楚,容眠这人其实比谁都聪明,所以哪怕自己现在能瞒过一时,最后很有可能还是会被发现话里面的破绽。

于是钟熠停顿了一下,决定实话实说。

"是这样的。我演戏的年头呢,要比你长那么一点儿。"钟熠踌躇着开口,"所以可能我手里的资源啊,还有我这些年在圈子里见过的事呢,也要比你多了那么一点点。"

"应该不是一点点。"容眠看着他,很诚实地说,"你的粉丝数比我多三个零。"

"不过我觉得这样就很好。"容眠想了想,说,"云叔说太火了会惹来麻烦,而且我也不需要像你一样出门一直戴墨镜和口罩。"

"而且在不拍戏的时候,我可以多吃一些肉。"他说,"吃胖一些也不会有人说我。"

钟熠寻思,小动物的关注点和人类还真不太一样。

"你这样的想法确实没什么问题。"钟熠沉吟少时,说,"但事实上,在这个圈子里安于现状的人还是很少的,大多数还是想往上爬的。"

话都说到这里了,于是接下来的五分钟内,钟熠就只能硬着头皮,简洁而隐晦地对容眠进行了一些更加深入的解释。

然后容眠露出了恍然大悟的表情。

"我明白了。"容眠说,"所以我们第一次见面的时候,你之所以会生气,是因为你觉得我……"

钟熠已经预料到了要发生什么,于是他在容眠还没有说下去之前就直接打断了他:"是这个意思。"

容眠若有所思地盯着钟熠的脸,他的目光灼热,钟熠感觉自己尴尬得仿佛正在由内向外地缓慢地开裂。

"钟熠。"容眠喊他的名字,而眼睛很亮,"所以这是不是说明,在你问我可不可以当我的VIP客人的时候,你就已经想要保护我了呢?"

那一刻,钟熠甚至不愿意再多做任何的解释,他只是殷切地盼望着,某天字典里可以彻底删除某两个"J"和"K"开头的字。

钟熠的戏在四月初杀青,全剧的拍摄也跟着来到尾声,网剧官方在网上发了一张杀青蛋糕的照片,并且分别提了主演团队演员们的网络账号。

这条帖子底下聚集的,自然大部分都是钟熠的粉丝。

评论区的氛围还是很不错的,他的粉丝大多还是进行了有趣的调侃和对剧情的推测,类似"家人们,钟熠这次真没走后门""希望轮椅没事"这种类型的话。

容眠的粉丝也跟着多了一些,当然大多都是来自好奇围观的钟熠和沈妍的粉丝。

容眠在网上上次更新的内容还是春节时的新年祝福,是云敏帮他发的。毕竟容眠当时对手机的使用范围还仅限于发短信、打电话、拍照,还有玩《时尚美甲店》。

钟熠接这部戏之前,他的团队还郁闷了一阵,毕竟放任自己艺人的网络账号"长草"半年,艺人空窗期也长到离谱,这背后到底有着一个多么不负责任的公司和团队啊。

钟熠当时以为这是因为这种小艺人"糊"到极点了,所以公司也不愿意费心运营而已。

却没想到,原来容眠背后压根儿就没有什么专业的运营团队,有的只是一屋子没头没脑的小猫咪和一只狗子。

"网络账号还是可以偶尔运营一下的。"钟熠说,"你也有挂念着你的粉丝,所以在评论区偶尔互动一下没啥坏处,私信那些可以不用回。"

容眠很信钟熠的话,于是钟熠就看见他低下头,开始一条一条慢吞吞地回复起评论,甚至连发广告的评论都不放过。

钟熠寻思,这人是真的实诚。他只能心情复杂地把容眠拦住:"倒也不用都回。"

容眠"哦"了一声,又很听话地放下了手机。

"云叔说,有一个网络综艺想接触我。"

容眠想了想,说了一个综艺的名字:"云叔说这个综艺很适合我,因为基本不用说话,只需要运动。而且史澄昨天晚上也问我了,他说他也会去。

"可是我不想去。"

容眠看着钟熠,说:"因为要录很久,而且感觉我会不适应。"

钟熠其实知道容眠提的这个综艺,一个以运动、冒险、闯关为主题的小综艺,已经拍了两季,热度还算不错。对容眠而言,这也算是一个很不错的机会。

"恰好能填补网剧开播之前的空当。"钟熠说,"可以一试,综艺能提升路人好感,对你以后接别的戏会有好处的。"

容眠迟疑了一下,说:"好。"

钟熠下一个行程是一个海外的广告拍摄。于是他有了一个短暂的,但同时又忙碌充实的五天假期。

容眠每天百分之六十的时间是以人的形态活动的,这部分时间他基本上会用来吃饭,以及陪钟熠看鉴宝节目。

容眠现在更喜欢以人形拿筷子来吃饭，因为这样不仅可以和钟熠说话，同时也会感觉自己的生活质量上升了很多，就连菜好像都会变得更好吃一些。

至于变回猫形的时间，早晨的时候，容眠基本都是在客厅窗台旁躺着，一边进行"光合作用"一边睡觉。

容眠很喜欢窝在快递箱里睡，于是钟熠留了一个能让他刚好盘进去的中号纸箱，在里面垫了个柔软的抱枕。容眠感觉自己可以在里面睡一辈子。

而晚上吃完饭后，容眠就会变回到猫形，这一次，则主要是为了让钟熠体会"吸"猫撸猫的乐趣。

钟熠发现猫这种动物真的很有趣。

它们的那点小心思是真的很复杂。比如当你想找它们的时候，它们会选择远远地站在某个很高、很远，你完全够不到的地方，然后安安静静地睥睨着你。

但是，每当钟熠有事要忙，或者是和别人打电话，容眠又会想尽一切办法来吸引他的注意。

比如钟熠每天用电脑看团队发过来的行程表时，容眠会站在他的手边，先歪着头盯着电脑屏幕看一会儿。

发现自己完全看不懂之后，容眠就会直勾勾地盯着钟熠的脸看一会儿，然后晃着尾巴，先状似不经意地从钟熠面前经过一次。

如果发现钟熠还没有注意到自己，容眠就会一屁股坐在钟熠的键盘上，挡住钟熠的视线，并且在电脑上压出一段长长的乱码。

又比如钟熠和别人打电话时，如果时间很久，容眠也会很不高兴。

钟熠挂了电话转过身的时候，就发现容眠正低着头，伸出爪子，将钢笔一点一点推到桌子的边缘。

然而对上钟熠目光的那一刻，容眠就会很快地收回爪子，并若无其事地别过头，再讨好似的俯下身子，用脑袋蹭蹭钟熠的手背。

很拙劣的小手段，但是钟熠每次看着心尖儿都会跟着一颤。

鉴宝节目晚上八点开始播，晚饭基本是七点结束，中间相隔的一段时间，就是钟熠每晚的撸猫时间。

因为钟熠后天就要出差，于是收拾完厨房后，容眠很慷慨地表示："今天你不仅可以'吸'一会儿肚皮，而且我可以陪你玩一些玩具。"

钟熠这次也不会和他客气。

他当时买的东西还有百分之八十没有用过，各式各样的逗猫棒、激光笔，于是钟熠先拆了个羽毛逗猫棒，准备试试手。

钟熠刚举着逗猫棒晃了没两秒的工夫，眼前的小黑猫便伸出爪子，一把抓住顶部的羽毛，然后把鼻子凑近，好奇地嗅了嗅。

钟熠："……"

容眠更喜欢另一款带铃铛的羽毛逗猫棒，它也很喜欢用爪子把羽毛穗儿挠到秃的整个过程，玩到最后，空气中飘浮着的全是细小的羽毛碎屑。

钟熠后来又换了激光笔陪它玩，容眠其实跑得已经有些累了，但还是很给面子地多扑了几下给钟熠看，最后它瘫软倒在地上，"喵"了一声，表示自己不想玩了。

钟熠觉得自己在逗猫，容眠觉得自己在哄人。

容眠后来还翻出来了一包小木棒，好像是赠品，钟熠也不知道是什么，他就看着容眠用爪子从袋子里扒拉出了一小根，然后一口咬了下去。

钟熠也没管他，只是先转过身子收拾地上的羽毛，并同时决定下次一定要找个理由来说服容眠用一下这个几千块钱的电动猫厕所。

然而当钟熠转回身，却发现容眠还在抱着那根小木棒，晃着尾巴，埋头龇牙咧嘴地啃着。

眼看刚扫干净的地上又掉满了木渣，钟熠叹了口气，蹲下，把木棒从容眠嘴巴里抽出来，然后拍了一下它的屁股，说："鉴宝节目开始了。"

…………

钟熠的拍摄行程后天开始,同时容眠要为了新综艺的拍摄留在本地做一些准备,所以这一夜过去之后,两个人就要分开足足两周的时间。

容眠感到难过,但是他也知道钟熠的工作很重要。

所以他只能用自己的方式来表达不舍。

于是在钟熠收拾行李的时候,容眠就变回了猫形,一步一步跟在钟熠身后,然后跳到衣柜顶上,卧成一个团子,看着钟熠在衣柜前忙碌。

容眠会在钟熠收拾好的每一个行李箱里都打几个滚,并且用爪子刨一刨,在钟熠昂贵的风衣上留下自己的毛的同时,也确保自己的气味可以长久地留在钟熠的衣服上。

钟熠拉着箱子准备出门的时候,容眠就跳到门口的玄关柜上,晃着尾巴,先是对着钟熠"喵喵"个不停,又眼巴巴地仰着脸盯着他。

钟熠对他说:"乖。"

容眠呆呆地看着钟熠,然后低下了头,又小声地"喵"了一声。

容眠从柜子上跳了下来,看了钟熠一眼,然后慢吞吞地转过了头,直接向楼上跑去。

关上门的那一刻,钟熠也深吸了一口气。

他是真庆幸猫形的容眠不会说话,因为他感觉容眠只要再多说一句话,自己可能真就动了把拍摄往后推一推的心思。

不过这个品牌大使的头衔,团队和品牌方已经谈了有一段时间了,拍摄的时间也早就定了。所以哪怕再不舍,这也是团队共同的心血,钟熠自然是不会说推就推的。

飞机是下午的,落地的时候已经是第二天的上午了,还没来得及歇脚,钟熠就直接进入了拍摄的行程之中。

上午忙碌的时候钟熠还没有什么特别的感觉，中午吃饭的时候，他也只是感觉有点难得的安静。

当下午闲下来的时候，钟熠就开始感觉自己的心里有些空。

容眠是小动物，是那种会把不舍和依赖的情绪直接写在脸上和行为里的性格。

而钟熠是可以把控自己情绪的成熟人类，虽然他脸上并不会显露出很多的情绪，但其实在他的心里面，也是很舍不得自己的宝贝小猫咪的。

因为下午的阳光太过强烈，拍摄效果没有达到预期，于是拍摄团队休息了一会儿，等待着黄昏时的天空，准备到时再来抓拍一组。

钟熠坐在安排好的化妆间里休息，然后逐渐感到煎熬。

思念的感觉是非常微妙而痛苦的，就是那种不论你做什么，心头都空虚到发慌，好像哪里都不太得劲的滋味。

手边少了一个软乎乎的黑色毛团子，没有毛茸茸的脑袋和圆滚滚的屁股。

也没有一个男孩儿举着手机，问自己到底要涂哪个指甲油颜色；或者双手捧着碟子，眼睛亮亮地问自己可不可以再多吃两片培根。

但是现在国内时间是凌晨，容眠也没有经常检查消息的习惯，钟熠沉吟半晌，忍不住也下载了《时尚美甲店》。

玩了一会儿，钟熠就对着屏幕上的花花绿绿看花了眼，且不提这游戏减不减智，光是不断弹出的广告就令人发指。

钟熠记得容眠好像已经通到一百多关了，他感觉小动物在这种莫名其妙的事物上的毅力是真的很惊人。

等到下午四点的时候，钟熠才玩到二十多关，并已经看了足足半个小时的广告。

他最后实在是没有忍住，先是看了一眼国内的时间，发现已经上午十点多了，于是就给容眠拍了外面的天空和建筑，然后发了条消息过去。

容眠回复得也很快:"好漂亮的房子。"

然后他又回复:"我起床了。"

钟熠也没再犹豫,打了一个视频电话过去。

容眠那边过了几秒才把电话接通,钟熠就看着男孩儿穿着睡衣,先是把脸凑近屏幕,然后有些笨拙地盯着屏幕。

钟熠就看到容眠的眼睛亮了亮。

他先是小声地喊了钟熠的名字,然后又有些骄傲地告诉钟熠,自己刚刚把洗碗机里的碗全部放回了橱柜里面。

钟熠夸他厉害,然后就看着屏幕一阵摇晃,紧接着,容眠就在客厅的沙发上坐了下来,把抱枕垫在膝盖上,开始和钟熠分享自己昨天和前天都干了什么。

"昨天史澄约我去打球了。"容眠说,"篮球是很好玩的一种运动,虽然我没有他高,但是我比他跑得快很多。

"那天中午吃的是他做的方便面,很辣。"

容眠皱了一下脸:"但是史澄说那是很有名的一种方便面,而且我是到他的家里做客,所以我最后还是全部吃掉了。

"我还看到了史澄的爸爸,他好像很有钱,在家里给史澄修了一个属于他自己的体育馆,不过他们家里没有喷泉。"

容眠想了想,又说:"而且他的爸爸演过一部我和三豆很喜欢的电视剧。"

钟熠自然是知道史连青这种级别的老前辈的,至于容眠说的那部电视剧,应该是他年轻时的一部经典作品。

钟熠停顿了一下,问:"你呢?有哪里不舒服吗?"

容眠看着他,摇了摇头。

"就是偶尔会感觉有一些热,有的时候不是很想吃东西。"

容眠很认真地说:"不过这样的情况是很正常的,过两天应该就没事了。

"然后就是，我感觉我很想见你。"

钟熠看着他，半晌说："我也很想见你。"

容眠"哦"了一声。

然后容眠陷入了罕见的沉默，钟熠就看着男孩儿缓慢地低下了头。

钟熠有些想笑。

像是想到了什么，容眠突然抬起了头，问："钟熠，你用的是什么牌子的香水啊？"

钟熠愣了一下，迟疑地说了香水品牌的名字，是一串英文。

怕容眠记不住，钟熠又说："厕所镜子旁边的柜子里应该还有一瓶没用过的，黄色方形的瓶子，你要用的话就自己拿。"

容眠点了点头。

"我想买一瓶你用的香水，多在枕头上和被子上喷一些。"他说，"这样就好像你还在家一样。"

钟熠感觉自己的心都已经跟着化成了一坨热乎的软泥了。

他喉结上下滑动了一下，半天说不出话，而容眠则是盯着钟熠的脸看了一会儿，又问："钟熠，你还有什么话要对我说吗？"

钟熠说："没有啊……"

容眠却坚定地说："你绝对有。"

钟熠盯着屏幕上的男孩儿看了一会儿，半晌，叹了口气，踌躇着开了口。

他含含混混地说："尾巴……"

容眠没有听清，愣了一下。而钟熠则是别过了脸，又深吸了一口气。

钟熠问："可不可以变回小猫咪，然后给我看看尾巴？"

李茗儿是负责这次拍摄的化妆师，这也是她第一次和钟熠合作。

看见钟熠真人的那一刻，饶是见过再多明星的李茗儿也感觉自己

"悟"了：不论是身高、腿长、皮肤状态，还是他那张俊逸到极致的脸，可能女娲在捏人的时候，确实对他这样的人类偏了不少的心。

所以今天给他上妆的时候，李茗儿上每一寸粉底的手法都拿捏到了完美，把自己身上全部的本事都使了出来。

钟熠确实是一个很有魅力的成熟男性，他的教养和谈吐会让人感到非常舒服，他会主动地帮李茗儿递唇刷和餐巾纸，并大方地夸她上妆的手法很好。

钟熠每次开口和她说话的时候，李茗儿的心跳都会忍不住跟着加速那么一小下。

还有半个小时左右就要进行下一组拍摄了，所以李茗儿准备进来给钟熠补一下妆。

她刚拎着化妆箱走到门口，就看见钟熠坐在化妆间的沙发上，举着手机，似乎是在和什么人打着视频电话。

可能是在和很亲近的人说话，因为钟熠的语气听起来温柔了一些。

于是出于礼貌，李茗儿并没有直接走进去，她拎着化妆箱站在门口等待了一会儿，与此同时，谈话内容也一字不落地传到了她的耳朵里面。

"要穿这件吗？还是戴铃铛给你看？"

李茗儿突然僵在了门口。

他们俩视频通话了短暂的半个小时。

钟熠劝说了容眠很久，容眠才勉强答应了去戴一个很甜美的蕾丝项圈给他看，然而紧接着，他们就同时意识到了一个很严重的问题——

猫形的容眠好像并没有办法给自己穿衣服。

于是变回猫形的容眠叼着项圈走到了手机屏幕前，把项圈放在桌面上，用前爪扒拉了一下，然后俯下身，艰难地用脑袋钻了一会儿。

最后项圈只能勉强卡在头部。钟熠害怕容眠再这么玩下去容易把自己勒着,还是叫容眠停了下来。

于是容眠又选择了他最喜欢的中号纸袋,决定给钟熠表演睡觉。

这样的纸袋他在之前已经玩破了两个,钟熠就看着小黑猫叼着纸袋走到屏幕前,松口之后又探头探脑地伸长脖子,把头钻进纸袋深处看了一会儿。

然后容眠慢吞吞地钻进纸袋,转过了身子,只在纸袋口露出个毛茸茸的脑袋和耳朵尖,并且特地把尾巴露出来一点儿,然后盘成一个小团,对着钟熠小声地"喵"了一声。

两人目前沟通有点难度,于是钟熠停顿了一下,只能自顾自地开始和他讲自己今天早晨拍摄遇到的新鲜事。

容眠一开始还听得很认真,但可能是因为纸袋子带来的安全感,钟熠就看见对面的小东西一边听着,一边眼睛眯了又眯,头也一点一点地跟着晃。

五分钟后,缩在纸袋里的小黑猫呼吸就变得平稳而均匀。钟熠知道,容眠应该是真的睡着了。

钟熠忍不住拿起手机,对着这个画面截了个图。

下一组拍摄马上就要开始。陆续有工作人员进了屋子,化妆师也拎着化妆箱进来,询问可不可以开始补妆。

钟熠不想吵醒容眠,于是犹豫了一下,先是把电话挂了,然后发了消息告诉容眠自己继续拍摄了,晚上再和他聊天。

然而不知道是不是钟熠的错觉,他总觉得化妆师小姐姐看着自己的眼神好像有一点复杂。但钟熠早就习惯了别人的注视,所以他一时间也没有多想。

这是拍摄强度很大的一天,收工的时候,已经是异国的傍晚时分。

因为是在国外,不论是媒体还是粉丝都少了不少,倒也算得上是难得的清静时刻。所以钟熠没有立刻回酒店,而是带着徐柚柚,在附近的街道上逛了逛。

徐柚柚是一个二十多岁的小女生,正是爱美的年纪,钟熠就看着她眼珠子都不带转地盯着专柜橱窗里的衣服和包包,但最后又不太好意思进去。

小姑娘陪着钟熠忙活这么多年了,于是钟熠慷慨解囊,叫她进去挑个合眼缘儿的包包,然后他来埋单。

之后钟熠坐在了中央广场的长椅上,吐出了一口气。

天色昏暗,广场上的路灯很亮,喷泉池旁边有很多鸽子。钟熠记得容眠好像挺喜欢这种会飞的小鸟,于是在附近的小商贩处买了袋玉米,撒给鸽子们吃。

鸽子们争先恐后地啄食着玉米,看起来憨头憨脑。

钟熠捏着那袋玉米,和鸽子合照了一张,然后给容眠发了过去。

容眠这一觉睡得很熟。

醒来后他先是变回了人形,换上了睡衣,然后回到卧室,把纸袋认真地叠好,放了起来。

容眠回到了卧室,发现手机快没电的同时,也看到了钟熠发给自己的消息。

照片里的鸽子看起来很肥美,但是容眠的注意力全都集中在了钟熠拎着那袋玉米的手上。那是一只骨节分明的、很好看的手。

容眠对着那张照片看了很久,因为钟熠已经很久没有摸自己了,他很羡慕这些鸽子。

于是容眠也认认真真地回复了钟熠:"鸽子看起来很好吃,只不过它们有一些胖,应该不是很容易抓到。"

然后容眠又告诉钟熠,他下午要继续和史澄去打篮球。

史澄家在容眠的眼里,就像是一个巨大的游乐园。

有篮球场、游泳池、健身房,还有高尔夫球场。他觉得孔三豆如果来参观的话,应该会愿意在这里住一辈子。

孔三豆上次听说容眠见到了她的"男神"史连青，号啕大哭地求着容眠帮她要签名。

容眠上次替她问了一下，所以今天一进门，史澄就递给了容眠一摞签名卡。

容眠翻看了一下，说："你爸爸的字很漂亮，演戏也很厉害。"

"我妈也很厉害。"史澄大大咧咧地说，"就是走得早了那么一点儿。我妈年轻时跳舞可好看了，都说我遗传了她的运动细胞，所以我现在演戏贼拉……"

容眠总觉得在这种时刻，他是需要对史澄说一些什么的，然而他的嘴巴并不是很会说话，所以不是很擅长安慰人。

"没关系的。"于是容眠想了想，笨拙地对史澄说，"我不仅没有妈妈，而且也没有爸爸。"

史澄："……"

不知道是不是容眠的错觉，他感觉史澄对自己的态度好像发生了一些变化，比如中午两人点的炸鸡外卖，史澄把最大的两个鸡腿部分给了他。

然后史澄又给容眠看了他和他妈妈的照片。

史澄的妈妈是个美人，史澄长得很像她，不过人类幼崽时期的史澄是个小小的胖团，他的手里拿着个小机器人，依旧是一副"跩"炸天的模样。

"不过我已经很满足了。"

史澄说："我爸很爱我妈，我妈很爱我爸，我呢，又是他们俩爱情的结晶，他们俩也都很爱我，这就已经足够啦。"

容眠说："你的妈妈很伟大，爸爸也是，他们是很般配的一对伴侣。"

容眠在试图夸人的时候，虽然用的语言都比较质朴，但是他的表情永远都很真诚而认真，说服力极强。

史澄"嘿嘿"笑了一下,把相册合上,带着容眠上了楼,邀请他来参观自己的宝贝鞋柜。

看着史澄的背影,容眠突然有些出神。

容眠是一只已经通了人性的小猫咪,他的世界其实很小很小。

他的世界,有一部分用来装云叔和三豆,有一小部分用来装好吃的食物,剩下的一大部分,已经被钟熠填得满满当当,再也没有多余的地方了。

容眠从来没有考虑过"同类"的问题,但是他并不知道钟熠心里的想法是什么。

自己当时忽略了这一点,钟熠也没有对自己说过和人类朋友有关的事。容眠知道钟熠是一个很温柔的人,他有可能会为了照顾自己的情绪而不去说这些话。

但是这并不代表钟熠不会想。

容眠回到家后,对着冰箱里发了一会儿呆。

他思考着今天要不要在肉里加一点蔬菜吃,可是每一种蔬菜似乎都会毁掉肉质的甜美,于是他拿出一颗看起来不是很新鲜的桃子,决定先垫垫肚子。

桃子的味道有点怪,容眠不知道它是不是坏掉了,吃完之后,他感觉自己的胃很难受。

于是容眠又坐在客厅发了一会儿呆,半个小时后,钟熠的视频电话就弹过来了。

钟熠那边已经是第二天的早晨了。

钟熠似乎正在上妆,人坐在化妆台前,头发上别着很多夹子,而他的身旁则有别人的手伸过来,帮他在头顶的一绺头发上喷了发胶。

然后容眠就看着钟熠抬起头,对着身旁的人说:"姐,给我五分钟,我和别人打个电话。"

随即,容眠就听见钟熠的身侧有陌生的女声传来,爽快地说了声

"好嘞"，然后他听到了门关上的声音，钟熠那边也跟着安静了下来。

容眠愣了一下，问："那是谁？"

钟熠说："是化妆师。"

容眠："她刚刚在碰你的头发。"

钟熠一时半会儿还没反应过来，他看看容眠的脸色，半晌意识到了什么，直接乐了出来。

容眠半天没有说话。钟熠觉得小动物的这种性格里的占有欲真的很好玩，也很可爱。

他憋着笑意，对着容眠比画了一下，想再逗逗他。

容眠愣了一下，半晌，缓慢地低下头，很轻地"哦"了一声。

钟熠停顿了，才发现这人的情绪好像有哪里不对。

"怎么了？"钟熠问，"小香肠和培根都吃完了？"

容眠摇了摇头。

钟熠："罐头也都吃完了？我要不上网再给你订两箱……"

容眠还是摇头。

钟熠还没反应过来，就看见容眠像是下定了什么决心一样深吸了口气，抬起了眼，直直地对上自己的眼睛。

容眠有些踌躇地问道："钟熠，你是个人，对吗？"

钟熠一头雾水。

如果现在说这话的人不是容眠，而且容眠此时此刻的表情不是这么严肃而真挚的话，钟熠是真的会怀疑他想骂自己不是个人。

钟熠："是……"

"可我是猫。"容眠看着他，认真地缓慢地强调了一遍，"猫。"

钟熠："这我知道。"

钟熠是真不知道这人的脑子里天天装的都是什么。

"你是不是想你那群猫朋友了，还有孔三豆？"

钟熠沉吟了一会儿，想出来了一种可能："其实这两天，你可以把它们接到家里住，反正这个家这么大……"

"钟熠。"容眠很失望地打断了钟熠，"在这个家里，是只可以有我一只小猫咪的。"

钟熠不敢说话了。

容眠又看了他一眼，低下头，继续自顾自地思考了很久。

他的表情看起来很茫然，好像在思考着什么人生大事，然后钟熠就听见他喃喃自语道："可是你好像没有办法变成猫……"

这个"好像"两字是真的让钟熠头痛欲裂。

相处这么久了，钟熠也知道自己养的是一只整天都在奇思妙想的小猫咪，所以容眠现在说出什么样的话来，他都不太会感到意外。

之前钟熠意识到了，容眠虽然说话做事都直白大胆，但是对某些方面依旧有一些懵懂。今天他会主动提这个话题，可能又是想什么事的时候想不明白，走进了死胡同里。

然而现在钟熠有一些犹豫，因为他也知道，小动物的想法和人类是不同的。

毕竟小猫咪这种小动物，生崽都是生一窝的，也许容眠现在和自己说这些话，是因为他也想要个毛茸茸的，每天来陪他、和他做个伴。

钟熠感觉容眠好像在试探自己。

于是钟熠停顿了一瞬，把嘴边的话重新斟酌了一下，说："这样，我回去之后，咱们可以去附近的宠物店遛遛，你挑挑有没有合眼缘的，行吗？"

容眠愣了一下，说"好"。

钟熠又连轴转了将近一周取景拍摄。

回到家打开大门的那一刻，他看到猫形的容眠正盘在沙发靠背上，晃着尾巴，聚精会神地看着电视上的鉴宝节目。

它听到门打开的声音，便立刻跳下了沙发，一边跑一边"喵喵"地叫着，高高兴兴地冲到门口迎接钟熠。

钟熠感慨时间流逝得真快。

他还记得容眠第一次来到自己家的时候，对鉴宝节目一点兴趣都没有，当时刚吃了碗胡萝卜馅馄饨的他，对着节目看着看着就睡着了。

再后来阴差阳错，容眠就这么住进了他的家里，而钟熠自己也成了容眠所谓的"客人"。

容眠开始被节目里那些亮晶晶的宝石、手镯、玉佩和幽默有梗的主持人吸引，于是每天吃完饭之后，他都要主动拉着钟熠看上一小会儿。

再后来，看节目的场地就变了，两人在主持人对玉石价格的分析声中慢慢睡着。

此时此刻，电视机里依旧是那位熟悉的主持人，而钟熠的脚边站着一只正在用脸颊不断蹭自己裤腿的小黑猫。钟熠感觉自己的心柔软温暖得不像话。

于是钟熠也没犹豫，对容眠说："我开动了。"

钟熠现在对一整套的"吸"猫流程已经很熟练了，基本是先把猫在床上摊平，以从上到下的顺序，先"吸"脑袋再"吸"前爪，然后在肚皮的位置沉浸式"吸"入五分钟，最后双手交替轮换抚摸尾巴。

容眠变回人形换完了衣服，先是仰起脸，又一次嗅了嗅钟熠的脖子和手心，然后很满意地对钟熠说："今天应该没有人碰过你，不过你的身上有红烧牛肉的味道。"

钟熠寻思小猫咪的鼻子是真灵敏，自己在飞机上吃牛肉饭大概已经是四个小时前的事了，竟然就这么轻而易举地被他侦察了出来。

于是钟熠先去洗了个澡。

走出浴室时，他看见容眠正蹲在地上，缓慢地拎起自己行李箱里的一件衣服，小心翼翼地抱在怀里，低下头嗅了又嗅。

两人分开了将近两周的时间，而容眠的行动轨迹又比较单一，无非是去猫咖和史澄家这两个地方,钟熠知道这人应该是闷坏了。

他又想起了两人之前在电话里聊的那件事。

天色还挺早的,于是钟熠停顿了一下,问容眠:"要不要现在咱俩出门,去宠物店看看小猫崽?"

然后他就看着容眠似乎是僵硬了一下,缓慢地站起身,看着自己,半响,很轻地说了一声"好"。

第一家宠物店刚进门没看十秒,钟熠和容眠就被宠物店的店员认了出来。

钟熠被看出来是很正常的一件事,但容眠有一些发愣,因为他没想到现在的自己,已经有了可以被一小撮路人认出来的热度。

眼看周围有别的店员试图举起手机拍照,钟熠只能带着容眠撤退。为安全起见,他们去的第二家宠物店,是一家偏僻一些的小店。

店里有一只刚出生没多久的小橘猫崽,正缩在妈妈大胖橘猫身边,好奇地左看右看。

宠物店店长说这小猫的妈妈是附近的流浪猫,一窝生了五只,其他四只已经被领养走了,如果他们能负起责任的话,这只是可以免费送给他们的。

容眠直勾勾地和地上的小橘球对视三秒。

小猫竟然被他的眼神吓得"喵喵"叫了两声,钟熠就看着那小东西夯着毛,很怂地缩回到了它妈妈的怀里。

容眠转过头,对钟熠说:"它太瘦了,也太小了,而且毛色不是很健康,需要它的妈妈再多陪一阵,不然会死掉的。"

钟熠思考了一下,觉得他说得好像挺有道理,于是对店长道了谢,两人一起离开了。

他们又去了第三家宠物店。

这家店的小猫咪很多,各个品种均有涉及,钟熠还第一次见到了尾巴细细的无毛猫,他总觉得这种猫"吸"起来应该别有一番风味。

这回店长带来了两只小猫崽,是两只刚刚出生的布偶猫,品相很好,性格温顺,吃得圆滚滚的,毛发很长,像两个炸开的小毛球。

钟熠说:"这俩还挺不错的。"

容眠停顿了一下。

他似乎是有些焦虑地抿了抿嘴,半晌后对钟熠说:"它们都太胖了,以后屁股一定比郭五葵还大,而且会吃很多,可能不好养……"

钟熠:"……"

容眠似乎也意识到自己说得有一些多了。

他别过脸,又小心翼翼看了一眼钟熠的表情,最后又很小声地补充道:"如果你喜欢的话,那就选一只吧。"

钟熠沉吟了一会儿。

容眠低下头,呆呆地盯着地板上瓷砖的缝隙看了一会儿,就听见站在自己身旁的钟熠再次对店长道了谢,然后对自己说:"走吧。"

钟熠总算是意识到,容眠其实一点都不想要什么小猫崽。

他对待店里那些小猫崽的态度是充满敌意和戒备的,不像是面对未来的同伴,而像是觉得他们会成为分走钟熠的敌人。

钟熠每次对某只小猫崽多留意多看了几眼,容眠就会突然变得很难过。

容眠的占有欲强到什么程度,钟熠是知道的,小猫咪的气味和领地意识都很强,之前钟熠让容眠的那些朋友来家里做客,容眠都会露出很不高兴的表情,说那明明是钟熠和自己的家。

钟熠寻思,他怎么就没有想到呢?

——一只这么敏感警惕的小猫咪,怎么可能会突然主动要求,让自己的家里住进来另一只素不相识的猫崽呢?

容眠一路上都惴惴不安,没有说话。钟熠也没吭声,而是把车开回了家里。

然而在刹车的那一刻,他直接开门见山地问:"说吧,到底怎么了?"

容眠还是不说话。

"不说，我现在就上楼睡觉去了。"

钟熠说："晚饭你自己解决，我给你买的纪念品和特产明天也直接给沈妍寄过去……"

容眠的眼睫又颤了一下，终于抬起了头。

还没等钟熠反应过来，容眠就很难过地说："我不知道你想不想要更多陪伴，我之前也没有问你，我觉得我好像很自私。"

"如果……"容眠艰难地停顿了一下，"如果不是我的话，你就可以……"

钟熠愣了一下，他总算明白过来，这人绕来绕去整这一大出的原因究竟是什么了。

"不是——"钟熠感到哭笑不得，"等等，你先停一下。"

"我觉得我有必要和你说明白。"

钟熠说："首先，我喜欢小猫咪，这事是怎么也变不了的。

"其次，根据现在的情况来看，我感觉还可以具体化一下，那就是我只喜欢一只小公猫。黑色长毛小公猫。

"喜欢是不带任何目的性的，不是说越可爱的小猫咪我就会越喜欢。

"就是因为有那么一刻，时间、地点、氛围刚好，缘分到了，我就偏偏喜欢上在厕所里吃猫罐头的那只，你明白吗？"

容眠很久没有说话。

半响，他含含混混地对钟熠说："可是，人类都有朋友，而且很爱聚在一起。"

容眠停顿了一下，又说："所以我觉得，你可能是想要小猫崽……"

钟熠寻思，这人总是对一些不该记的东西记得特别清楚。

"你确实也能这么理解。"

钟熠说："但是对于人类而言，并不是一定要有很多同伴。

"而且我真的很忙，因为我不仅有一只小猫咪要养，还有一个能吃很多肉的小朋友。我现在干什么事都会想着他们俩，看见鸽子的时候我会想到我的小猫咪，在飞机上吃到牛肉饭的时候我又会想到我的小朋友。

"所以我这辈子已经够充实了，光是有了他们俩，我就快要忙不过来了。"

容眠很轻地眨了一下眼睛。

"每个人对于幸福的定义是不一样的，比如我这次拍摄时遇到的化妆师小姐姐，她的小女儿每天上幼儿园前都要抱着她哭上三十分钟。听她说她这次出差前，小丫头差点儿把家里的房梁哭塌。

"可能别人听着都会觉得养小孩子很难，但是她和我说，她很幸福。

"同样的，虽然我无法体会到她的幸福。"钟熠语重心长地说，"但我这辈子，已经比别人多了一只能陪我很久很久的小猫咪，所以我也会感到幸福。对我而言，现在就已经是刚刚好的、最圆满的状态了。

"况且咱们还有很多事要忙呢。我呢，还没带你去别的国家吃更正宗的香肠；你呢，也有好多别的款式的项圈还没戴给我看。

"这么多事情，我都想和你去做。"钟熠说，"但我也只想和你一个人做。"

容眠呆呆地看着他，没有说话。

钟熠叹息了一声，很耐心地对他说："因为我很爱你啊，小猫咪。"

容眠恍然大悟地眨了一下眼睛。

半晌，他低下头，很轻很轻地说："我也很爱你，人类。"

钟熠感觉，自己的这段剖白比当年拿奖时发表获奖感言，可能发挥得还要好上那么几分。

至少打动一颗天真小猫咪的心，应该是不成问题了，钟熠心想。

然后下一秒，容眠却突然仰起了脸，直勾勾地对上了钟熠的眼睛。

他很直白地说："那么钟熠，你来'吸'我吧。"

"不论是什么衣服，只要是你想看的，今天我都可以穿给你看。"

钟熠是真的觉得容眠这样可爱极了。

小猫咪其实是很爱干净的小动物。

哪怕身上沾到了点水，它们都会十分不自在，会疯狂舔毛，直到身上只留下属于自己的气味。

但因为是钟熠，哪怕是换了很多套小衣服，拍了很多张照片，被捏着爪子"吸"最敏感的肚皮，容眠却只是感到心满意足。他很喜欢这样。

五月月末的时候，网上的某明星"吃瓜"小组爆了一条热乎的新消息。

依旧是一股子"老营销号"的味儿，说是根据知情人爆料，去年拿了奖而且演技不错的男艺人，在品牌广告拍摄的时候，被工作人员发现经常和一个神秘对象视频电话，对话的内容据说也十分劲爆。这条消息的最后还配了三个贱兮兮的惊讶表情。

这消息虽然没提钟熠的名字，但不论是从去年拿奖这一点，还是从近期有品牌拍摄这一条来看，可以说是恨不得把钟熠的大名直接镶嵌在上面了。

钟熠也不怎么意外。

因为这事确实不是无中生有，他的确在拍摄空闲时和容眠打了不少电话，估计是来往的工作人员听到了什么，捕风捉影地猜出来了。

钟熠也不心虚，他这人以作品说话，这几年来没立过任何人设，对感情也一向坦荡，加上粉丝大多都是理智的演技粉，因此也不存在人设崩塌一说。

身为艺人，私生活被盯得紧是非常正常的事情，只是钟熠有点纳闷，他实在是不知道这种言论究竟从何而来。

毕竟自己和容眠视频的时候，大部分都是在"云吸猫"。钟熠琢磨了半天也没想明白，只觉得可能是现在的营销号为了博眼球、赚流量,不择手段,凭空想象捏造出来的爆点。

这事闹得说大不大,毕竟也没有什么照片"实锤",但钟熠个人的影响力还是比较大的,于是最后"钟熠"的词条还是不可避免地上了热搜。

钟熠的团队有点头痛了。

"吃瓜"群众按捺不住地猜起了和钟熠通电话的神秘对象的身份,他们都好奇究竟是圈内人还是圈外人。团队内只能立刻焦头烂额地商量对策。

然而整个事件的当事人钟熠,此时此刻在和容眠悠闲地逛花鸟鱼虫市场。

钟熠这一阵子没什么行程,又想着夏天快要到了,给家里添点花草和生机也是好的,于是就带着容眠来到了郊区的花鸟鱼虫市场逛逛。

因为是工作日的下午,又是在郊区,逛的人本来就少,加上年轻人喜欢买花买鸟的也不怎么多,只有几个上了年纪的老人拎着鸟笼在溜达。

所以他俩倒也不怕被别人认出来,逛得舒心而轻松。

两人先去花市买了一点花草。

容眠最喜欢里面的一盆捕蝇草,爱不释手地看了好久,几次试图伸手偷摸叶片上锯齿的时候,都被钟熠头痛地拉了回来。

他们拎着买好的盆栽往外走的时候,又误打误撞地走进了卖观赏鱼的区域,钟熠就看着容眠突然原地站住,同时两眼绽放出了惊喜的光彩。

容眠指着水族箱里的大金鱼,转过头对钟熠说:"好大。"

然后他直挺挺地站在每一家店的门口,眼珠一动不动地盯着里面最大的鱼看上很久。

店老板以为自己遇上大客户了,立刻热情地给容眠介绍起品种,容眠晕晕忽忽地听着,然后指着另一条鱼,小声地在钟熠的耳边说:

"这一条鱼的肉质看起来也很好。"

钟熠:"……"

钟熠总感觉这人八成是把这里当作海鲜市场在逛。

果不其然,容眠安安静静地盯着这些鱼看了一会儿,最后转过头看向钟熠,期待地问道:"我可以买一条吗?"

钟熠知道他心里打的是什么算盘。

"这些鱼是观赏鱼,"钟熠心平气和地解释道,"是要养来欣赏的,不是养肥了吃的,明白吗?"

容眠很困惑地盯着钟熠的脸看了一会儿,他不是很能理解为什么鱼养了不可以吃,但还是很乖地"哦"了一声,说:"那好吧。"

就算不能吃掉,容眠感觉自己还是很想养一条鱼。

于是他又仔细地筛选了一会儿,试图找一条看起来让他不是很有食欲的鱼,却发现每一条鱼看起来好像都很好吃。

钟熠没辙,掂酌了一下风险,给他买了两只带壳的小乌龟。

容眠高高兴兴地抱着装着乌龟的小箱子坐在副驾驶的位置,他低着头,认真地盯着它们缓慢的行动看了一路。

"我想好他们的名字了。"容眠对钟熠说,"个头大一点的这个叫'培根',个头小一点的这个叫'香肠'。"

钟熠是真的很怕自己哪天回家之后,这俩乌龟就只剩下两个空壳了。

他还没来得及说话,身侧的手机就响了起来,容眠腾出手,替钟熠拿起来看了一眼,对他说:"是徐柚柚。"

钟熠停顿了一下,说:"先不用接。"

容眠盯着钟熠的侧脸看了一会儿。

"云叔和我说了那件事。"容眠抿了一下嘴,看着钟熠说,"要不一会儿你先找一个隐蔽一点的路边停吧,就先不要陪我下车了……"

"不用。"钟熠说,"我会处理好的。"

容眠看着钟熠的侧脸,很轻地"嗯"了一声。

钟熠把车停到猫咖的门口之后,身侧的容眠却还是坐着不动。

钟熠以为他还在担心,于是耐心地对他解释道:"媒体和营销号就是这样,我一会儿就去和团队沟通……"

"不是的。"容眠看着钟熠的眼睛,说,"我没有在担心这件事。"

"只是你今天还没有'吸'我。"他说。

一只很在乎你的小猫咪是真的真的很黏人。

容眠在后座上变回了猫形,它把自己的脸颊在钟熠的手心里蹭了一会儿,然后仰起脸,让钟熠摸一摸自己的下巴和脖子。

下车时,容眠的脚步很轻快,他站在窗外,对着钟熠挥了挥手。

钟熠看着他走进了猫咖,深吸了一口气,低下头沉吟片刻,寻思着自己可能需要先回家。

猫咖开始进行新的风格改造和装修了,云敏说装修后的厨房会更大一些,可以用来做更多复杂的餐点,窗帘也会在不久后换成更昂贵、更有质感的款式。

孔三豆先是给容眠展示自己近几日成功增肌之后的双臂。

然后她又气呼呼地拿出一大袋五彩斑斓的高粱饴,全部撒在了猫咖的桌子上。

"我每个口味都试过了。"孔三豆很难过地对容眠说道,"发现一个比一个难吃。"

容眠也每个口味的都尝了一下,他觉得柠檬味儿的还挺好吃的,于是偷偷藏了两块在手心里,想带回去给钟熠吃。

经常光顾找郭五葵的男大学生去国外读研了,郭五葵满不在乎地说自己终于得救了,但是郭四瓜偷偷地告诉容眠,其实每到周末的晚上,郭五葵还是会偷偷变成猫形,站在猫咖的门口,盯着外面的街道发很久的呆。

也许是因为下午的气温有一些高,又可能是因为容眠的到来让猫咖更热闹了一些，猫咖的大厅变得有一些闷热。

云敏把空调打开了，他看着外面的阳光和树荫，感叹着说："夏天来了啊。"

容眠离开猫咖的时候，已经是黄昏时分了。

温热的风中带着花草的香气，远处隐约传来了虫鸣，容眠意识到，夏天好像真的已经来了。

只不过对容眠而言，这个夏天不再炎热到需要一直躺在瓷砖地上避暑，也不再需要为自己长长的毛而感到烦恼了。

因为这将会是一个有钟熠的夏天。

钟熠把刚买的花草整理好，正思考着要把装乌龟的缸放在客厅里哪个地方的时候，容眠就回到了家。

他一进屋，就兴高采烈地给了钟熠一块高粱饴。

钟熠被甜齁得头皮发麻，但看着容眠期待的目光，他有些艰难地咀嚼了一会儿，最后还是说了一句："挺好吃的。"

钟熠停顿了一下，又说："我已经和团队那边沟通完了，问题马上就会解决。"

容眠愣了一下。

"晚上你想吃什么？"钟熠问，"快速二选一，火腿芝士比萨还是水煮鱼？"

食物永远是分散容眠注意力的最佳诱饵，他犹豫起来。

容眠对面食并不感冒，他之前一直还没有尝试过比萨这种食物，总觉得有一些冒险，可是火腿听起来又好像很好吃的样子。

但水煮鱼是永远不会出错的经典菜式。

于是容眠想了想，也给钟熠提供了两个选项："今天你想让我穿什么给你看？项圈还是套装？"

钟熠沉吟了一会儿，问："可以两个都穿吗？"

容眠也认真地反问道："那我可以两个都点吗？"

钟熠感觉猫这种动物好像真的会越养越精。

半晌他只能叹息着说:"成交。"

蹲了一天的"吃瓜群众"和媒体来来回回地刷了一天钟熠的首页,终于在晚上七点的时候,等来了钟熠发的一条帖子。

并不是预想之中用来辟谣和澄清传闻的文字,相反,这条帖子的配文只是很简单的四个字:"我有猫了。"

配图是一只很可爱的黑色猫咪。

它的圆眼是漂亮的琥珀色的,正肚皮朝上地瘫软倒在一个纸袋里,用爪子扒拉住了纸袋的边口,只露出了圆滚滚的脑袋和一对尖尖的耳朵。

小黑猫正歪着头,有些茫然地盯着镜头。

蹲了一天的"吃瓜群众"有一些失望。

他们感觉钟熠这回可能是不打算正面回应了,也许是因为这次的传闻太过匪夷所思,所以钟熠打算用这样一条自己养了猫的帖子把围观群众都糊弄过去。

"吃瓜群众"只能纷纷败兴而归。然而下一秒,当他们再次刷新钟熠首页的那一刻,呼吸却紧跟着骤停了一瞬——

就在刚才那条帖子发表后的一分钟,钟熠紧跟着发表了另一条。

还是一张带有配图的帖子,只不过这次出现在照片里的,是一个年轻的黑发男孩儿。

这张图看起来更像是一张偷拍,照片中的男孩儿坐在餐桌前,正在咬着一块很大的比萨,并且拉出了一条很长很细的芝士丝。

就像刚才的那只小黑猫一样,这个男孩儿也歪着脑袋,指着那根拉长了的芝士丝,对着镜头,一副非常困惑的神情。

而这一次钟熠的配文是:"也有他了。"

番外篇

YINGYANE GUO LIANG

❤ 番外 1

有猫的日常

　　钟熠这两条帖子发表过后的几个月里，容眠的身份自然也遭到了"吃瓜"网友们的深扒。

　　大家知道这个叫作容眠的男孩儿是一个新人演员，前一阵子刚和钟熠合作了一部网剧，而且他为人很低调，社交软件几乎都没有怎么用过。

　　直到六七月的时候，容眠参加的一档运动、冒险主题的网络综艺开始在平台播出，大家才对他多了一些深入的了解。

　　观众们发现，这个男孩儿好像有一些怕生而且寡言，他总是一个人发很久的呆。

　　然而在每次开饭的时候，他又会换上另一副全然不同的精神面貌。

　　他会把碗里的菜摞得很高，然后在别人努力争镜头找话题的时候，抱着自己的饭碗努力吃饭，闷声不吭地把碗里的菜全部吃掉。

　　有趣的是，这个叫容眠的男孩儿运动神经特别好，综艺里面设置的一些运动竞技项目，他总是可以很轻松地拔得头筹。

　　因此容眠在节目里创造出了不少奇迹般的名场面。因为他跑得真的很快，所以经常会出现任务做着做着，摄像师傅把人跟丢的状况。

　　这种有趣的反差感，倒是让容眠增加了不少路人缘和观众缘。

　　钟熠这边就没有那么舒服了，参加各种活动的时候，他不得不应付一些比较难缠的媒体。

　　进行采访的时候，媒体会追问他和容眠相遇相识的细节，钟熠就会微笑着说两人是因戏结缘。

问他们具体是在哪里第一次相见的,钟熠也会实话实说:"在厕所里。"

往往聊到这个时候,记者都会怀疑自己把钟熠惹毛了,于是他们又会飞快地转一个话题,问钟熠新手铲屎官的身份体验如何。

钟熠依旧微笑着说他的猫很乖、很好养,记者又问他的猫叫什么名字,钟熠说叫"眠眠"。

后来两人的网剧也开播了,剧组全员演技在线,剧情在线,史澄的演技被夸进步飞快,沈妍身份的反转也令人感叹。

容眠和钟熠的对手戏更是被一帧一帧地截出来,被群众反复地品鉴回味。

对于观众而言,钟熠是一个永远可以信赖的优秀演员;对于容眠而言,钟熠同时也是一个很好、很负责的人类。

钟熠唯一的缺点就是他太红了。尤其是在那条帖子之后,无数媒体更是试图抓拍两人同框的镜头,然后在网络上发散。

两人之前一直都是大大方方的态度,只不过容眠现在的热度也起来了一些,所以钟熠拍新戏的时候,容眠探班的话就会被狗仔蹲点,然后狗仔又会在网上写一些乱七八糟的东西,间接影响剧组的进度。

钟熠后来想出了一个绝妙的解决方案,就是他可以带着变成猫形的容眠来到片场。

这样钟熠拍戏的时候,容眠可以在房车里面巡逻,在各个角落留下自己的气味,然后躺在软垫上或者是纸袋子里睡觉。

等到钟熠中午回到车上的时候,容眠的毛会被晒得温暖柔软,带着阳光的气味。

容眠会仰起脸,亲昵地舔舔钟熠的手指。拍了一上午戏的钟熠则会深吸一口气,然后沉默地开启暴风"吸"猫模式。

当然，猫这种动物可爱的时候是真的能让你抓心挠肺，但它们的思想偶尔也会到达你无法理解的高度。

比如钟熠买了猫爬架和猫抓板，但是容眠每次磨爪子的时候，还是一定要选择用家里昂贵的沙发。

而且容眠总是在那种很极端的、高高的危险区域来回试探，比如在书架、柜子或者是冰箱的顶上跳来跳去。钟熠每次光是看着，就跟着心跳加速、头皮发麻。

给容眠专门用小盆装好干净水，他不会喝，一定要把头扎在钟熠的杯子里，偷偷地用舌头舔两口里面的冷茶，然后再舔自己的爪子。

而钟熠的数据线也已经被他啃烂四五根了。

钟熠会把这些当作铲屎官专有的甜蜜的负担，但是有的时候，两人也会因为一些鸡毛蒜皮的小事吵架。

比如这天早晨，他们俩在餐厅里吃早餐的时候，先是聊到了容眠下个月的生日。

"三豆每年在我生日的时候，都会送我一个大号的水壶，她说那是她的私人珍藏。"容眠说，"四瓜和五葵的零花钱比较少，所以他们会合买一件礼物送给我；啤酒和毛豆一般会送用自己的毛扎成的毛毡玩偶；云叔的话，云叔……"

钟熠还没等来后半句话，就看坐在自己对面的容眠突然放下了筷子。

他先是盯着盘里的早餐呆滞了三秒，然后抬起手，捂住了嘴，起身跑到了身后的厕所，弯下腰，开始呕吐。

钟熠被他这一出整得魂飞魄散。

容眠贪嘴又怕热，夏天的时候几乎每天一个冰激凌球，前一阵子拍综艺累的时候，他会一边和钟熠打视频电话，一边挖空两盒罐头当小点心。

现在已经是初秋了，天气有一些凉，但钟熠看他这两天生冷的东西没怎么少吃，一时间又气又心疼。

就着温水吃了肠胃药,容眠捂着肚子坐在沙发上,蔫蔫地说不出话。

钟熠深吸了一口气:"我宣布,'冰激凌禁令'现在正式颁布,而且你以后也不能天天只吃肉了,每天必须至少吃一碗水煮菜和粗粮……"

容眠很不高兴。

尽管钟熠看起来很生气,可是在吃这方面,容眠从来不会做出任何的让步。他梗着脖子,很倔强地说自己刚才吐的主要成分是猫毛,而不是食物。

钟熠总觉得这人在撒谎。

但他又不可能让容眠再当场吐一遍给自己看,于是两人一时间就这么僵持了起来。容眠回到了卧室,变回猫形跳到了书架上,用屁股对着钟熠的脸。

钟熠快要被他气笑了,便去了书房看剧本,两人就这么陷入了冷战之中。

一个小时后,钟熠还是忍不住。

他沉吟片刻,先去厨房倒了杯水,想借着返回的时候,到卧室门口偷瞥一眼。

他刚拿着杯子转过身,就发现厨房门口突然出现了个鬼鬼祟祟的黑色猫头,正在偷偷地盯着自己。

和钟熠对上视线的那一刻,小黑猫立刻有些仓皇地转过身,摇着尾巴撒腿就跑,一下子就没影了。

钟熠:"……"

钟熠端着水走出厨房的时候,客厅里并没有任何动静,但是他很了解容眠,知道这猫八成是正躲在沙发底下暗中观察。

钟熠先是假装漫不经心地经过沙发,走到楼梯口,然后开始用很大的声音自言自语:"啊,已经有好一阵子没看到小铃铛项圈了……"

钟熠心里已经有了八成的把握,于是他直接上了楼,在卧室里躺了下来。

五分钟后，小黑猫就叼着铃铛项圈，慢吞吞地走进了卧室。

它跳上了钟熠的床，先是把项圈放在钟熠的手边，然后转过了身，就这么把四肢缩在身下，在钟熠的手边窝成一小团，继续背对着他。

钟熠知道它这是在示好，于是忍住了笑意，把项圈拿起来，给它戴上。

然后钟熠说："你转过来。"

小黑猫的耳朵动了动，但还是没挪地儿。钟熠叹气，起身下床穿鞋，准备去拿容眠喜欢的那根羽毛逗猫棒来陪它玩。

然后钟熠听到容眠有些着急地喊自己的名字："钟熠。"

钟熠一愣，回过头，才发现容眠不知道在什么时候变回了人形。他就这么缩在被窝里，脖颈上还戴着自己刚刚亲手给他套上的项圈。

容眠盯着钟熠的眼睛看了一会儿，然后皱了一下脸，打了一个喷嚏。

"冷。"他吸了吸鼻子，然后又对钟熠说，"你不要走。"

这场冷战持续了一个半小时，选手钟熠可以说是输得彻底。

两人就这么面对面地望着，钟熠也没有说话。

容眠盯着钟熠的脸看了一会儿，然后又缩了缩。

容眠开始很乖地道歉："我最近确实偷吃了很多的冰激凌，以后不会再这样了。"

"我也会多吃一些蔬菜的。"他想了想，有些为难地妥协道，"但是可不可以不要做胡萝卜和芹菜给我吃？"

"我们不要吵架。"

容眠很忧虑地继续补充道："三豆最近看了很多的情感调解节目，里面的人每次都会吵得很凶，我不喜欢这样。"

钟熠："这不是吵架。

"我只是很担心你。"

钟熠停顿了一下，又说："我刚才在网上买了化毛膏。也许你说得没错,可能并不是冰激凌的问题。"

容眠看着他,很轻地"嗯"了一声。

半晌,他动了一下,又仰起脸,说:"脖子难受。"

"项圈有一些紧了。"他又说。

钟熠这才想起来还有这一茬。这铃铛项圈容眠猫形的时候戴着合适,因为它是一只可可爱爱的小猫咪,然而人形的时候,尺寸是很不合适的。

一分钟后,小黑猫先是从被窝里探出了半个脑袋,然后缓慢地走到钟熠的臂弯里,在他的怀里缩成了小小的一团。

钟熠低下头,亲了亲那对毛茸茸的耳朵尖,黑猫也同时眯起眼睛,温顺地用脸蹭了蹭钟熠的鼻尖。

后来又有媒体捕风捉影地说,之前钟熠发的和容眠相关的帖子其实是为了新戏的宣传炒作,他们俩私下里的关系,其实是很一般的。

毕竟这一阵子钟熠本人也很少在社交媒体上和容眠互动,而他网上发的大部分内容,也都是自己的猫。

而且钟熠有新戏拍摄的时候,媒体也很少会拍到容眠来探班。

当然这一切都无从考证,毕竟狗仔每天在片场附近蹲半天,除了拍戏的钟熠和"吸"猫的钟熠,什么都没拍到。

他们只知道钟熠应该是真的很爱自己的猫。

因为钟熠空闲的时候,会把他养的那只小黑猫亲了又抱,抱了又"吸",圈在自己的怀里才拿起手机玩小游戏。

而且钟熠一边玩游戏,一边会把手机屏幕给怀里的小东西看,还偶尔说着什么,就像是在询问它的意见一样。

媒体实在是想不到这样无聊的"路透图"能有什么值得深挖的爆点。

于是他们只能把标题改成:《男艺人竟然也爱玩美甲小游戏?——你想象不到的钟熠的另一面》。

♥ 番外 2

生日快乐

　　作为特邀的人类嘉宾，钟熠有幸参加了一次猫咖的圆桌会议。

　　他就跟着一桌子的小动物坐在猫咖的大厅里，看着他们围绕下个月上新的饮料口味和盘子的花样，严肃而认真地讨论了三个小时。

　　在会议收尾的时候，孔三豆突然站起身喊了一声容眠的名字，说要带他看自己新买的跑步机。

　　钟熠还没反应过来，容眠就蒙蒙地被孔三豆拉走了。

　　下一秒，郭氏兄弟就兴高采烈地举着手机，拉着钟熠进了一个群。这个群里没有容眠，然而群的名字却叫作"容眠的生日惊喜派对"。

　　同时钟熠也在不经意间瞥到这兄弟俩的手机屏幕，发现他们俩给自己的备注是"容眠的 VIP 客人"。

　　钟熠感觉这个梗可能这辈子都过不去了。

　　容眠的生日还有两周，群主孔三豆早早就做好了详细的派对计划，并且特地私聊了钟熠，叫他一定要保密。

　　生日当天的早晨，容眠先是在网上收到了来自粉丝的祝福，又花了很长的时间，一条一条地回复了来自沈妍、史澄以及刘园丰的消息。

　　而钟熠今天的任务也正式开始，他的角色其实就是个司机，只需要负责开车把容眠带到猫咖就可以。

　　猫咖门上挂着"暂停营业"的牌子，然而在容眠推开门的瞬间，《生日快乐》就跟着响起，彩带在空中飞舞，云敏把手里的生日帽戴在了容眠的头上。

容眠停顿了一下，随即露出非常惊喜的表情："谢谢你们。"

容眠的表情让主策划者孔三豆感到非常满意。

但钟熠能分辨出真实情感的流露和演戏的区别，他端详了一会儿男孩儿的侧脸，就意识到这是装出来的惊讶。容眠应该早就预料到会有这出了。

"我那天帮你通关《时尚美甲店》的时候，不小心看到了你的消息。"趁着孔三豆蹦蹦跳跳地往厨房里走的时候，容眠小声地对钟熠承认道，"而且三豆是一个脸上藏不住秘密的人。"

猫咖的大厅被布置成了生日派对的现场，窗户和墙壁上挂着彩带和气球。

云敏前一阵子带着狗狗形态的孔三豆去广场上玩球，遇到了一只看起来不太聪明的哈士奇，哈士奇抢了孔三豆的球不说，而且死活不愿意松口。

孔三豆很愤怒，于是云敏和哈士奇的主人没拦住，两只狗子打了起来。

虽然最后是孔三豆打赢了，但是她的脸上还是挂了彩，所以在孔三豆人形的时候，她右边的眉毛看起来秃了一小块。

换成正常小姑娘，早该急死了，但她乐呵呵地毫不在意，只是拿创可贴简单地盖了一下，就拉着容眠来看自己给他准备的生日蛋糕。

所谓的特制蛋糕里没有蛋，也没有糕，是把很多小罐的吞拿鱼罐头混合在一个蛋糕模具里，合成的一个大一号的罐头。"蛋糕"的顶部用冻干进行点缀，边缘用细腻的猫条来做裱花，中间有模有样地插上了几根小蜡烛。

容眠很喜欢。

容眠捧着切好的鱼肉"蛋糕"，试图给钟熠一大块。钟熠有苦难言，只能赶紧打开手机里的《时尚美甲店》，表示自己正在专心通关，不能分心。

郭四瓜抱着猫形的郭五葵,也郑重地送给了容眠一份礼物:"冬天快要来了,我和五葵一起给你打了一条毛裤,我制作的左腿,他制作的右腿……"

怀里的郭五葵也对着容眠"喵喵"了两声,钟熠感觉那应该是猫语里的"生日快乐"。

趁着郭五葵去远处喝水的工夫,郭四瓜又偷偷爆料,他说还有小半年的时间,经常找郭五葵的男大学生就在国外读完研了。

而且就在前一阵,男大学生还从国外给郭五葵寄来了一条手工制作的蕾丝小裙子。

郭五葵不知道男大学生具体什么时候会回来,但是又希望他回来后推门而入的那一刻,看到的是正穿着小裙子的自己。

"他说他一点都不喜欢这条裙子,可是连拉屎的时候都不愿意脱下来。"

郭四瓜很忧郁地说:"他的屁股本来就很爱沾屎,最近更是要把云叔愁死了。"

然后就是云敏每年固定的"伤感回忆杀"时间。

每当猫咖里有小动物过生日,云敏总是会翻出一本厚厚的相册,强行要求猫咖里所有的猫坐成一圈来忆苦思甜。

"这是刚把你捡回来的第一个月。"

云敏指着其中的一张相片,怅然地说道:"当时你特别护食,三豆每天给你送饭的时候,都会被你凶一次。"

照片上是一只圆滚滚的黑色小猫崽,它的嘴巴被猫粮塞得鼓鼓囊囊的,正在凶巴巴地盯着镜头,旁边还站了一只一脸好奇的黑柴犬。

孔三豆很骄傲地补充道:"但是第二个月的时候,我们就已经是很好的朋友了。"

钟熠看着照片,只感觉心都快要跟着化了。但是对于容眠而言,这就相当于当众播放他的"黑历史"。他很着急地试图捂住钟熠的眼睛,并且小声地警告他不要看。

然后派对就进行到了KTV环节。

钟熠感觉小动物钟爱的曲库也非常独特,比如云敏独爱民谣,郭四瓜抱着自己的弟弟演唱《喜羊羊与灰太狼》。孔三豆则唱了一首外语歌,她说她的祖先应该是有外国血统的。虽然钟熠感觉她的外语学得有些支离破碎。

钟熠平时参加各种活动都要被主办方众星捧月地伺候着坐在中心位,这次愣是给这群小动物当了陪衬,鼓了足足一个小时的掌。

但他只觉得很有趣。

话筒传递到了钟熠的手里,钟熠清楚自己的水平,赶紧推托说不用了。但在容眠的殷切注视下,他只能站了起来,勉强地露了一手。

一曲终了,在座的猫狗同时沉默了那么一会儿,云敏赶紧咳嗽了一声,打破寂静,叫他们一起回厨房刷碗。

郭四瓜吭哧吭哧道:"怎么说呢,至少比那年春晚上发挥得要好一些。"

容眠也抿了抿嘴。

他怕钟熠伤心,于是趁着孔三豆唱下一首歌的时候,往钟熠的身边靠了靠,偷偷地对钟熠说:"没关系的,至少你演戏是很厉害的。"

钟熠:"夸不出来的话,真的不用硬夸。"

吵吵闹闹的一个晚上,容眠虽然没有说什么话,但是他吃了很多的鱼肉"蛋糕",钟熠知道,他很高兴。

容眠抱着堆成小山一样高的礼物回到家,坐在餐桌前,把礼物一份一份地拆开,并且把包装纸很认真地摊平,叠了起来。

钟熠感觉小猫咪的一颗心真的很容易被填满。

"给我拍一张喝水的照片。"容眠举着孔三豆送给他的水壶,对钟熠说,"我要发给三豆,她一定会很高兴的。"

拍完照并且发给孔三豆之后,容眠就有一些困了。

但因为是过生日,容眠并不想早睡,他的心情很好,想和钟熠多说说话。

所以容眠躺在沙发上,钟熠一只手拿着根包装礼物的细丝带,在容眠的头顶上晃悠。容眠便缓慢地晃着尾巴,伸出手去抓头顶的丝带。

两人就这么玩了将近十分钟,像是想起了什么,容眠突然放下了手,很轻地喊了一声钟熠的名字。

钟熠问:"怎么了?"

容眠似乎犹豫了一下,看着钟熠的脸,又吞吞吐吐地说:"没事。"

钟熠知道这个"没事"肯定不会是真的没事,但他看着容眠这副欲言又止的样子,觉得现在追着问下去,容眠只会更不愿意说。

于是钟熠"嗯"了一声,便拿起身旁的滚毛器,先是滚了滚沙发,然后滚了滚自己衣服的袖口,果然粘下了一大片猫毛。

然后他就听见容眠又问了一句:"钟熠,你觉得三豆送我的生日礼物……好看吗?"

"生日礼物"四个字是加重了念的,钟熠再听不出来这话里什么意思就真是傻子。

但钟熠依旧装作一副若无其事的样子,镇定地说:"好看啊,容量够大,你回头可以带到片场装水喝,很方便。"

容眠很轻地"哦"了一声,没有再说话。

虽然容眠没有变成猫,但钟熠感觉他那条尾巴仿佛正软绵绵地垂下来,晃动的频率明显低了很多。钟熠无声地深吸了口气,低下头,开始憋笑。

容眠是一个完全藏不住心事的人。

他还是抿了抿嘴,又抬起眼,很直白地对钟熠说:"可是钟熠,你还没有送给我生日礼物。"

"我知道你最近很忙,如果忘了的话,也没有关系。"

容眠有些不好意思地说:"只是这是我和你过的第一个生日,所以我想留下一些纪念。你可以现在就给我煎一点培根,走一个形式就可以的,我不需要……"

容眠的下半句话还没有说完,就突然安静了下来。

因为他看到钟熠放下了手里的滚毛器,紧接着又把手放进外套口袋里,掏出了一个方方正正的丝绒小盒子。

钟熠笑着说:"就是想看看你能忍到什么时候。"

容眠眨了一下眼睛。

"之前我生日的时候,你不是送给了我一个铃铛项圈吗?

"我的小猫咪送了项圈给我,那我这个人类,自然也要送个圈给我的小猫咪。就是这个圈儿吧,它可能有那么一点点大。

"容眠,生日快乐。"

容眠沉寂了很久的账号终于在他生日的第二天有了动静。

他发帖子和回复评论的方式非常有趣,像是AI一板一眼。不过通过他之前在综艺里的表现,大家意识到这个年轻男孩儿的性格本就如此。

容眠一口气发了很多条帖子,第一条先感谢了他的粉丝。

第二条提到沈妍,配文是"谢谢沈妍前辈送给我的袖扣",并且配上了袖扣的图。

第三条提到了刘园丰,第四条发了史澄送的球鞋。每条都是一模一样的句式和配图形式,生硬的发言中又带了几分质朴的真诚。但是看得出来,他发出来的每一张照片都拍得很用心。

评论区顿时刷满了"哈哈哈"和"生日快乐"。

然而容眠发的最后一条帖子却没有提到任何人,配文也只是短短的一句:"谢谢你送给我的小圈儿。"

网友们一时间没有反应过来这个"你"和"小圈儿"分别指的是什么,然而当他们点开配图,却发现图片上是两条同款项链。

项链吊坠的主体是一只黑色的、正在睡觉的小猫咪。黑猫缩成了小小的一团，四足和尾巴尖是很特别的白色，重点是这只猫咪的身体，都是由货真价实的钻呈现出来的。

　　网友们议论纷纷，有人觉得钟熠爱猫爱过头了，把他自己家的猫做成这么贵的项链送给别人做生日礼物，实在是太不合适了。

　　很奇怪的是，后来出席各种活动的时候，容眠都会戴着这条项链。而相反，钟熠自己饰品更换的频率却越来越高，几乎到了不重样的地步。

　　后来他们一起参加综艺节目的时候，主持人更是直接拿两人做了个对比，对钟熠进行了一番调侃。

　　钟熠说："不是我能作，是我的首饰丢得太快了，真的找不到了。"

　　主持人满脸都写着不信，笑着问："这怎么可能啊？"

　　容眠有些心虚地垂下了眼帘，而钟熠看了一眼身旁的人，最后只是摇着头，露出了无奈的笑容——

　　"一看你就没养过猫吧。"他说。

图书在版编目（CIP）数据

营养过良 / 芥菜糊糊著 . — 广州：广东旅游出版社 , 2023.10（2024.3 重印）
ISBN 978-7-5570-3102-2

Ⅰ . ①营… Ⅱ . ①芥… Ⅲ . ①长篇小说—中国—当代 Ⅳ . ① I247.5

中国国家版本馆 CIP 数据核字 (2023) 第 134821 号

营养过良
YINGYANG GUO LIANG

出 版 人：刘志松
责任编辑：梅哲坤
责任技编：冼志良
责任校对：李瑞苑

广东旅游出版社出版发行
地址：广州市荔湾区沙面北街 71 号首、二层
邮编：510130
电话：020-87347732（总编室） 020-87348887（销售热线）
投稿邮箱：2026542779@qq.com
印刷：嘉业印刷（天津）有限公司
（地址：天津市静海经济开发区北区银海道 48 号）
开本：880 毫米 ×1230 毫米 1/32
字数：250 千
印张：9.625
版次：2023 年 10 月第 1 版
印次：2024 年 3 月第 2 次印刷
定价：49.80 元

【版权所有 侵权必究】

如发现图书质量问题，可联系调换。质量投诉电话：010-82069336

YINGYANE GUO LIANG

一只很在乎你的小猫咪是真的真的很黏人。